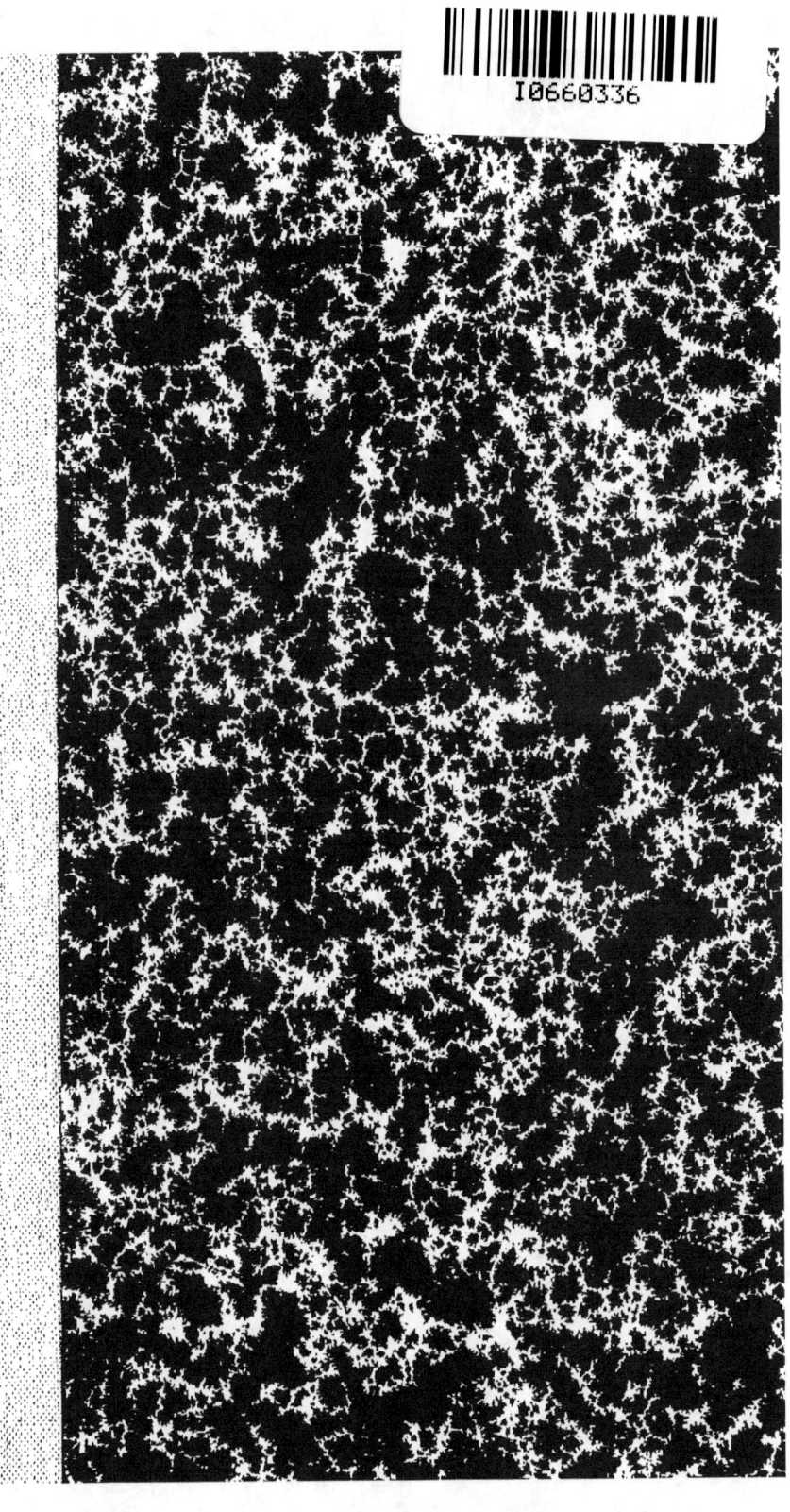

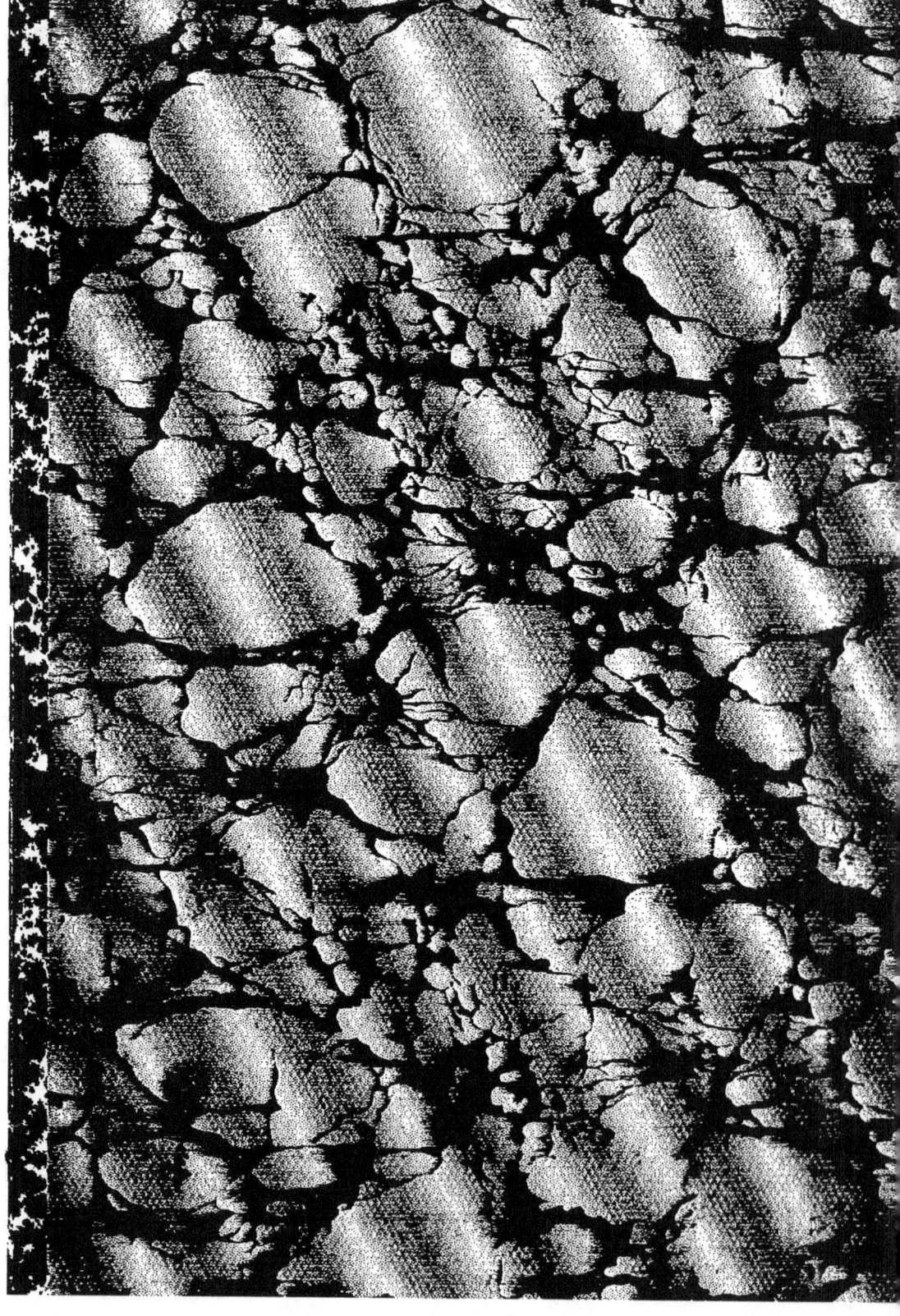

DOMINIQUE

DE GOURGUES

—

CHRONIQUE DU SEIZIÈME SIÈCLE

Par A. S.

———◆———

NIMES

IMPRIMERIE ROGER ET LAPORTE
Place Saint-Paul, 5.

1868

DOMINIQUE DE GOURGUES

DOMINIQUE

DE GOURGUES

—

CHRONIQUE DU SEIZIÈME SIÈCLE

Par A. S.

NIMES

IMPRIMERIE ROGER ET LAPORTE
Place Saint-Paul, 5.

—

1868

DÉDICACE

Mon pauvre Dominique! mon héros! si vous étiez né dans un autre pays ou dans un autre temps, vous auriez commandé des flottes puissantes, dont le canon se serait fait entendre de toute l'Europe; le passage de votre pavillon à travers les mers, aurait influé sur le sort du monde; vous seriez peut-être mort glorieusement sur le pont de votre vaisseau, comme Ruyter et Nelson, en léguant à votre pays un nom pareil à celui des Drake, des Anson, des Duquesne, des Suffren. Hélas! au lieu de cette enviable destinée, votre force s'est consumée obscurément à servir des rois ingrats, à défendre une patrie qui vous répudiait. Vous eûtes cependant votre jour, durant lequel Dieu vous a permis de montrer ce que vous étiez, ce que vous auriez pu faire. Nuit avant! nuit après! Mais la page que vous occupez dans l'histoire, fixera toujours l'attention du penseur, du citoyen ; car, dans le jour qui vous a été donné, vous fûtes plus encore qu'un héros, vous fûtes un homme. O fier Dominique! O sympathique mémoire! vous méritiez un autre biographe que moi. Votre nom sera le dernier que ma main aura tracé. Je ne puis espérer d'augmenter d'un fleuron votre modeste couronne. Ma main est lasse; mon courage est vaincu; ma vie est usée, et je n'ai pas eu mon jour! Et je ne pourrai même pas, à l'heure de ma mort, dire, en me touchant le front : Il y avait pourtant quelque chose là! — Mais, à quoi bon remuer ici mon vieux levain? Refoulons ces regrets stériles. J'ai honte d'avoir rappelé ma destinée, en songeant à la vôtre, Dominique de Gourgues !

20 Août 1867.

OBSERVATIONS

Si, après ma mort, une volonté filiale, fait monter jusqu'au jour le drame de Dominique de Gourgues, je tiens à le faire précéder de quelques mots d'explication; je ne veux pas qu'on prenne pour l'expression de mes sentiments, les paroles de haine et de colère patriotique, répétées par plusieurs de mes personnages. Loin de moi la pensée de rallumer des antipathies nationnales désormais éteintes, de ressusciter un passé douloureux, une époque de vengeances implacables. Chaque peuple a dans son histoire des pages lugubres qui doivent rester pour servir d'enseignement au genre humain. Il en a d'autres, dont il peut, à bon droit, être fier. Certes, il aurait tort de haïr les autres peuples, mais on ne saurait le blâmer de se préférer à eux. Ce patriotisme un peu exclusif, cet amour-propre de race et de pays, peut seul opérer de grandes choses. Je crois que l'ecclectisme humanitaire, qui essaie de l'annuler, n'est qu'un dissolvant dangereux. J'estime et j'apprécie les qualités chevaleresques du caractère espagnol. L'Espagne a brillé d'un vif éclat, soit lors de ses luttes héroïques contre les Maures, soit sous le règne de Fernand et d'Isabelle, soit pendant la période glorieuse de Charles-Quint, et même de Philippe II, soit enfin et surtout, au commencement de ce siècle, où sa résistance, opiniâtre, indomptable, à la conquête étrangère, força au respect ses ennemis. Mais le poète qui recherche la vérité, doit fidèlement reproduire les inimitiés vivaces et franches, qui donnent tant de relief aux événements et aux figures d'un autre âge. Dans le seizième siècle, la France et l'Espagne s'acharnaient l'une contre l'autre avec une farouche énergie. Aujourd'hui qu'il n'existe entre elles aucun motif de division ni de rancune, les deux nations sœurs n'échangent par-dessus leurs Pyrénées, que de sympathiques regards.

Au sujet de la *notice biographique* sur Dominique de Gourgues, dirai-je que les documents historiques m'ont parfois fait défaut? Ce dont je puis répondre, c'est que la vérité morale y est toujours.

S'il était admissible que cette tragédie fût un jour représentée sur quelque grande scène, je ne voudrais pas qu'elle fût traitée en *opéra comique* ou en *mélodrame*, et qu'on chantât les vers qui s'y rencontrent. Il faudrait tout bonnement, ce me semble, introduire, avant et après chaque couplet ou strophe, une mélopée appropriée au sujet, et on ferait réciter les vers. Du reste, ce serait affaire au directeur et aux acteurs. J'avoue que je ne m'y entends guère.

NOTICE PRÉLIMINAIRE

Dans le seizième siècle, à deux ou trois lieues de Mont-de-Marsan, sur une des rives de la Douze, on voyait un petit édifice, dont les murs épais, déjà noircis par le temps et flanqués de lourdes tourelles, s'élevaient à mi-côte d'une colline qui descendait jusqu'à la rivière; derrière le castel, un parc aussi touffu qu'un bois s'étendait sur le revers du coteau. Ce manoir seigneurial appartenait à une ancienne famille de robe, les barons de Gourgues, alliés à plusieurs des meilleures maisons de Bordeaux.

En 1519, le chef de cette famille, magistrat estimé, qui résidait à Mont-de-Marsan, épousa une femme beaucoup plus jeune que lui, belle et agréable personne, d'une vivacité toute méridionale, et qui ne se mariait avec le président de Gourgues, que par obéissance pour ses parents.

Le 14 juillet 1520, dans le château de Gourgues, la présidente mettait au monde un fils, qui fut baptisé du nom de son père, Dominique. Le baron, homme austère, qui n'approuvait pas l'éducation déjà efféminée des enfants nobles de son temps, voulut faire élever son fils à la campagne. Dominique, confié à une robuste nourrice villageoise, resta au château, tandis que M. et Mme de Gourgues étaient revenus à Mont-de-Marsan. Durant deux ans, la jeune mère ne fit que trois courtes apparitions au château, excepté du temps des vendanges, époque à laquelle, comme toutes les femmes de la noblesse des environs, elle venait passer un mois à sa terre. Elle caressait peu son enfant, qui, disait-elle, *sentait toujours le serpolet*, et qui d'ailleurs montra bientôt un caractère irritable et opiniâtre. Le père visitait régulièrement son fils deux fois le mois, s'enquérait avec beaucoup de soin de ce qui le concernait, sans oublier les moindres détails, exigeait de la nourrice une minutieuse propreté, et dans sa sévère justice, le digne président ne se faisait faute de châtier les violences du petit Dominique. Par malheur, quand l'enfant eût atteint sa deuxième

année, le père mourut, emporté par une apo-
plexie qui ne lui laissa pas le temps de se
reconnaître, ni de donner aucune instruction
relative à son fils.

Bientôt après cette mort, la veuve fit venir à
Mont-de-Marsan l'enfant et sa nourrice. Puis,
sans tenir compte des larmes de cette femme,
qui s'était attachée de tout son cœur à son nour-
risson, elle la renvoya aux champs, sous le
prétexte que, désormais, son fils devait être
élevé, non en paysan, mais en gentilhomme.

La nourrice partie, Mme de Gourgues fit préparer deux mules, et accompagnée d'une vieille
servante, qui portait le pauvre petit tout éploré,
elle prit la route de Bordeaux. Trois hommes,
armés jusqu'aux dents, escortaient à pied les
deux voyageuses, car alors il n'était pas toujours prudent de s'aventurer, sans de bonnes
précautions, par les chemins. Mme de Gourgues
et sa suite s'avançaient lentement, sur des
routes qui n'étaient souvent que des sentiers.
On s'arrêtait chaque soir, pour coucher dans
de misérables auberges. Dominique pleurait,
appelait sa nourrice, et jetait les hauts cris
toutes les fois que sa mère faisait mine de le
toucher. — Ce méchant drôle, disait l'aimable
veuve, est déjà aussi obstiné, que l'a jamais
été feu Monsieur son père.

On arriva enfin à Bordeaux, et l'on alla descendre dans une hôtellerie, qui, de nos jours, mériterait à peine le nom d'auberge. Mme de Gourgues donna l'ordre à ses gens de l'attendre là, et suivie seulement de la servante, qui tenait en ses bras Dominique, elle se rendit dans une antique maison, cachée au milieu d'une des rues les plus étroites de la ville. Cette noire et morne demeure était habitée par un chanoine nommé Eusèbe, grand-oncle de Mme de Gourgues, et âgé de plus de soixante ans. La veuve, après s'être longuement entretenue en secret avec son oncle, se retira seule, laissant là son fils et la vieille domestique. Au bout de deux ans, elle se remariait avec un jeune gentilhomme d'épée, des environs de Saint-Germain-en-Laye, et elle allait vivre dans la terre de son mari, sans s'inquiéter de son enfant, que, dans l'intervalle, elle n'avait revu qu'une fois.

Cependant le domaine patrimonial de Dominique était abandonné sans surveillance à l'administration d'un régisseur infidèle, qui en aurait consommé la ruine, si la mort ne l'eût arrêté au milieu de ses déprédations. Cet homme fut assassiné au fond d'un bois, sans doute par un des malheureux paysans qu'il pressurait. On accorda peu d'attention à ce meurtre, qui eut lieu après le second mariage de la mère de

Dominique, et nul ne prit la peine d'en rechercher l'auteur.

Environ un mois après l'événement, les
quelques domestiques campagnards qui habi-
taient encore le château de Gourgues, rustres à
demi sauvages, et dont la plupart n'entendait
pas le français, virent arriver dans la cour du
manoir, un cavalier jeune et de haute mine,
amenant avec lui troi hommes montés sur des
mulets ; ce cavalier portait le riche costume des
seigneurs de la cour de France. Il parlait haut,
et son accent étranger dénotait en lui un *fran-
chiman (frenchmann)*. Du reste, il paraissait ne
pas comprendre un mot du patois aquitain. A
cette apparition, la peur s'empara des hôtes
du château, accourus au bruit ; mais l'effroi de
ces bonnes gens fut doublé par la vue du second
personnage qui entrait, et que sa robe noire,
son bonnet, sa perruque, faisaient reconnaître
pour un juge. Or, en ce siècle, les gens de la
campagne redoutaient l'homme de loi presque
à l'égal de l'homme de guerre. On trouverait,
même de nos jours, plus d'un paysan, qui,
dans sa prière de chaque soir, demande à Dieu
d'écarter de lui, entr'autres fléaux, *la main de
la justice*.

Le troisième arrivant était vêtu d'un justaucorps bleu qui pouvait convenir aussi bien à

un petit bourgeois qu'à un domestique de
grande maison. Il tenait à la main un outil de
fer, en forme de barre.

Le quatrième, qui semblait âgé d'à peu près
quarante ans, était un homme grand et vigoureux, simplement, mais proprement habillé,
et qui, à juger par sa figure brunie et ses
mains nerveuses, devait avoir passé sa vie
dans le travail de la terre. — Maître Jacques,
lui dit le juge quand ils furent dans la cour,
je crois que tu auras fort à faire, pour remettre
en ordre tout ceci. Qu'en pense monseigneur?
ajouta-t-il, en s'adressant au cavalier. — Celui-
ci sans répondre, hocha la tête, descendit de
sa monture, ainsi que ses trois compagnons,
et fit siffler négligemment sa houssine.

Les quatre étrangers, suivis des domestiques
effarés, passèrent dans les appartements. Le
juge, sans hésiter, se dirigea vers la salle d'honneur, où il fit entrer d'autorité tous les gens de
la maison. Lui et le seigneur français s'assirent
chacun dans un vieux fauteuil vermoulu. Maître
Jacques et l'autre inconnu se placèrent debout
derrière eux, tandis que les serviteurs trem-
blants s'étaient rangés le long des murs. Alors
le juge qui avait fait apporter devant lui une
table, tira de dessous sa robe des parchemins,
une écritoire et une plume, lut au milieu du

silence général, une pancarte à peu près inintelligible pour plusieurs de ses auditeurs, et griffonna sur le jaune velin par lui déroulé, quelques lignes au bas desquelles le gentilhomme français traça une grosse croix, en manière de signature. Après cela, le juge fit signe à celui qu'il appelait Maître Jacques de s'avancer tout près de la table, et s'adressant en patois du pays aux serviteurs assemblés, il leur désigna Jacques comme le représentant des seigneurs de Gourgues, et le seul maître auquel, en l'absence de ces derniers, ils eussent à obéir, sous peine de s'exposer aux sévérités de la justice, s'ils manquaient à leur devoir envers leur intendant.

Dans l'après-midi du même jour, les nouveaux venus, à l'exception de maître Jacques, parcoururent le château de la cave au grenier, et s'enfermèrent tous les trois dans une salle basse, située à l'extrémité d'un long corridor. On remarqua, qu'en s'engageant sous cette voûte, abandonnée depuis longtemps, les visiteurs n'avaient pas oublié leur levier de fer. Ils demeurèrent dans la salle durant près de trois heures, et l'on crut entendre des coups sourds et lointains frappés sur la pierre. La terreur des habitants du manoir était surexcitée à un tel point, que, lorsque les étrangers reparurent, on n'osa pres-

que pas les regarder. A peine s'aperçut-on que
le juge, qui avait donné sa robe à porter au
troisième personnage, venait de sceller d'un
double sceau de cire, dont l'un aux armes de
France, l'autre à celles de la maison de Gourgues, la porte du long corridor. Puis, tandis
que l'homme au justaucorps bleu préparait au
dehors le cheval et les trois mulets pour un
prochain départ, le seigneur prit à part maître
Jacques, et en présence du juge, il lui remit
un parchemin, sur lequel on voyait peint, dans
un cartouche richement enluminé, un cheval
luttant contre un dauphin.

—Bonhomme, dit-il, serre précieusement ce
grimoire, car puisque tu sais lire aussi bien
qu'un vieux procureur, il t'arrivera, de temps
à autre, des lettres où cette figure sera repro-
duite, et tu auras à te conformer avec soin à
tout ce que ces messages te prescriront.

Jacques prit le papier, et promit d'obéir.
Alors le cavalier, le juge et leur compagnon par-
tirent au grand trot. Ce dernier menait en
laisse le mulet qui avait apporté maître Jacques.

Celui-ci, resté dans le château avec des gens
qui ne le connaissaient pas, et auxquels il devait commander, eut bientôt pris sur eux un
ascendant décisif. Son visage, d'une énergique
laideur, l'expression sévère de son regard, sa

force athlétique le faisaient craindre, non-seulement de ses subordonnés, mais encore des paysans du voisinage. Il ne fréquentait personne, mangeait seul, et ne parlait à qui que ce fût, si ce n'est lorsqu'il avait un ordre à donner, ou un reproche à faire. Infatigable et vigilant, il exigeait des autres un travail assidu. On le voyait, dans les intervalles de ses heures de surveillance, s'adonner activement au jardinage où il excellait. Des villageois affirmaient l'avoir connu jardinier aux environs de Mont-de-Marsan. Grâce à sa ferme direction, le domaine fut bientôt en aussi bon état qu'il l'était sous son dernier maître. Les terres bien cultivées, la maison tenue avec ordre et propreté, le jardin couvert de fruits en la saison, les maraudeurs réprimés et chassés, tout indiquait que maître Jacques s'acquittait en conscience de son emploi.

Chaque année, le troisième ou le quatrième jour du mois de novembre, un moine déchaux; petit homme, maigre et pâle, arrivait au château, et apportait à Jacques une lettre contenant une image coloriée, pareille à celle du parchemin symbolique. Ces lettres annuelles étaient invariablement semblables l'une à l'autre. Elles disaient :

« Les seigneurs châtelains de Gourgues ne

2

viendront encore point cette année. Maître
Jacques, tu auras à compter au Frère messager
les revenus de l'an qui s'est écoulé. Ledit messager te laissera la somme convenue pour tes
gages, ton entretien, et pour tes besoins de
l'année prochaine. Que Dieu et sa très-sainte
mère, la Vierge Marie, te gardent ! Eusèbe,
chanoine de Bordeaux. »

Jacques exécutait fidèlement ce qu'on lui
ordonnait. Cela fait, le moine, après le repas
de midi, partait, sans avoir répondu par une
seule parole aux questions de Jacques, touchant
les maîtres du château. — Jacques eut bientôt
pris son parti de ce mutisme. Il cessa d'inter-
roger le religieux, et respecta le secret qu'on
ne voulait pas lui confier. Selon ce qui lui avait
été prescrit, il ne laissait pénétrer au manoir
aucun étranger, sauf les gens desquels il avait
affaire.

Pendant ce temps, le petit Dominique était
à Bordeaux, auprès du chanoine Eusèbe, qui
dirigeait seul son éducation. Eusèbe, honnête
homme, mais d'un esprit vulgaire et peu éclairé,
comme l'étaient en général ses confrères, faisait de son mieux pour engager l'enfant à entrer
un jour dans les ordres. La fortune de Dominique devant être assez considérable, le prêtre
voulait gagner à l'Église cette riche aubaine,

tout en faisant le salut de son pupille. Lorsque Dominique le priait avec instance de lui dire où étaient ses parents, et ce qu'ils faisaient loin de lui; Eusèbe était fort sobre de détails.

— Votre famille, lui dit-il un jour, vous a destiné à l'état ecclésiastique. Songez à vous conformer à la volonté manifestée par votre père à son lit de mort.—Ici le chanoine parut hésiter; il se remit bientôt et poursuivit :

— C'est à ce prix seulement, que vous pouvez espérer de revoir votre mère. Si vous êtes docile, soyez certain que plus tard, bénéfices ni abbayes ne vous manqueront, et qui sait même si, par égard pour votre naissance, on ne songera point à vous pourvoir de quelque bon évêché ! Mais pour cela, il faut apprendre le latin, et assister ponctuellement aux offices.

Or, faire apprendre le latin à Dominique, le faire assister aux offices, c'était là le difficile. L'enfant montrait une répugnance invincible pour tout ce qui sentait le métier de clerc. En vain Eusèbe usait-il envers lui d'une constante sévérité; Dominique se révoltait contre les châtiments, jetait au feu ou lacérait les beaux vélins, tout chargés de latinité barbare et d'images de saints ou de saintes. Les leçons du chanoine l'outraient, et n'avaient réussi qu'à inspirer à ce jeune cœur froissé, autant d'éloi-

gnement pour la religion que pour le précep-
teur. La vieille servante, qui le soignait et qui
l'aimait d'un amour maternel, étant morte trois
ans après leur arrivée à Bordeaux, Dominique
n'eut plus personne qui le consolât par moments
de la rigoureuse discipline qu'on lui imposait.
Une éducation si contraire à ses instincts, produisit un effet opposé à celui qu'attendait son
tuteur. La solitude presque absolue, dans
laquelle vivait le pauvre enfant, accroissait
encore ses dispositions à la gravité et son besoin d'indépendance. Eusèbe voyait avec surprise se développer d'année en année, chez le
jeune de Gourgues, un caractère froid, taciturne, ferme jusqu'à l'obstination, ennemi
du luxe et des plaisirs. La résistance de l'élève
finit par lasser la rigueur du maître. Le latin
fut abandonné. — Quelle prise a-t-on, se disait
le chanoine, sur un enfant qui ne pleure, ni
ne rit jamais ?

Dès l'âge de dix ans, Dominique ne se sentait de goût que pour les armes et passait à
peu près tout son temps à lire et relire à la
dérobée une vie du connétable *Bertrand du
Guesclin*, écrite sur un vieux parchemin, et
qu'il avait découverte, à l'insu de son oncle,
dans le grenier de la maison. Néanmoins l'ennui le dévorait. Son activité, forcément enchaînée, aspirait à se déployer au soleil.

Le jour même où il eut quinze ans, il se
présenta devant le prêtre, et lui déclara d'un
ton résolu, qu'il était déterminé à le quitter
pour aller à la guerre. Eusèbe, consterné, lui
dit d'abord qu'il ne le souffrirait point. Dominique l'écouta d'un visage impassible, puis il
reprit :

— J'aurais pu m'en aller sans vous prévenir ;
mais j'ai voulu attendre d'avoir quinze ans,
pour prendre un parti définitif, et vous faire
connaître mes intentions. A cet âge, un gentilhomme n'a que faire d'un gouverneur, et
doit savoir se conduire.

Le chanoine, comprenant que son autorité
serait impuissante à détourner le jeune homme
de son dessein, eut recours à d'autres argu-
ments, qu'il supposait irrésistibles. « Pourquoi
voulez-vous prendre l'épée, lui dit-il ? laissez
ce parti désespéré aux cadets de famille qui
n'ont rien de mieux à faire. Quant à vous,
songez que votre père était de robe, et qu'il
vous a légué, comme à son fils unique, une
très-honnête fortune. Votre mère habite Saint-
Germain-en-Laye, avec un second mari, monsieur de M...., dont elle a eu plusieurs enfants.
Consentez à suivre mes conseils. Vous pouvez
encore vous faire prêtre, et je vous assurerai
la moitié de mon bien, lequel n'est point trop

mince. Mais si vous persistez dans votre projet insensé, souvenez-vous que je n'aurai plus rien de commun avec un ingrat tel que vous, et que je vous renoncerai pour mon neveu.

— Il en sera ce que vous voudrez ; repartit Dominique ; j'ai dit que je suivrai la carrière des armes, rien ne m'en empêchera.

Le chanoine se tut un instant, pour ne pas laisser éclater son indignation, puis, prenant un ton glacial, il dit :

— Je n'ai plus qu'à vous donner quelques renseignements sur l'état des biens que vos parents vous ont laissés.

Alors il lui apprend qu'il peut, quand il le voudra, aller prendre possession du château de son père, et il lui indique où est situé ce château.

— Je veux le voir, fit Dominique, je partirai demain.

— Je vous donnerai donc ce soir, reprit Eusèbe, mes dernières instructions.

En effet, le soir venu, il remet au jeune homme une lettre qui doit le faire reconnaître en qualité de seigneur châtelain par maître Jacques, l'intendant. De plus, il lui met entre les mains une ceinture de cuir, qui renferme, en pièces d'or espagnoles, une somme importante.

— Cet argent, dit-il à Dominique, provient
des revenus accumulés de votre terre, depuis
dix ans. J'en ai déduit, comme de juste, le
montant des frais que vous m'avez coûtés, et
dont voici le compte exact. Maintenant, retenez
bien ce que je vais dire : Il y a au rez-de-chaus-
sée de l'aile gauche de votre château, un corridor, dont la porte est scellée de deux sceaux,
l'un aux armes de France, l'autre, à celles de
votre maison. Au bout de ce corridor, est une
longue salle nue, qu'éclaire une seule fenêtre
grillée. Au milieu des barreaux du grillage, il
s'en trouve un que vous détacherez facilement,
et dont vous vous servirez pour soulever la septième dalle à droite, à partir de la fenêtre. Là
reposent, en un coffret de fer, dont voici la
clé, vos titres et papiers de famille, et en outre,
beaucoup d'or monnayé, qui, joint au contenu
de la ceinture, suffirait à vous assurer, si vous
le vouliez, une vie aisée et heureuse. Encore
une fois, n'oubliez pas que nous sommes dans
un siècle de damnation, et que le diable se
rencontre presque toujours sur le chemin de
ceux qui cherchent des aventures. Dieu, pour
les péchés des hommes, lui permet d'errer sur
la terre, et souffre qu'une des portes de l'enfer
reste ouverte du côté de l'Allemagne. Puisse
votre bienheureux patron garder votre impru-

dence de tout mauvais pas. Pour moi, s'il vous arrive malencontre, je m'en décharge la conscience, et m'en lave les mains. Voilà ce que j'avais à dire. C'est à vous de voir s'il vous convient de demeurer dans cette maison bénie, ou bien d'en sortir, pour aller peut-être au devant du démon qui vous guette.

— Dominique, pour toute réponse dit : Je partirai demain au jour levant. Recevez mes remerciements pour vos instructions et pour les soins que vous m'avez donnés jusqu'a ce jour.

Ces paroles, prononcées d'une voix un peu émue, firent hausser les épaules au vieillard. Il se retira dans sa chambre, en disant :

— Nous n'avons plus rien à nous dire, et nous ne nous reverrons plus.

A l'aube du jour suivant, Dominique, vêtu de son pourpoint d'écolier, portant sous ses habits la ceinture de cuir, prit en un paquet au bout d'un bâton, son mince bagage, et sortit sans regret de la vieille maison où s'était si tristement consumée son enfance. Ayant fait emplette d'une bonne rapière, qu'il s'attacha au côté, il part à pied pour Mont-de-Marsan. Il cheminait léger, libre, insoucieux, observant tout ce qui s'offrait à sa vue, ne manifestant ni empressement, ni curiosité, et se faisant indiquer sa route d'un lieu à l'autre. Il traverse

Mont-de-Marsan sans s'y reposer, prend le sentier qui longe la Douze, et aperçoit de loin se dessiner sur le ciel les tourelles d'un château. Le soir se faisait, Dominique s'arrête pour considérer le sombre édifice qui se dresse devant lui. C'est bien là le château qu'on lui a désigné comme son héritage, comme le nid de sa famllle. Son cœur se serre de tristesse, il sent pour la première fois combien l'isolement est amer. Le voilà seul, sans appui, renoncé par son oncle, abandonné de sa mère, qui n'a plus même une pensée pour lui. Le découragement s'infiltre dans son âme; cependant le visage de l'enfant d'une pâleur nerveuse, demeure calme et résolu. Dominique secoue bientôt sa mélancolie, gagne la porte du château, qu'il voit ouverte, franchit le seuil, et entre la tête haute dans la cour, où les serviteurs s'étaient réunis, après leur journée de travail. On vient à lui, on lui demande qui il est, ce qu'il veut.

— Je suis le maître de céans, répond-il d'une voix ferme, je veux parler à maître Jacques.

On le conduit à l'intendant qui, favorablement prévenu par l'air fier du jeune étranger, le salue avec respect, et lit découvert et debout la lettre d'Eusèbe, apportée par Dominique. La lecture finie, il s'adresse à l'adolescent :

— Monseigneur, lui dit-il, vous êtes le baron

de Gourgues, qui venez vous mettre en possession de votre héritage. Tout vous appartient ici,
et nous voici, nous, vos serviteurs, prêts à
exécuter avec soumission ce qu'il vous plaira de
nous ordonner.

— Vive Monseigneur! crièrent les domestiques, charmés de la mine hardie de leur jeune
maître. Dominique ne parut ni surpris ni flatté
de cette ovation.

— Qu'on me serve à souper, reprit-il tranquillement, car j'ai grand faim. Et voici mon
guerdon de bienvenue.

Il distribue autour de lui de l'argent, qui
accroît l'enthousiasme des assistants. Dominique
prend son repas en silence, après avoir con-
gédié d'un mot ses gens, dont la curiosité l'impor-
tunait. Ensuite, moulu de fatigue, il se couche
dans la chambre d'honneur, qu'on a préparée
à la hâte, et dort d'un bon somme jusqu'à cinq
heures du matin ; c'était l'heure où il avait
accoutumé de se lever. Aussitôt, il se met à
visiter seul le château, de chambre en chambre, et d'étage en étage, sans avoir voulu se
laisser guider par maître Jacques ; il rend le
salut à ceux qui se rencontrent sur son passage,
et leur donne des ordres, comme s'il n'eût fait
que cela toute sa vie. Parvenu devant la porte
scellée du long corridor, il brise la double

empreinte de cire, ouvre et referme derrière lui l'entrée. S'étant avancé sous la voûte, il trouve le levier de fer entre les barreaux de la grille, et attaque sur le champ la septième dalle à partir de la fenêtre. Le pavé cède à ses efforts ; la pierre est soulevée ; le coffret indiqué se montre à lui sous une épaisse couche de poussière. Il le prend, l'ouvre, jette un coup d'œil sur les parchemins, sur l'or qui est au fond du coffre, et y ajoute une bonne part du contenu de sa ceinture. Puis il clôt la caisse, l'introduit de nouveau dans son trou, replace le carreau et sort de la salle. — Je vérifierai plus tard tout cela, se dit-il ; j'ai le temps d'aviser.

On était alors dans la seconde moitié du mois de juillet de l'année 1535.

Dominique, enivré du bonheur de se sentir libre de tout lien, et maître de lui-même, ne pensa plus à quitter son château, et y vécut d'une vie sauvage et insoucieuse, vagabondant par le pays, soit à pied, soit à cheval, chassant, pêchant et ne hantant voisin ni voisine, de quel rang qu'ils fussent. Il songeait parfois, non sans amertune, à sa mère, qui semblait l'avoir tout-à-fait oublié, et il méditait d'aller se présenter inopinément à elle, sous un nom supposé, afin de la voir sans en être connu. Alors, s'il découvrait en cette mère indifférente un reste d'affection pour son fils, il se nommerait, et s'en retournerait content. Quant à ses frères ou sœurs, enfants d'un autre père, il ne voulait voir en eux que des étrangers.

Le mois d'octobre allait finir, et Dominique différait de jour en jour l'exécution de son projet, lorsque apparut au manoir le petit moine déchaux. Cette fois, il demanda qu'on le fît parler, non à Jacques, mais au seigneur lui-même, qu'il connaissait pour l'avoir vu souvent chez le chanoine de Bordeaux.

Quand il fut seul avec Dominique, dont l'accueil avait été assez froid, il retira d'un sachet de serge noire une grosse lettre qu'il présenta au jeune homme. Celui-ci, par bonheur, savait lire et même écrire passablement; c'était tout ce qui lui restait de l'éducation qu'avait voulu lui inculquer son oncle, et il n'avait pas perdu ce double talent, bien que, depuis son départ de Bordeaux, il ne s'en fut pas occupé un seul instant. Il rompt le cachet, et voit s'échapper du pli ouvert, plusieurs feuilles de parchemin, sur lesquelles sont alignés, en pieds de mouche, des mots latins à peu près illisibles. De plus une missive laconique d'Eusèbe annonçait que la mère de Dominique venait de mourir, sans léguer un souvenir à son fils premier né. Ces parchemins sont les pièces juridiques, relatives à ce décès. Le jeune homme pâlit, baissa la tête, et demeura muet un moment. Puis, relevant les yeux vers le moine, qui l'envisageait d'un air placide : Ne me trompai-je point? lui dit-il, est-ce la mort de ma mère qu'on m'apprend là?

— Je n'en sais rien, Monsieur le baron, répliqua le déchaux ; mais si elle est morte, nous pouvons dire des messes, pour faciliter à son âme l'entrée du paradis.

Les paupières de Dominique s'étaient gonflées ; une larme tomba sur le papier qu'il lisait pour la seconde fois ; mais aussitôt, honteux peut-être de laisser voir son émotion, il sort de la salle, et va se réfugier dans le fourré le plus caché de son parc. Le moine partit le lendemain, sans l'avoir revu.

Le jeune de Gourgues ne dit à personne la triste nouvelle qu'il venait de recevoir. Seulement, il se montra plus taciturne encore, et fit prendre à tous ses serviteurs la livrée de deuil. Lui-même, depuis cette époque, porta toujours un pourpoint noir uni. Ce singulier enfant n'avait jamais eu de goût pour le luxe, soit dans les ajustements, soit dans les meubles. Il avait alors quinze ans, était déjà grand, mais fluet, nerveux, de figure expressive et fine, pâle, avec des yeux noirs d'une fixité extraordinaire. Il

riait peu et avait dans son port une habitude
sérieuse qui contrastait avec l'air encore enfantin
de son visage.

L'hiver vînt. Il fallut rester inactif au château,
et ajourner au printemps les projets ambitieux
et les espérances de gloire. Dominique, souvent
retenu chez lui par la pluie, se rongeait d'ennui.
De toutes les belles choses qu'autrefois lui enseignait le chanoine, il ne lui demeurait, nous
l'avons dit, que la lecture et l'écriture. Or, notre
adolescent était maintenant peu porté à user de
sa science comme d'un moyen de distraction.
Il allait et venait par toute sa maison, crevant
ses tapisseries à coups d'épée, visitant son cheval à l'écurie, et laissait les rats disputer paisiblement à la poussière quelques cahiers de droit
romain et de procédure, encore épars dans la
chambre de son père, feu le président. Parfois,
durant la veillée, il faisait venir auprès de lui
maitre Jacques, pour lequel il s'était pris d'amitié,
sans doute à cause de l'attachement sincère que
lui montrait ce bon serviteur, et sans doute aussi
parce que son jeune cœur avait besoin d'aimer
quelqu'un. Assis tous deux devant la large cheminée de la grande salle, l'un dans son fauteuil
armorié, l'autre sur un escabeau de bois, ils
passaient de longues heures à parler guerre et
batailles.

L'ennemi national, dans ce temps là, c'était l'Espagnol. La France à peine débarassée des Anglais, qu'elle avait rejetés hors du continent, venait de commencer avec l'Espagne cette lutte sans merci, qui devait aboutir à la journée de Rocroy et à l'abaissement de la grandeur castillanne. Dominique aurait volontiers donné dix années de sa vie pour avoir une prochaine occasion de se signaler contre les troupes de l'empereur Charles-Quint. Maître Jacques l'entretenait dans ses idées, en lui prédisant qu'à coup sûr il ajouterait un nouvel éclat au nom déjà illustre des barons de Gourgues. Un soir, l'intendant s'était permis, non sans force ménagements, de faire de timides remontrances à son jeune maître, au sujet de son peu de respect pour les choses de la religion. Car Dominique, depuis qu'il ne dépendait que de lui-même, ne s'était pas fait voir une seule fois à l'église du village. Le souvenir d'Eusèbe était présent à son esprit et lui inspirait un insurmontable dégoût pour toute pratique de dévotion. La vue seule d'un prêtre l'irritait. Aussi, lorsque le curé de la paroisse voisine, sous prétexte de solliciter des aumônes, ou d'offrir ses civilités au jeune châtelain, se présentait au manoir de Gourgues, Dominique avait grand peine à dissimuler son impatience et ne prêtait qu'une oreille distraite aux rustiques exhortations du vieux clerc.

Donc, ainsi que nous le disions, maître Jacques, un soir, se sentant en train de pérorer, parlait de l'enfer et du purgatoire à son seigneur qui sommeillait en l'écoutant. Le bonhomme, encouragé par le silence et l'immobilité de son auditeur, trouvait, à l'appui de sa thèse, les meilleures raisons du monde, et s'attendrissait jusqu'aux larmes, en les énumérant. Il citait surtout comme épouvantail, la notoire impiété d'Antoine de Gourgues; cousin de Dominique et un peu plus âgé que lui. Ce jeune homme venait de rompre ouvertement avec sa famille pour embrasser les nouvelles opinions religieuses, qui, de l'Allemagne, commençaient à se répandre par toute l'Europe, et à remuer dans ses profondeurs la conscience des peuples. Dominique en entendant le nom de son cousin, se réveilla de son demi sommeil, et devint attentif.

— Je voudrais bien, pensait-il, connaître cet Antoine, qui s'est si bravement débarassé des prêtres et de leurs sermons.

Le voilà maintenant tranquille. Je l'approuve fort, quant à moi, d'avoir jeté à tous les diables cet attirail de latin et de grimoire, dont on fait peur aux femmes et aux enfants.

— Lors, interrompant Jacques au milieu d'une de ses phrases les plus pathétiques : sus, mon Jacques ! dit-il ; il faut vous taire. Je ne veux pas qu'on blâme en ma présence un mien parent. Mon cousin a eu sans doute de fort bonnes raisons pour faire ce qu'il a fait. Songez à mieux peser vos paroles.

Le serviteur garda le silence ; mais, comme il aimait beaucoup son maître, il demeura consterné de ses tendances irréligieuses, et de son indulgence pour un luthérien. Depuis lors, entre le seigneur et son intendant, il ne fut plus question d'impiété, ni des nouveaux hérétiques.

Les trois premiers mois de l'année 1536, furent marqués par un froid excessif. Le temps se traînait pour Dominique avec une lenteur énervante.

Un jour du mois d'avril, notre reclus voit descendre chez lui un jeune homme, qui n'était autre que son parent Antoine. Venu de la Rochelle à Mont-de-Marsan, pour régler certaines affaires d'intérêt avec sa famille qui le reniait, Antoine avait appris que son cousin Dominique habitait seul son château, et il désirait se montrer à lui. Dominique ressentit une grande joie à lier connaissance avec un de ses parents, le seul qu'il eût vu depuis son départ de Bordeaux. Aussi l'engagea-t-il à passer quelques jours auprès de lui, pour chasser et courir tout le saoûl. Extrême fut l'émoi du pieux Jacques, lorsqu'il sut quel était l'hôte de son maître ; mais son

respect pour Dominique était déjà tel, qu'il
n'osa souffler mot, se contentant de faire froide
mine au visiteur, qui n'eut garde de s'en apercevoir. Les deux jeunes gens devinrent bientôt
amis intimes. Antoine, plus vif en apparence que
Dominique, avait bien moins d'énergie. Il parlait de sa nouvelle croyance avec la ferveur d'un
néophyte, et pressait son cousin d'abjurer
comme lui le papisme. Dominique l'écoutait
avec beaucoup d'attention, répondait peu, ou
ne le faisait que d'une manière évasive. Il apprit
d'Antoine que celui-ci allait, au retour du pays,
s'embarquer à La Rochelle pour une croisière
contre les colonies espagnoles. A cette nouvelle,
ses instincts guerroyeurs se rallument.

— Je vous accompagnerai ! dit-il simplement
à Antoine.

Et le soir même, ayant appelé Jacques dans
sa chambre, il lui confie de nouveau l'administration de son bien.

— Si je meurs, dit-il, tu te souviendras que
c'est mon parent Antoine, qui sera mon héritier.

Jacques promit, en pleurant, de se confor
mer aux volontés de son maître, et de gouver-
ner le domaine, comme il l'avait fait autrefois.
Il essaya bien de faire quelques objections au
projet de voyage à La Rochelle, ville dont le

nom seul le remplissait d'horreur, et qu'il regardait comme un des soupiraux de l'enfer. Mais Dominique le congédia en haussant les épaules.

Le lendemain, il manda tous ses gens, leur annonça qu'il était sur le point de s'éloigner pour un temps assez long, et leur commanda d'être soumis à maître Jacques comme à lui-même. Il jura de punir sévèrement à son retour ceux qui n'auraient point obéi. Puis, ayant réglé toute chose dans sa maison, avec une prudence au-dessus de son âge, et gardé sur lui une somme d'argent suffisante, il part pour La Rochelle avec son cousin; tous deux montés sur de bons chevaux.

La route se fit gaiement; nos voyageurs étaient jeunes, pleins de confiance en eux-mêmes, s'occupant fort peu de l'avenir, et n'envisageant le présent que sous son point de vue le plus rose.

Arrivés à la Rochelle vers la fin d'avril, ils eurent à peine le temps de vendre leurs montures. La ramberge sur laquelle Antoine devait faire campagne, était prête à prendre la mer avec cent trois hommes d'équipage. Dominique fut présenté par son cousin au capitaine qui commandait l'expédition. Ce chef, vieux corsaire Rochellois, s'était fait remarquer souvent par des coups de main d'une hardiesse incroya-

ble ; son nom de guerre était Pierre Steillan. Il
jeta un regard sur Dominique, et lui dit qu'il
pouvait coucher à bord, le vaisseau devant
mettre à la voile le lendemain. En effet, dès le
matin du 30 avril, la ramberge quitta le port
et cingla vers le sud. L'équipage ignorait la
destination précise de la croisière. Quand on fut
à la hauteur des Canaries, on aperçut à distance
la flotte espagnole, qui gardait ces parages, et
on réussit à l'éviter. On échappa avec le même
bonheur à deux gros vaisseaux de cette nation,
détachés de l'escadre. Cet heureux début remplit
d'ardeur et d'espoir l'équipage Rochellois. La
ramberge, ayant abordé résolument l'île de
Lancerota, mit à terre un petit détachement qui
s'empara d'un village et le pilla. Les habitants
épouvantés avaient pris la fuite. Puis, avant que
la garnison ne fut rassemblée, nos marins se
rembarquent, contournent l'archipel du côté
du couchant, rangent de près Palma, et canon-
nent en passant Ferro, gardée par un navire de
guerre, qui n'osa venir à leur rencontre ou
qui n'était pas en état de le faire. Enfin, Steillan,
avec une audace sans pareille, met le cap sur
la grande île de Ténériffe, fait jeter l'ancre à
quatre ou cinq lieues de la capitale, et marche
à la tête de quatre-vingts hommes, vers la plus
prochaine bourgade, saccageant et dévastant

tout sur son passage. La terreur se répandit
dans toute l'île. Le gouverneur réunit environ
deux cents hommes, tant soldats que matelots
et il court au-devant de l'ennemi, qui, après
avoir incendié deux villages, se retirait chargé
d'un butin considérable. A la vue des Espagnols,
Steillan fit entasser dans un ravin tout ce qu'on
emportait, et range sa petite troupe en face
des assaillants.

— Camarades! leur dit-il, souffrirons-nous
que ces mange-citrons nous dépouillent du fruit
de notre victoire? En avant! montrons-leur ce
que savent faire les Rochellois.

Ses gens lui répondent par un cri formidable.

— Enfants! dit alors le capitaine aux deux
jeunes de Gourgues, qui étaient près de lui,
et qui voyaient le feu pour la première fois; il
s'agit ici de ne point aller trop vite, ne vous
écartez pas de moi.

Cela dit, le loup de mer et sa bande, sans
riposter par un seul coup à la mousquetade
qui leur pleut dessus, se ruent au pas de course
et la hache au poing contre les Espagnols. Ceux-
ci n'ont pas eu le temps de se reconnaître, que
déjà la volée entière des Rochellois est sur eux,
et a rompu leur ligne. Le choc ne dura pas
longtemps; le gouverneur et ses hommes voyant
leurs rangs enfoncés, prennent la fuite vers la

ville, et abandonnent le champ de bataille, où gisent vingt-et-un des leurs. Les Français n'avaient perdu que quatre hommes.

Quand les Espagnols eurent disparu, Steillan avisa Dominique, dont le visage rayonnait de l'exaltation du triomphe.

— Petit! lui dit-il en souriant, toi et ton cousin vous avez fait œuvre de vos dix doigts comme il faut. Je ne t'ai pas perdu de vue, et je connais que, si Dieu t'envoie l'occasion favorable, tu seras un grand capitaine.

Hélas! l'occasion favorable devait se faire attendre à Dominique plus de trente ans.

Nos corsaires, avant de se retirer, voulurent dépouiller les morts. Après cela, ils ramassèrent leur proie, se reformèrent en bon ordre, sans plus être inquiétés par les Espagnols, et prirent le chemin du rivage. Venus à bord, ils rendirent, avant de s'éloigner de l'île, les honneurs funèbres à leurs quatre compagnons. Le capitaine fit une prière d'actions de grâces, pour remercier Dieu d'un avantage si complet. Le vaisseau corsaire, son pavillon cloué au grand mât, vint passer fièrement à portée du canon de la citadelle. Ensuite, évitant de s'engager au milieu de l'archipel, Steillan, pour donner le change à l'escadre ennemie, se dirige vers l'Afrique; mais à la hauteur du cap Bojador, il prend sa

course vers l'Europe, en ayant soin de ne pas
s'écarter de la côte. Il était déterminé, dans le
cas où un ennemi supérieur en nombre l'atta-
querait, à s'embosser au rivage et à résister
jusqu'à la mort. Nulle voile Espagnole ne se fit
voir et nos aventuriers, poussés par un vent pro-
pice, rentrèrent victorieux à La Rochelle.

Ce voyage influa d'une manière décisive sur
la destinée de Dominique. Notre jouvenceau en
conçut un goût très-vif pour le métier de marin.
De plus, ce fut durant cette traversée, qu'il
se convertit à la Réforme. Les exhortations as-
sidues de Pierre Steillan, qui le traitait en fils,
la vie en commun avec ces rudes matelots, dont
la piété austère l'étonnait; les lectures et les
prières du soir et du matin, qui réunissaient
sur le pont l'équipage entier, tout, jusqu'à l'intrépidité naïve de ces hommes si pieux, tout
l'impressionnait et excitait sa sympathie et son
respect. Aussi, dès avant le retour à La Rochelle, il déclara renoncer aux croyances, pour
lesquelles on l'avait tourmenté enfant, et il fit
publiquement profession des doctrines de la
Réforme. Depuis lors, l'expérience ne fit que
le confirmer dans la résolution qu'il avait prise.
Il fut toute sa vie un des disciples les plus fer-
vents de cette foi religieuse, que propageait
l'éloquence de Calvin et de Bèze, que défendait
l'épée de Coligny.

C'est au mois de juillet qu'il était revenu en France. Il ne s'occupa d'abord que de religion, pratiquant régulièrement les exercices de son nouveau culte, et se plaisant à converser avec les pasteurs et les hommes d'un âge avancé. Sa force de volonté s'était portée tout entière sur de graves pensées. La tristesse de son caractère mordait avidement aux sévères méditations de la Bible. Antoine, qui ne s'était converti que par entraînement, par esprit d'indépendance, et qui voulait jouir en jeune homme des richesses rapportées de la mer, Antoine le sollicitait de venir avec lui à Paris, dont le nom seul était une séduction. Dominique refusa. Les plaisirs n'avaient point d'amorce pour cet enfant de seize ans, à l'âme si ardente, aux yeux si vifs. Il demeurait insensible à tout ce qui charme et passionne la jeunesse. Les femmes étaient pour lui comme si elles n'existaient pas ; et dès ce temps il prit avec lui-même l'engagement de ne se point marier. Si plus tard il se départit un peu de son austérité de mœurs, on peut dire que jamais maîtresse n'eût de prise sur sa volonté, et ne trouva l'art de le soumettre à son influence.

Il laissa donc partir son cousin pour la cour et resta à La Rochelle ; mais bientôt l'oisiveté lui pesa. Le jeune homme montrait déjà l'activité

inquiète qui fut presque l'élément de sa vie.
Nulle expédition ne se préparait, car la mer
était couverte de vaisseaux de guerre Espagnols.
Dominique fit ses adieux au bon Steillan, non
sans lui promettre de revenir à son premier
appel, et se remit en route pour son château,
où il voulait serrer sa part de butin. Ce n'est
pas qu'il fut le moins du monde thésauriseur;
mais il ne savait que faire de sa chevance, et il
lui tardait de la joindre à son tas, pour n'y
plus songer. On verra qu'il eut dans la suite, à
s'applaudir de ce soin.

Le lendemain de son arrivée chez lui, il
annonce sans préambule à maître Jacques,
qu'il a rejeté le joug des moines, pour se faire
luthérien, et il presse l'intendant de l'imiter;
mais le dévouement de celui-ci pour son maître
n'alla point jusque-là. Il fallait même que ce
Jacques fut d'une excellente nature, pour que
la dévotion ne fut pas plus forte en lui que
tout autre sentiment. Il jurait à Monsieur le
baron qu'il le servirait avec zèle toute la vie;
mais que, ni par menaces, ni par prières, il
ne se déciderait à le suivre dans la voie fatale
de la perdition: ainsi nommait-il la réforme
religieuse. C'était, entre Dominique et lui, une
suite de discussions obstinées, où l'un finissait
souvent par s'emporter, l'autre par se taire

d'un air de fâcherie. Le jeune de Gourgues s'ennuya bientôt de ce parlage sans résultat. Il était homme d'action, non de paroles.

A peine eut-il passé quelques jours dans son château, que le désir lui vint de courir de nouveau les aventures. La guerre lui semblait la seule occupation digne d'un gentilhomme, et il se sentait fait pour la vie des camps. Il abandonne donc pour le moment maître Jacques à son impénitence finale; il remonte à cheval, et comme présentement la mer ne lui offrait encore rien à faire, il se rend seul à Avignon. C'est à l'entour de cette ville, que s'était réunie, sous les ordres du connétable de Montmorency, l'armée française destinée à s'opposer à la marche de Charles-Quint, entré en Provence le 25 juillet.

Dominique, arrivé sous Avignon, vers la mi-août, prit place comme officier volontaire dans une compagnie de Basques, parmi lesquels il pouvait parler la langue d'Oc, qui lui était bien plus familière que le français. Les Basques, à cette époque, étaient réputés les meilleurs fantassins de l'Europe.

L'Empereur assiégeait à la fois Arles et Marseille. Le roi de France était absent de l'armée, par suite de la mort de son fils aîné, que venait d'emporter une violente pleurésie. François, ivre de haine contre Charles-Quint, accusait son rival d'avoir fait empoisonner le dauphin par Sébastien Montécuculli, échanson du prince, et d'avoir voulu empoisonner toute la famille royale. Or, pour justifier devant l'Europe cette horrible accusation, à laquelle il ne croyait pas lui-même, le roi allait faire écarteler sous ses yeux l'innocent Montécuculli. Ce passe-temps était, certes, bien digne du souverain, qui, au lieu d'aller hardiment à la rencontre de Charles-Quint, et de lui livrer bataille, pour le chasser du royaume, avait jugé plus facile, et surtout plus prudent, de faire dévaster et mettre à sac la Provence.

Anne de Montmorency, aussi impitoyable que son maître, lui avait donné ce conseil, que François s'était empressé de suivre. D'ailleurs, le souvenir de Pavie pesait sur lui, et l'empêchait d'affronter l'Empereur en rase campagne. Ainsi une des plus belles provinces de la monarchie fut ruinée par ordre de celui-là même qui avait charge de la défendre. On vit des Alpes au Rhône, et de la Durance à la mer, la cavalerie française parcourir le pays, la flamme à la main, brûlant les récoltes, crevant les tonneaux pour en répandre tout le vin, détruisant les moulins et les fours, comblant ou souillant les puits, et dans le moindre coin de cette mal-

heureuse terre, imprimant les traces ineffaçables
de la cruauté de son roi. La Provence ne s'est
jamais bien relevée de ce désastre.

Du reste, cette sauvage exécution fut cou-
ronnée d'un plein succès. Les paysans proven-
çaux, sans asile, mourant de faim, erraient
par milliers dans leurs campagnes désolées.
Des épidémies produites par la misère, par les
ardeurs furieuses d'un été du midi, se répan-
dirent parmi eux, et atteignirent l'armée impé-
riale, qui manquait de vivres. Cette armée de
cinquante mille soldats, la plus redoutable qui
se fût abattue sur la France, semblait se fondre
à la flamme du soleil. Enfin Charles-Quint, re-
pliant ses troupes découragées, leva les deux
siéges, et le 25 septembre, deux mois après son
entrée triomphale en Provence, il en sortait
avec trente mille hommes. Le sol français avait
dévoré vingt mille de ses envahisseurs.

Cette courte campagne ne fut point du goût de
Dominique qui avait espéré prendre part à une
grande bataille. Il ne négligea aucune occasion
d'aller, en compagnie de quelques gentilshommes, escarmoucher devant Arles, avec les ennemis; mais l'inaction du connétable de Montmorency lui semblait inexplicable, non moins
que l'affreux ravage, exercé par le commandement du roi sur des Français. La guerre, faite

ainsi, n'était à ses yeux ni glorieuse, ni loyale.

Les Impériaux partis, Montmorency licencia l'armée. Dominique visita les villes d'Arles et d'Aix ; puis Marseille et Toulon, ports alors bien moins actifs que La Rochelle. Après un court séjour dans ces cités en deuil, il s'avise qu'il est temps de voir Paris, où il doit retrouver son cousin ; mais à Lyon l'ennui le reprend. Il se sépare de deux ou trois gentilshommes qui faisaient route avec lui, et, traversant la France, il va se confiner dans son château, comme l'aiglon dans son aire isolée. Il fallait à ce jeune homme, ou la mer ou la solitude. On ne le voyait à Mont-de-Marsan, que lorsque ses affaires le forçaient d'y venir.

Au printemps de 1537, il se disposait à repartir pour La Rochelle, sans avoir encore pu réussir à convertir son *entêté* de jardinier, quand il apprend à Mont-de-Marsan que le roi assemble une armée en Picardie. Il se dit que le devoir l'appelle là où ses compatriotes vont combattre, et il court se ranger des premiers sous la bannière royale. Antoine l'y rejoignit bientôt.

François Ier remarqua la froide intrépidité de Dominique, dans une rencontre qui eut lieu sous les murs d'Hesdin, entre quelques gentilshommes de sa suite, et une bande de pillards

ennemis. De Gourgues, avec deux autres cava-
liers, entra, l'épée au poing, dans les rangs des
Brabançons, soutint longtemps leur furie, et,
enfin secouru, écrasa ou dispersa tout ce qui
lui avait tenu tête.

Les exploits du roi de France, en cette guerre,
se bornèrent à prendre la ville d'Hesdin, avant
la réunion des troupes impériales. Aussitôt qu'on
signala leur approche, François fit retraite, et
licencia son armée le 31 mai. Les Impériaux, ne
trouvant plus d'obstacle, s'avancent à travers
la Picardie, et, le 15 juin, s'emparent sans résistance, de Saint-Pol, où ils massacrent quatre
mille cinq cents habitants.

Alors Montmorency se décide à former
un nouveau corps de troupes, afin de couvrir la frontière; mais venu à portée de l'ennemi, le connétable, peu désireux d'engager
l'action, signe une trêve, qui ne concernait que
les Pays-Bas.

Dominique, après le 31 mai, consentit à suivre Antoine à Paris, qu'il n'avait fait qu'entre-
voir en se rendant au camp. L'aspect de cette
capitale, où brillaient déjà tant de monuments,
produisit une médiocre impression sur un enfant
des Landes, assez indifférent de sa nature, aux
merveilles des arts. Il y resta peu, et partit à la
suite du roi, qui conduisait un puissant renfort

à son armée du Piémont. François Ier, disait-
on, allait enfin joindre l'ennemi, et tenter le
sort des armes. La jeune noblesse, en songeant
aux batailles passées, surtout à Marignan et à
Pavie, brûlait du désir de se battre. On traverse
les Alpes, on force le pas de Suze le 31 d'octobre,
on arrive tout d'un temps jusqu'à Rivoli. Là,
nouvelle déception. Le roi chevalier n'a amené
de si loin son armée en présence des impériaux,
que pour négocier avec eux une trêve de trois
mois.

Ainsi, quatre des plus puissantes nations de
l'Europe, se voyaient couvrir de ruines, ou
épuiser d'hommes et d'argent, pour la querelle
de deux souverains, qui, se redoutant l'un
l'autre, n'osaient terminer d'un seul coup leurs
différends, et qui laissaient se consumer leurs
peuples dans des alternatives de longue guerre
et de courte paix.

Ce fut au retour d'Italie, que Dominique déclara un soir, en peu de mots, à son cousin,
qu'il renonçait pour longtemps à suivre le roi
dans ses promenades militaires. Il voulait se
fixer à La Rochelle, afin de se donner tout entier
aux voyages de mer. Les expéditions avortées,
auxquelles il venait d'assister, avaient tellement
irrité sa soif de combats et d'entreprises, qu'il
était déterminé, plutôt que de demeurer oisif, à

passer chez les Anglais, déja renommés marins,
et à s'embarquer sur un de leurs vaisseaux. Il
y avait, en ce temps, sympathie entre cette nation et les réformés de France. Dominique ne
jugea point à propos de confier à Antoine son
projet d'aller en Angleterre. Antoine, attiré à
Paris par une liaison d'amour, n'était nullement
en disposition de quitter la France ; il n'insista
pas pour retenir près de lui son parent.

Dominique avait un peu plus de dix-sept ans.
Il était peut-être le seul parmi les enfants de la
noblesse française, qui eût refusé d'être présenté au roi.

— On ne doit se montrer à son prince, disait-
il, que lorsqu'on s'est fait connaître de lui par
d'importants services.

Il prit donc, sans différer, le chemin de son
château, où il s'occupa durant quelques jours,
à tout mettre en ordre selon sa coutume, et à
donner ses instructions au fidèle Jacques, qui,
cette fois, ne se permit aucune observation sur
les projets de son maître. On le voit, le soin
attentif, presque minutieux de ses affaires pri-
vées, soin qui n'était entaché de nulle ombre
d'avarice, est un des traits distinctifs du caractère de Dominique. Il avait si bien réglé sa
maison, que, présent ou absent, c'était sa
volonté qui dirigeait tout. Tranquille sur ce

point, le jeune homme revint à La Rochelle ;
mais rien ne s'y préparait alors, qui pût le
tenter. Les plus braves capitaines de ce petit
port, éparpillés en ce moment hors du nid,
comme une volée d'aigles de mer, ne devaient
pas rentrer de longtemps. De Gourgues atten-
dit néanmoins deux semaines ; ensuite, pris
d'impatience, il s'embarque sur un vaisseau
caboteur de Douvres, et arrive à Londres deux
jours avant la fête de Noël. Il ne connaissait
absolument personne dans cette grande capitale,
et savait à peine quelques mots d'anglais, pour
les avoir appris et retenus, soit à La Rochelle,
soit dans sa campagne sur mer ; mais Dominique
sûr de lui-même, n'était embarrassé de rien.
Il passa pieusement en prières toute la journée
de Noël, et, sans donner à Londres plus d'attention qu'il n'avait fait à Paris, il partit pour
Plymouth. Là, presque toujours sur le port,
il apprend de la langue anglaise tout ce qui lui
est nécessaire pour se faire facilement entendre:
il parvient à se lier avec des officiers de marine,
et qui plus est, à leur inspirer de la confiance.

Enfin, au printemps de 1538, le jeune Français, débarqué, depuis trois mois à peine,
seul, sans amis, sans recommandations, chez les
Anglais, gens fort peu expansifs et de froid
accueil, prenait place, comme second, sur un

4

beau trois-mâts, moitié marchand, moitié corsaire, comme l'étaient en ce temps beaucoup
de vaisseaux de long cours. Ce navire, monté
d'un nombreux équipage, devait longer la côte
occidentale d'Afrique, depuis le Maroc, jusqu'au fleuve Zaïre, pour s'y procurer, soit par
échange, soit de force, les marchandises de ces
régions, principalement la gomme et l'ivoire.
On a peu de détails précis sur les voyages de
Dominique, en compagnie des Anglais, depuis
1538, jusqu'en 1541. Nous savons qu'avec eux
il visita aussi le Brésil, encore désert, et où les
Portugais venaient de jeter les fondements de
leur colonie de Rio-Janeiro. Ces trois ans de
navigation n'offrirent, ce semble, qu'un seul
événement remarquable, c'est du moins le seul,
dont le souvenir nous ait été conservé. Au retour du Brésil, dans l'automne de 1541, le capitaine du vaisseau qui portait Dominique, étant
mort, le commandement échut au jeune officier.
Bientôt les Anglais, qui formaient la majeure
partie de l'équipage, refusèrent de lui obéir, et
se mirent en pleine révolte. Mais il y avait à
bord une douzaine de Rochellois, qui se ran-
gèrent du côté de leur compatriote, déterminés
à le soutenir, et à mourir, s'il le fallait, avec
lui. A leur tête, Dominique opposa aux mutins
une résistance indomptable, et finit par avoir

raison d'eux, après qu'il eut jeté de sa main
leur chef à la mer. Par bonheur, le lendemain
de cette scène, on fit la rencontre d'un navire de
guerre anglais, à bord duquel de Gourgues put
faire passer ses rebelles. Il rentra dans Plymouth sans autre incident, et refusa de porter
plainte à l'amirauté anglaise. Etant venu en
France, pour revoir son château, ainsi que cela
lui arrivait, au retour de presque toutes ses
expéditions, il est informé qu'au printemps de
1542, le roi de France va ouvrir une cinquième
guerre contre l'Empereur. Deux armées se formaient, l'une sous le commandement du Dauphin, pour occuper le Roussillon, l'autre, con-
fiée au second fils du roi, au duc d'Orléans, et
qui devait envahir le Luxembourg. Voilà l'ima-
gination de Dominique, qui s'exalte de nouveau.
Son âme, à la fois impétueuse et dévouée,
oublia les mécomptes des précédentes campagnes, et jugeant l'âme de François d'après soi-
même, crut que la France allait enfin se relever
de son long affaissement. Plein de cette géné-
reuse illusion, il se hâte d'accourir à Paris, et
de là, dans le Luxembourg, auprès du duc d'Orléans. Il pensait retrouver au camp son cousin
Antoine, qu'il n'avait pas vu depuis quatre ans.
Mais Antoine, désigné pour faire partie de l'armée du Dauphin, était déjà aux Pyrénées.

Cette guerre, commencée sous d'heureux auspices, s'acheva aussi misérablement que les autres. Le duc d'Orléans et son frère, ne surent et ne purent rien faire de mieux, que ce que leur père avait fait. Le premier, après des succès assez importants, après la prise de quelques places, et la conquête d'une partie du pays, désespéra de pouvoir en venir à une bataille, et licencia brusquement son armée le 10 août, pour aller rejoindre sous les Pyrénées, son frère, tout aussi peu habile que lui.

Dominique, durant la campagne, eut à diriger diverses opérations, qui toutes réussirent. Il fallait que son mérite fût bien incontestable, puisqu'il lui valut, dès cette époque, un brevet de capitaine, à lui, l'obscur gentilhomme de province, dénué de protecteurs à la cour. Ayant suivi son général en Roussillon, il fut tellement découragé de ce qu'il y vit encore, de ces expéditions sans gloire, et sans profit pour le pays, de ces tournois stériles et ruineux, où paradait ridiculement une folle noblesse, qu'il revint, le dépit et la déception au cœur, se renfermer entre les tourelles de son morne château. Alors, nous le perdons de vue durant quinze années entières. Que fit-il, pendant ce laps de temps ? Il est à croire que ce cœur de feu, créé pour l'action et l'audace, ne consuma point ces quinze ans à se ronger lui-même dans l'oisiveté. Les fortes natures de cet âge, encore à demi barbare, ne connaissaient pas la rêverie. Sans doute Dominique continua sa vie de hasards et d'aventures, soit sur mer, soit sur terre. L'histoire, si pleine de détails infinis concernant des princes odieux, leurs maîtresses et leurs courtisans, n'a pas eu un mot, pendant quinze ans, pour le pauvre capitaine huguenot, qui ne savait ni flatter, ni se vanter. Disons-ici, pour peindre d'un dernier trait cette remarquable figure, que ce huguenot tout d'une pièce, ce réformé fervent et convaincu, refusa de prendre part à aucune des guerres civiles et religieuses, qui, depuis le massacre de Vassy, par Guise, en 1562, épuisèrent la France de son meilleur sang. De Gourgues aimait son pays avec passion ; mais eut-il raison de ne pas se joindre à ses coréligionnaires, qui n'avaient de recours contre l'oppression que dans la résistance? c'est ce que je ne décide point. J'observe seulement qu'il faut se garder de juger cette époque lamentable, d'après les idées qui règnent de nos jours.

En janvier 1557, le duc de Guise entre en Italie, avec quinze mille hommes, parmi lesquels on comptait plus de sept mille Suisses. Cette armée, assez considérable pour ce temps, était bien pourvue de munitions, d'ailleurs pleine d'ardeur et confiante en son général. Le but, avoué de Guise était de conquérir Naples. Déjà préoccupé du rêve d'une grande royauté catholique, ce chef, sans frein dans ses ambitions, voulait, en réalité, se faire, de la conquête de Naples, un marchepied pour arriver un jour jusqu'au trône de France. Henry II régnait depuis dix ans ; la nation, si malheureuse sous le père, gémissait encore en silence sous le fils. Les Valois se succédaient ; mais ce qui ne changeait pas, c'était la folie de ces rois chevaliers, leur soif de guerres insensées, leur mépris du peuple, leur incapacité, leur fanatisme atroce. La France, pillée et saignée sans miséricorde, s'énervait, et perdait même en partie le sentiment de sa nationalité. On sentait déjà gronder sous terre le volcan de la St-Barthélemy.

Guise passe d'abord en Lombardie, la traverse en triomphateur, et arrive le 4 mars à Rome, où il était attendu comme le soutien, l'espoir de la religion. Ayant, pendant un temps, ravivé par sa présence et son audace, toutes les sourdes menées, les intrigues qui sans cesse fourmillaient et se nouaient dans la vieille métropole des papes, il poursuit sa marche vers le sud. Le 15 avril, il avait franchi la frontière, et tombait comme la foudre dans Campli, première bourgade du pays, sur lequel il aspirait à régner. Alors, pour montrer sans doute aux Napolitains ce qu'ils ont à attendre de lui, il abandonne Campli à la furie de ses soldats, qui en égorgent tous les habitants. Un long cri d'horreur et d'épouvante retentit de l'Apennin aux Abruzzes. Les paysans courent se renfermer dans les villes ; toutes les places se barricadent, chacun s'apprête à se défendre jusqu'à la mort. Le 23 avril, huit jours après le massacre de Campli, Guise, le présomptueux capitaine, vient échouer devant Civitella, misérable petite place, presque démantelée, qui fut pour lui l'insurmontable écueil où se brisa son entreprise. Dès lors, l'expédition fut manquée. Le duc, après avoir séjourné trois mois encore en Italie, où il perdit plus de la moitié de son armée, saisit le premier prétexte pour rentrer en France, Il y revint en août, aussitôt qu'il eut appris la perte de la bataille de Saint-Quentin. Voilà comment se gaspillaient alors et l'argent et le sang des peuples.

De Gourgues avait suivi Guise en Italie ; mais cette nouvelle guerre n'excitait en lui ni espoir, ni enthousiasme. Il touchait à sa trente-septième année. Sa raison lui disait depuis longtemps, que rien ne pouvait sauver la France, et l'arracher de l'ornière où elle se trainait.

Il ne fut pas témoin de la boucherie de

Campli. Détaché du gros de l'armée, avec une trentaine d'hommes, il eut à s'emparer d'une bicoque fortifiée, près de Sienne, et reçut l'ordre d'y tenir jusqu'après l'entière soumission du royaume de Naples. Or, voici ce qui arriva. Quand Guise fit retraite, emmenant son armée débandée, il oublia les trente gascons et leur capitaine, enfermés dans leur petit fort. Dominique en cette conjoncture, se montra ce qu'il avait toujours été, un héros et un habile homme. Abandonner un poste où on l'avait abandonné , tout autre que de Gourgues l'eut fait sans hésiter. Lui n'y songea même pas. Il avait promis de résister ; il se dit qu'il résisterait. Sa bravoure était si bien connue de ses compatriotes ; il exerçait sur eux un tel ascendant, qu'il les détermina tous à s'enterrer avec lui sous les ruines de leur fort, plutôt que de se rendre. Bientôt s'approchèrent les Espagnols, suivant à la trace l'armée de Guise, et ramassant les trainards, les blessés, les bagages, comme après une déroute. Tout en continuant la poursuite, ils jetèrent un corps nombreux du côté du fortin que défendait Dominique, et qu'ils espéraient emporter au pas de course. Mais repoussés dans trois assauts, ils durent se résoudre à faire un siége en règle, pour venir à bout d'une défense si incroyable. Enfin, après plusieurs jours de canonnade, les murailles écrasées livrèrent passage aux assaillants; ceux-ci, sur la tranchée ouverte, se heurtent contre un obstacle plus difficile à vaincre que des murs de pierre, contre un homme de fer, Dominique, qui, blessé déjà, enraciné sur la brèche, avec une dizaine des siens, pareil à un lion traqué, fit à deux reprises reculer les Espagnols, jusqu'à ce qu'une dernière décharge le couchât par terre, lui, et les trois derniers de ses soldats.

Une valeur si éclatante, qui aurait dû lui assurer le respect et l'admiration de ses adversaires, ne servit qu'à les exaspérer contre lui. Dominique, presque mourant, exténué de blessures et de sang perdu, fut relevé d'entre les morts, traité avec une brutalité impitoyable, et condamné, pour sa résistance héroïque, à aller ramer sur les galères du roi d'Espagne. Trop fier pour faire entendre une plainte, il se laissa porter sur un vaisseau qui devait le rendre à Cadix. Mais dans les eaux de la Sicile, ce vaisseau fut pris à l'abordage par un corsaire barbaresque et dirigé sur Alger. En chemin, nouvelle rencontre. Une galère de Malte donne la chasse à l'Algérien, l'accoste, le force à se rendre, et avec lui sa prise espagnole. De Gourgues, entre les mains des chevaliers de Malte, était libre. Conduit par eux au port de la Valette, il y reçut les égards

dûs à un si grand courage, et fut ramené en
France par un navire de l'ordre, frété pour
Toulon. De cette ville, Dominique regagne son
château à petites journées. Ses blessures, mal
soignées, semblaient avoir triomphé de sa
constitution athlétique. Il languit patiemment
dans sa solitude pendant plus de six mois.
Dans l'intervalle eut lieu l'un des rares faits
qui ont rehaussé sous ce règne l'honneur des
armes françaises : la prise de Calais. Le sort
voulut que Dominique ne pût y assister.

Une pensée dominante s'était emparée de
son âme, et semblait le ranimer. Il demandait
ardemment à Dieu de le faire vivre, et de lui
rendre la force, afin de se venger des Espagnols.
Il leur vouait dans son cœur une haine implacable, et se jurait de les poursuivre sans merci,
chaque fois qu'il les trouverait sur son chemin.

A peu près rétabli vers le mois de mai de
1558, il court se joindre aux troupes, qui, sous
les ordres de Guise, combattaient en Lorraine
contre les soldats de Philippe II. Le 22 juin, il
était devant Thionville, et contribua plus que
tout autre à la reddition de cette place. Sa
promptitude à l'attaque, sa ténacité indomptable, lui valurent, dans cette circonstance, l'estime de toute l'armée; mais atteint de deux
blessures, il se vit contraint d'aller se confiner

de nouveau dans ses Landes, où, à ce qu'il
semble, nul parent, nul ami ne venait comme
autrefois le visiter. Antoine menait une vie
assez dissolue; peut-être Dominique lui avait-
il donné des avis qui furent mal reçus, et devinrent une cause d'éloignement entre les deux
cousins. Toujours est-il que Dominique demeura
isolé chez lui (¹). Et voilà que, durant huit ans
encore, la nuit se fait autour de ce vaillant
homme, et il ne reparaît à la lumière qu'en 1566,
au moment où le cœur lui dit de prendre en
main, seul, la cause de son pays, et de se
créer de sa propre autorité, amiral, général,
gouverneur, pour la gloire du nom Français.

(1) Il est certain néanmoins que Dominique entretenait, avec
deux anciens amis de son père, MM. de Marigny et de Vacquieulx,
des relations d'amitié qui lui furent plus tard bien utiles. Quand
et comment s'établirent ces relations, c'est ce que je n'ai pu
découvrir.

PERSONNAGES :

Le Baron DOMINIQUE DE GOURGUES, Capitaine français.

Le Chevalier de CAZANOVE,
Le Sire D'ETAMPES, } Français, Officiers de mer.

PIERRE DE BRAY, jeune Français.

DOMINIQUE de BRAY, dit DOMI, fils de Pierre.

JACQUES, Intendant de M. de Gourgues.

LANTONIC, Domestique du même, ancien Matelot.

LAROQUETTE, Trompette d'arquebusiers de marine.

PONS,
CARRAN,
BRIÈRE,
GASSIÉ, } Patrons mariniers (contre-maîtres.)

BLAISE DE MONTLUC, Gouverneur de la Guyenne.

SARIOVA, Roi de la Floride.

OLOCTAR, son Neveu.

DON ANTONIO, Roi titulaire du Portugal.

DON PEDRO MÉHANDÈZ, Gouverneur espagnol en Floride.

DON FERNAND VALMARDO, Commandant d'un des forts espagnols.

ENRICO, sergent espagnol.

BEZERILLIO,
BOCARIO, } Soldats espagnols.

LITA, fille du roi de Floride.

DONA MANCIA, fille du Gouverneur Don Pedro.

Un Huissier de Blaise de Montluc.

Paysans et Paysannes, Vassaux de M. de Gourgues. Matelots et
Soldats français.

Soldats espagnols.

Indigènes de la Floride, hommes et femmes.

Jeunes Floridiens armés.

(L'action se passe dans la seconde moitié du XVI⁰ siècle).

DOMINIQUE

DE GOURGUES

Tragédie en cinq actes

———◄o◄◇►o►———

ACTE PREMIER

———

SCÈNE PREMIÈRE

Une plaine au coucher du soleil. Dans le fond, le château de Gourgues, noir et semblable à un petit fort, avec créneaux et donjon. Un pont-levis devant la porte. Vers l'avant-scène, un peu de côté, le baron Dominique de Gourgues, vêtu d'un pourpoint noir fort simple, est assis sur un tronc d'arbre renversé. Debout, auprès de lui, se tient Jacques, son intendant.

———

DOMINIQUÉ.

Maître mon Jacques, ne t'expose pas plus longtemps au vent du soir ; va te chauffer.

JACQUES.

Bah ! Monseigneur ! Le soleil de mars est bon cette
année. — Savez-vous bien à quoi je pensais, présentement ?

DOMINIQUE.

Ma foi, non.

JACQUES.

Je pensais que jamais aucun de vos nobles aïeux,
les barons de Gourgues, n'a été aussi riche que vous.
Ne direz-vous pas comme moi, Monseigneur?

DOMINIQUE.

Les soirées sont encore froides, babillard. Tu dévi-
deras demain le reste de ton chapelet.

JACQUES.

Ah! nous y voilà! Toujours des mots impies contre
les chrétiens.

DOMINIQUE.

Dis contre les papistes.

JACQUES.

Eh! Monseigneur! chrétiens, papistes, catholiques,
c'est tout un. Tenez; j'ai près de quatre-vingt-quatre
ans, et il y en a plus de quarante, que j'ai l'honneur
d'être votre intendant, et votre jardinier. Eh bien! je
puis dire que, durant tout ce temps-là, je ne vous ai
connu qu'un seul défaut; un seul; mais à lui seul, il
les vaut tous, c'est d'être damné.

JACQUES.

Vas-tu recommencer tes litanies, vieux corbeau?

DOMINIQUE.

Mes litanies! mes litanies! Plût au ciel vous en entendre chanter tout le jour, des litanies, au lieu de

vos satanées chansons huguenotes, qui outreraient le grand diable d'enfer.

DOMINIQUE.

Jacques, vous n'êtes qu'un sot, et vous l'avez toujours été. Ne parle pas des choses où tu n'entends goutte.

JACQUES.

Battez-moi, si cela vous plaît, Monseigneur, mais il faut que je vous dise encore ce que j'ai sur la conscience. A quoi vous servent, je vous prie, toutes vos belles qualités, tout votre honneur, toute votre bonté? A rien, si vous n'êtes pas catholique. Ce sont fagots pour vous faire griller en enfer. Que doit penser, dans le saint paradis, votre respectable père, le président, quand il voit son unique héritier, le capitaine Dominique, vivre dans l'incrédulité? Car, tous les huguenots, vous êtes des incrédules. Etre huguenot! mais cela fait frémir. C'est être l'ennemi du roi, du pape et de monsieur le curé! Par grâce, Monseigneur! daignez recevoir monsieur le curé. Il vous prouvera, clair comme le jour, que votre Dieu, à vous hérétiques, n'est autre que le diable, et que vous feriez fort bien de m'écouter, moi, votre fidèle serviteur, moi, qui mettrais mes deux mains au feu, pour vous gagner des indulgences.

DOMINIQUE.

Tu as bon besoin de la mienne, ô radoteur!

JACQUES.

Amendez-vous, Monseigneur! Amendez-vous! Rentrez dans le giron de notre sainte mère l'Eglise. Vos

grands biens, vous les avez gagnés dans vos courses
sur mer, en compagnie de vos mécréants. Sanctifiez-
les, en en donnant une part à quelque bon couvent
de moines, ou bien à notre gracieux maître le roi Charles IX, qui, pour sûr, ne la refusera pas. Eh! que
sais-je? vous n'avez que quarante-sept ans, vous n'êtes
pas marié. Peut-être serez-vous un jour grand abbé,
ou même évêque, si vous vous faites clerc d'église.

DOMINIQUE.

Va-t-en au diable, toi, tes clercs et ton sermon. Tu
n'as pas plus de raison que ma mule. Une bonne fois,
tais-toi.

JACQUES, à part.

O grand saint Jacques, mon patron! Tournez lui un
peu la cervelle à ce brave endiablé! Si vous réussis-
sez, quel beau cierge vous aurez de moi! (*haut*). Je
m'en vas; je rentre.

DOMINIQUE.

Va-t-en.

(Cazanove, paraît au fond).

JACQUES, à part.

Qui vient par ici? Ah! je reconnais..... (*Il revient vers
Dominique*). Monseigneur! Monseigneur!

DOMINIQUE.

Encore! Que diable me veut-il?

JACQUES.

Pardon! c'est que voilà le seigneur étranger, qui
vous demanda hier durant votre absence.

DOMINIQUE, se tournant, voit Cazanove, et dit à Jacques :

Laisse-nous, pars. (*Jacques rentre au château*).

CAZANOVE, s'avançant et saluant Dominique.

Le baron de Gourgues me reconnaît-il ?

DOMINIQUE.

Soyez le bienvenu ici, chevalier de Cazanove. Je suis fâché de ne pas m'être trouvé chez moi hier, quand vous m'avez fait l'honneur d'y venir.

CAZANOVE.

Tout est réparé, puisque je vous vois. J'allais du Béarn à Paris, et ne me suis détourné de ma route, que pour vous serrer la main. Vous avez été si bon pour moi, chaque fois que nous nous sommes rencontrés, que je vous regarde presque comme un père.

DOMINIQUE.

Ce que j'ai fait est peu de chose ; n'en parlons plus. — Je vous retiendrai ici tant que je pourrai.

CAZANOVE.

Impossible. Je ne puis m'arrêter ; vous le comprendrez, quand vous saurez le motif de mon voyage.

DOMINIQUE.

C'est votre affaire, non la mienne.

CAZANOVE.

Ce que je vais faire à Paris ne doit pas être un secret pour vous. Je me rends à l'appel de Monseigneur le prince de Condé, qui a fait convoquer, par ses

5

agents, la noblesse protestante du royaume. (*Cazanove se tait, Dominique garde le silence. Cazanove reprend*).

Quant à son but, vous le devinez sans peine. Vous voyez comme, depuis quatre ans, on viole partout avec audace, l'édit d'Amboise, cette œuvre imparfaite et mort-née du timide l'Hospital. La cour nous reprend traîtreusement une à une toutes les concessions que nous lui avions arrachées à la pointe de l'épée. On nous provoque à la guerre; on l'aura. Nous sommes numériquement les plus faibles; c'est vrai, mais nos ressources sont immenses; notre courage et notre foi sont indomptables. Nos amis d'Allemagne ont promis d'envoyer à notre aide dix mille de leurs meilleurs soldats. Cette fois, nous ne remettrons l'épée au fourreau, que quand nous aurons contraint l'Italienne à nous donner de solides garanties. Vous êtes des nôtres; et quoique vous n'ayez pas pris part à la première guerre, vous devez approuver celle-ci. On vous a sans doute convoqué des premiers?

DOMINIQUE.

Non. C'eût été inutile. Je n'aime pas que la France s'affaiblisse ainsi elle-même. Que nous en reviendra-il? Catherine promettra tout, et ne tiendra rien.

CAZANOVE.

Vous pourriez vous tromper. Sachez que le projet de Monseigneur le prince est de s'emparer du roi. N'est-ce pas que ce sera là un coup de maître? Qu'aura-t-on à nous refuser, quand nous serons nantis de ce gage sacré? Je vous connais, je ne crains pas de vous confier nos desseins et nos espérances.

DOMINIQUE.

Il n'y a pas de mal à cela. Je savais à peu près ce que vous venez de me dire.

CAZANOVE.

Et vous ne songez pas à vous joindre à nous? Pas possible! Monsieur le baron, pardonnez une indiscrétion à un jeune homme, à votre élève dans le métier de soldat. Vous êtes l'un de nos meilleurs hommes de guerre, le premier capitaine des armées françaises : vous êtes bon protestant. Que comptez-vous faire dans la nouvelle crise qui se prépare?

DOMINIQUE.

Ce que j'ai déjà fait, ce que je ferai toujours en cas pareil, m'abstenir.

CAZANOVE.

Mort de ma vie, capitaine! La main ne vous démange-t-elle pas, quand vous voyez vos amis, vos frères en religion, s'escrimer bravement de l'épée? Voilà qui me passe. Avons-nous tort, selon vous, de revendiquer sans relâche notre place au soleil?

DOMINIQUE.

Je ne vous blâme pas. Vous obéissez à votre conscience, comme j'obéis à la mienne.

CAZANOVE.

Pardon : Voudriez-vous m'expliquer cela, je vous prie.

DOMINIQUE.

Ce ne sera pas long. A tort ou à raison, je ne veux guerroyer que contre les ennemis de mon pays. Je ne ferai jamais couler le sang français, à moins que l'on ne m'attaque.

CAZANOVE.

Votre résolution est-elle immuable?

DOMINIQUE.

Oui.

CAZANOVE.

Vous avez donc pendu pour toujours l'épée au croc?

DOMINIQUE.

J'espère que non. Il y a trente ans que je mène la vie de soldat, soit sur mer, soit sur terre. Cette vie, bien qu'elle ait souvent ses désagréments, ne m'ennuie pas encore. Je cultive ma vigne, en attendant mieux. J'ai d'ailleurs un petit compte à régler avec les Espagnols.

CAZANOVE.

Ah! oui, je me souviens. Enfermé, vous trentième, dans une bicoque d'Italie, vous avez résisté pendant quinze jours à une brigade espagnole, qui vous assiégeait avec fureur Quand vous tombâtes sur la brèche, mourant, mais non vaincu, vous fûtes garrotté par ces ennemis impitoyables, et au lieu des respects que vous étiez en droit d'attendre, pour une valeur si haute, vous vous vîtes sur le point d'aller ramer sur leurs galères, en compagnie des criminels. Par bonheur pour vous, un vaisseau de Malte vous recueillit ; mais il n'a pas dépendu des Espagnols, que vous n'ayez subi un affront indigne d'un gentilhomme.

DOMINIQUE.

Jamais. J'aurais fait sauter leur galère. Mais entre eux et moi, c'est une guerre qui n'aura de fin qu'à ma mort. Je l'ai juré à Dieu et à mon pays.

CAZANOVE.

Je crains, mon capitaine, que l'occasion vous manque. Leur roi Philippe II, à la honte de nos gouvernants, est aussi bien le maître en France qu'en Espagne. De longtemps vous ne vous chamaillerez avec les Espagnols.

DOMINIQUE.

Qu'il plaise à Dieu de me mettre en face d'eux, et nous verrons.

(Une foule d'hommes et de femmes emplit le fond du théâtre).

CAZANOVE.

Que veulent ces gens-là ?

DOMINIQUE.

Ce sont mes valets, mes vignerons, et quelques-uns de mes vassaux, qui viennent s'ébattre, selon leur coutume, à la tombée de la nuit. Mettons-nous à l'écart, pour ne point les gêner.

LAROQUETTE, en costume de marin, tout déguenillé, entre en scène, et s'adressant aux paysans).

Bonnes âmes chrétiennes ! ayez pitié d'un pauvre matelot très-blessé !

UN PAYSAN.

Qu'est-ce qu'y chante, cettui-ci?

LAROQUETTE.

Bons Français, faites la charité à un soldat du capitaine Jean Ribaud, traîtreusement massacré par les Espagnols.

DOMINIQUE, à part.

Jean Ribaud! le gouverneur de la Floride!

LAROQUETTE.

Au nom de Dieu, mes frères, donnez-moi à manger et aussi un peu à boire, et je vous chanterai la fameuse chanson en quinze couplets qui vous apprendra les véridiques détails du massacre.

UNE FEMME.

Dis vite ta chanson, pauvre homme; nous voulons l'entendre.

UN PAYSAN, tendant une gourde à Laroquette.

V'là pour te nettoyer le gosier, matelot. Çà va t'éclaircir la voix.

DOMINIQUE à Cazanove.

Que veut dire ce mendiant?

CAZANOVE.

Quoi donc! ignorez-vous ce qui s'est passé, il y a deux ans, en Floride?

DOMINIQUE.

Depuis plus de deux ans, je n'ai bougé de chez moi. Vous êtes le premier étranger que j'aie reçu. Je ne sais rien de la Floride.

CAZANOVE.

Eh bien, écoutez cet homme.

(*Pendant ce temps, Laroquette a bu.*)

UN PAYSAN.

Allons, chante à présent !

LAROQUETTE s'essuie la bouche de la main, et salue.

Attention, messieurs et dames ; la chanson en vaut la peine. (*Il tousse et commence.*) Complainte sur la grande trahison des Espagnols en Floride et sur le massacre de nos Français. Premier couplet. (*Sur un vieil air.*)

> Le capitaine Jean Ribaud
> Etait le pèr' du matelot,
> Et du soldat pareillement,
> Il commandait très-justement
> Dans la Floride et dépendance,
> Pour son maître le roi de France.
> Les sauvages l'aimaient beaucoup.
> Voilà que l'Espagnol jaloux,
> Quoiqu'en paix avec notre prince,
> Guigne au bon Ribaud sa province ;

UNE PAYSANNE battant son enfant.

Tiens-toi donc tranquille, gredin. (*L'enfant se désole.*)

LAROQUETTE.

Ventrebleu, bonnes gens ! ne m'interrompez !pas. Çà me coupe le fil.

PAYSANS.

Allez donc ! — Te tairas-tu, la mère ?

LAROQUETTE.

Ségond couplet.

> Et six gros vaisseaux tout exprès
> Y viennent avec Méhandèz.
> Or, sachez que mosieu Ribaud
> N'avait que trois petits vaisseaux,
> Mais Français et bon gentilhomme,
> Il ne craignait diable ni homme.
> Voyant qu'on cinglait vers sa tour,
> Il se douta de quelque tour,
> Et pour bien recevoir ses hôtes,
> Rassembla sa petite flotte.

C'est ici que ça va s'embrouiller. Ouvrez vos oreilles toutes grandes. — Troisième couplet.

> Soudain le grand diable d'enfer
> Contre nous fit lever la mer,
> Qui dévora deux bâtiments.
> Alors l'Espagnol, nuitamment,
> Saigne dans le fort qui se brise,
> La faible garnison surprise ;
> Force nos femmes, puis après,
> Les assomme à coups de mousquets ;
> Et plante, en dehors du portique,
> Les enfants, embrochés aux piques.

PAYSANS.

Horreur ! — A bas les monstres ! — Fi des Espagnols !

DOMINIQUE, à Cazanove.

Cela n'est pas vrai, n'est-ce pas ?

CAZANOVE.

Absolument vrai.

LAROQUETTE, aux Paysans.

Attendez donque! Vous n'avez rien vu. Çà va de plus fort en plus fort. — Quatrième couplet.

> Jean Ribaud, réchappé des flots,
> Avec trente-trois matelots,
> Se rend à Valmarde, officier,
> Qui jura foi de chevalier,
> De les traiter comme des frères.
> Mais sitôt les armes par terre,
> Nos hommes sont pris, enchaînés.
> Trois jours durant, ils ont jeuné.
> Puis on leur crève les prunelles ;
> On les pend sous la citadelle.

CAZANOVE, à Domïnique.

Encore vrai.

PAYSANS.

Ah! maudits Espagnols! — Ah! si notre maître eût été là!

LAROQUETTE.

Qui me passe une gourde? Cette chanson, si on ne buvait pas au milieu, çà vous étranglerait d'émotion.

UN PAYSAN.

Buvez vite, mon bon homme.

LAROQUETTE, après avoir bu.

Çà me renfonce mes larmes. M'y revoilà. — Cinquième couplet.

> Et puis on écorche la peau
> Du visage au vaillant Ribaud,
> Avec ses yeux, son front sanglant,
> Sa barbe et ses longs cheveux blancs.

Bientôt Méhandèz accompagne
Ce trophée à la cour d'Espagne ;
Et le roi Philippe d'abord
Décora de la toison d'or
Le traître qui mit, pour lui plaire,
Au gibet trois cents de nos frères.

UN PAYSAN.

Oh ! mais, le bon Dieu ne nous vengera-t-il pas de ces abominables !

LAROQUETTE.

Il paraît que pour le quart d'heure, le bon Dieu a autre chose à faire. — Ecoutez bien le reste ; c'est mon histoire.

JACQUES, aortant du château

Qu'est-ce que font là ces fainéants ? Qu'avez-vous à brailler de la sorte ? Si vous ne décampez pas au plus vite, gare ! Et toi, gueux de mendiant, veux-tu que je te caresse la nuque à coups d'étrivières ?

LAROQUETTE.

Holà! que veut dire ceci ?

JACQUES,

Ah! pendard, tu es encore là ! (*Il lève le bâton.*)

DOMINIQUE, paraissant.

Ne vous emportez pas ainsi, maître Jacques. A votre âge, cela fait mal.

[LES PAYSANS.

C'est monseigneur.

LAROQUETTE.

Pardon, excuse, monseigneur. Je suis un pauvre matelot blessé.

DOMINIQUE. à la foule.

Vous, allez-vous-en. (*Tous, de côté et d'autre, s'en vont.*)

DOMINIQUE, à Laroquette.

Qui es-tu, toi?

LAROQUETTE.

Je suis un pauvre matelot blessé, monseigneur.

DOMINIQUE.

Tu l'as dit; n'as-tu point de nom, par hasard?

LAROQUETTE.

Oh! que si fait, monseigneur. Eh! tenez; voici un jéune gentilhomme, qni me connaîtra, je parie.

CAZANOVE.

J'ai bien quelque souvenir de t'avoir vu.

LAROQUETTE.

Pardine! Je suis Jeannot Laroquette, de Périgueux en Périgord, ancien trompette et truchement sur le vaisseau du capitaine Maillard. J'étais en Floride, quand les Espagnols nous l'ont subtilisée.

CAZANOVE.

C'est cela. Je te vis à la suite de mon beau-frère, le sire de Maillard, quand il vint porter à La Rochelle la nouvelle du désastre.

LAROQUETTE.

Ah! c'était un maître homme, ce monsieur de Maillard. Il n'eût laissé manquer de rien son petit Laroquette, si Dieu l'avait conservé de ce monde.

DOMINIQUE, à Jacques, qui écoutait à l'écart.

Jacques, cet homme a faim ; fais lui donner à manger. Puis mène-le toi-même dans ma grange, et mets auprès de lui deux de mes gens. (*A Laroquette.*) Tu ne bougeras pas de là, jusqu'à nouvel ordre. (*A Jacques.*) Toi, tu reviendras me trouver avec Lantonic.

LAROQUETTE.

Oh ! monseigneur ! si monseigneur veut, je l'amuserai en lui dansant la sauvage. Je la sais danser étant allé deux fois en Floride. Je sais......

DOMINIQUE.

Sais-tu obéir ?

LAROQUETTE.

Oh ! monseigneur !

DOMINIQUE.

Prouve-le.

LAROQUETTE.

Certainement, monseigneur ; car....

DOMINIQUE.

Va donc.

JACQUES, à part, emmenant Laroquette.

Je m'en vas vous le faire danser, le danseur sauvage.

Dominique et Cazanove sont restés seuls.

DOMINIQUE.

Qui vous a certifié cette incroyable boucherie ?

CAZANOVE.

Il me semblait vous l'avoir dit. C'est mon beau-frère, un digne homme, le sieur de Maillard, qui comman-

dait le troisième petit navire de la flotille de Ribaud.
Il resta deux jours dans une anse, pour recueillir ceux
qui parvenaient à se sauver. Découvert et poursuivi
par la flotte espagnole, il réussit à lui échapper, malgré le mauvais état de son vaisseau, et il put ramener
en France les cinquante-huit hommes qu'il avait à
bord.

DOMINIQUE.

Quelle vengeance exemplaire notre cour a-t-elle
tiré de ce guet-à-pens?

CAZANOVE.

N'avez-vous pas entendu? — Le roi d'Espagne a
décoré de l'ordre de la Toison d'or Don Pedro Méhandèz, le bourreau de Jean Ribaud et de sa troupe.

DOMINIQUE.

Et le roi de France, qu'a-t-il fait, pour châtier ce
bourreau et son protecteur?

CAZANOVE.

Le roi de France! On voit bien, mon cher maître,
que vous êtes devenu totalement étranger aux affaires
de ce monde. Ne vous souvient-il plus que nos établissements d'outre-mer, ont tous été fondés par les ordres et sous la direction spéciale de l'amiral Coligny?
Ignorez-vous qu'ils sont soutenus de ses deniers, et
peuplés, en majeure partie, de familles protestantes?

DOMINIQUE.

Eh bien?

CAZANOVE.

Eh bien, le roi de France s'est dit: ce sont des protestants qu'on a houspillés ; c'est donc l'amiral Coligny que cela regarde ; je m'en lave les mains.

DOMINIQUE.

Mais, Cazanove, ces protestants étaient ses sujets ; leurs établissements contribuaient à la grandeur de sa monarchie. Qui donc l'abuse ainsi sur ses propres intérêts ?

CAZANOVE.

Mon cher baron, si vous faisiez un pas hors de votre trou, vous verriez bien des choses dont vous ne vous doutez pas. Le levier qui fait mouvoir notre gouvernement, se trouve à Madrid, entre les mains de Philippe. Tout se courbe ici sous sa volonté. Des Français ont été égorgés en Amérique. Qui s'en soucie à Paris ?

DOMINIQUE.

Donc, point de revanche, pour un pareil outrage ? Point de punition pour une telle félonie ?

CAZANOVE.

Point ! la France a bu sa honte, et une forte pluie de malheur a lavé ce sang de la mémoire de nos maitres.

DOMINIQUE.

Parmi les chefs de nos grandes familles, personne n'a essayé de prendre en main la cause de la patrie ? Personne n'a estimé l'honneur plus que son argent et sa vie ? Personne n'a voulu effacer la tache qui enlaidit et déshonore le nom Français ?

CAZANOVE.

Personne.

DOMINIQUE.

C'est étonnant! — Monsieur l'amiral, que fait-il?

CAZANOVE.

Eh! capitaine, dans un temps, où, sur le sol même
de la patrie, il faut vivre les armes à la main, où l'on
doit souvent se garder de l'ami de la veille, comme de
son mortel ennemi, qui voulez-vous qui songe à des
désastres lointains? Je vous dis que nul n'y peut rien.

DOMINIQUE.

Mon avis n'est pas le vôtre. L'homme qui insulte
mon pays, m'insulte, Ce qui rend une nation grande
et forte, c'est le respect qu'elle inspire au dehors.

CAZANOVE.

Oh! si don Pedro Méhandez était en Espagne ou
en Italie, croyez que plus d'un, parmi nos gentilshommes, eût voulu lui faire payer ses déloyautés.

DOMINIQUE.

Un duel! voilà, de fait, un beau châtiment, pour un
vaillant de cette sorte! où est-il à l'heure présente?

CAZANOVE.

Parbleu! dans les pays qu'il nous a extorqués. Philippe II l'a renvoyé en Floride, avec les titres d'ami-
rante et de gouverneur.

DOMINIQUE.

Sait-on à peu près combien il y a d'Espagnols dans
les Florides?

CAZANOVE.

Quatre cents, cinq cents, peut-être. Je ne sais au
juste. Pourquoi cette demande?

DOMINIQUE.

Il m'importe de le savoir ; je le saurai.

CAZANOVE.

Si vous m'en croyez, laissons un sujet si pénible.

DOMINIQUE, tandis que reviennent Jacques et Lantonic.

Vous avez raison. Excusez-moi si je vous ai retenu trop longtemps à la porte de mon logis, et faites-moi l'honneur d'y entrer comme mon hôte. Je désire que cette hospitalité vous agrée. Voilà mon valet que je mets à vos ordres, ainsi que toute la maison. J'ai à parler à mon intendant que voici. Je vous rejoindrai bientôt là-dedans.

CAZANOVE.

Mais c'est que je ne comptais pas m'arrêter.

DOMINIQUE.

Vous ne pouvez me refuser : J'aurai besoin de vous.

CAZANOVE.

Ce mot me décide (*à Lantonic*). Alors, guide-moi, garçon. Tu me fais l'effet d'un bon diable.

LANTONIC.

Ah ! ah ! monsieur s'y connaît. Je m'appelle Lantonic, voyez-vous ; j'ai porté la pique sous les ordres du capitaine.

CAZANOVE.

Ça se devine tout de suite. (*Ils entrent au château*).
(Jacques se tient un peu éloigné. Dominique pensif est sur le devant).

JACQUES, à part.

Que diable a-t-il encore à ruminer? C'est cette chienne de visite, qui lui met martel en tête. Gageons qu'il médite quelque bêtise.

DOMINIQUE, s'avançant.

Jacques, ne m'as-tu pas dit que le comte de Duras avait, tout dernièrement, manifesté l'intention d'acheter ma terre?

JACQUES, à part.

Là! que disais-je? (*haut*) comment, Monseigneur, vous voudriez?

DOMINIQUE.

Réponds-moi.

JACQUES

Monseigneur vendrait-il donc sa baronnie, le château de ses pères?

DOMINIQUE.

Pourquoi non, si j'en trouve un bon prix?

JACQUES, pleurant.

Et que deviendraient tous vos gens? que deviendrait votre vieux Jacques, qui espérait mourir à votre service. De vrai, Monseigneur, tout hérétique, tout damné que vous êtes, je vous préfère au meilleur catholique du royaume. — Que Dieu et la Très-Sainte Vierge me pardonnent.

DOMINIQUE.

Redeviens de sang froid, Jacques : je t'ai dit que je ne t'oublierai jamais. — Çà, le comte a-t-il vraiment envie de ma bicoque?

JACQUES.

Que trop, Monseigneur; mais.....

6

DOMINIQUE.

Il est riche, nous serons bientôt d'accord.

JACQUES.

Mais ce manoir que vous aimez tant, Monseigneur, que vous avez pris plaisir à orner, à meubler, voulez-vous le lui vendre avec tout ce qu'il contient, meubles. vaisselle, bagues?

DOMINIQUE.

Que faire de mes meubles, quand je n'aurai plus de maison?

JACQUES.

Et la cachette où Monseigneur tient ses trésors, en sera-t-elle aussi?

DOMINIQUE, riant.

La cachette aussi, mais après que je l'aurai vidée. Monsieur Jacques sait donc où est la cachette?

JACQUES.

Sur mon âme, Monseigneur, j'ignorais.....

DOMINIQUE.

C'est bon. Il n'y a pas de mal maintenant. — Or sus, en vendant le château et ses dépendances, je me réserverai ma ferme de la Sablerie, que je te donne dès à présent, en toute propriété, mon pauvre Jacques. Je veux que tu y finisses en paix ta vie.

JACQUES.

O le meilleur des maîtres! Pardonnez-moi si parfois j'ai osé disputer contre vous; c'était pour sauver votre âme. Allez, Monseigneur! Vous êtes bien trop bon pour mourir huguenot. Saint Dominique, votre glorieux patron, fera un miracle en votre faveur.

DOMINIQUE.

La foi seule fait des miracles. J'ai foi en l'Evangile,
et aussi en mon épée.

JACQUES.

Où Monseigneur va-t-il demeurer, quand il aura
vendu sa châtellenie? Si j'osais lui offrir ma ferme de
la Sablerie?

DOMINIQUE, souriant.

N'aurai-je pas encore et partout, un bon lit, la
terre? une belle voûte, le ciel? Quelque jour, peut-être
je reviendrai te demander un asile, mon vieux camarade.

JACQUES.

Alors, comme à présent, Jacques sera à vos pieds,
avec ce qu'il tient de vos bontés, et tout sera à vous.

DOMINIQUE.

Merci, Jacques.

JACQUES.

Rien qu'un mot encore, Monseigneur, je vous en
supplie. Vous m'avez toujours trouvé fidèle. Ne refusez pas, au nom de mon salut éternel, de répondre à
la demande que je vais vous faire.

DOMINIQUE.

Parle.

JACQUES.

Pourquoi voulez-vous vendre vos biens?

DOMINIQUE.

Pour avoir de l'argent.

JACQUES.

De l'argent! de l'argent! mais vous en avez à remuer
à la pelle. Vous en avez plus que Notre Saint Père le
Pape.

DOMINIQUE.

Il m'en faut davantage.

JACQUES.

Sainte Vierge! qu'en voulez-vous donc faire? Et quel est votre projet, enfin?

DOMINIQUE.

Tu ne devais m'adresser qu'une demande; j'ai déjà répondu à deux. — Suis-moi, mon hôte m'attend.

JACQUES, un moment seul.

Des vignes si bien engraissées, si bien fossoyées! Des terres à blé qui promettaient une si belle récolte! Et dire qu'il va quitter tout çà sans regret! Il me semble, qu'à sa place, j'en mourrais. Ah! qu'ils sont heureux, ceux qui n'ont pas le cœur sensible.

SCÈNE DEUXIÈME.

Vaste pièce gothique, avec ameublement sévère et presque militaire, du xvie siècle. Sur un des côtés est une grande table chargée de papiers, d'écritoires, etc. BLAISE DE MONTLUC, plongé dans un large fauteuil, écrit.

MONTLUC, s'arrêtant d'écrire.

Assez griffonné pour aujourd'hui. Je suis content de mon ouvrage. Jules César et moi, nous aurons été, je pense, les deux seuls grands capitaines, qui ayons su à la fois écrire et combattre. Nos neveux mettront sans doute les *Commentaires* de Blaise de Montluc, à côté des *Commentaires* de César. Maintenant l'écrivain suspend sa tâche, et je redeviens le gouverneur de la Guyenne. Voici l'heure de mes audiences. Tant pis pour qui me tombera d'abord sous la main. Mon escarcelle est exténuée d'inanition; s'il me venait quelque bon huguenot, ah! comme je vous

le tondrais ras! Il devrait s'estimer heureux, si, en
lui prenant son argent, je lui laissais sa méchante peau.
— Lanial! holà!

L'HUISSIER, paraissant.

Monseigneur!

MONTLUC.

Quel est celui qui a demandé le premier à me voir?

L'HUISSIER.

Il y a là dans votre antichambre, le chevalier de
Cazanove, jeune officier de mer, venu à Bordeaux
tout exprès pour vous parler.

MONTLUC.

Le chevalier de... qui m'as-tu dit? qui diable est
cela?

L'HUISSIER.

J'ai dit, M. de Cazanove. C'est, si je ne me trompe,
un des gentilshommes de Monseigneur de Condé.

MONTLUC.

Je sais; un hérétique! fais entrer.

L'HUISSIER, allant vers le fond.

Monsieur le chevalier de Cazanove. (*Cazanove entre,
l'huissier sort*).

CAZANOVE.

Mes respectueux saluts à Monseigneur de Montluc,
gouverneur de la Guyenne. Me voici à Bordeaux,
Monseigneur, pour réclamer de vous, au nom de
M. le baron de Gourgues, mon capitaine, la patente
que vous avez bien voulu lui promettre.

MONTLUC.

Le baron de Gourgues! Une patente! J'ai tout-à-fait
perdu le fil de cette affaire. Rappelez-la moi, chevalier.

CAZANOVE.

M. le capitaine de Gourgues vous a remis depuis longtemps, Monseigneur, toutes les pièces à l'appui de sa demande. Mais, n'importe; je vais, puisque.tel est votre désir, vous remémorer les détails qui vous ont été déjà exposés. Vous plaît-il parcourir cet écrit? (*Il présente un papier*).

MONTLUC.

Lisez vous-même.

CAZANOVE, lit à haute voix.

M. Dominique de Gourgues, de Mont-de-Marsan, demande la permission de faire le trafic des esclaves noirs sur la côte occidentale d'Afrique, depuis le cap de Bojador, jusqu'au royaume de Benin, et subsidiairement de vendre et acheter toute sorte de marchandises dans lesdits parages, promettant de ne contrevenir en rien aux défenses de Sa Majesté, et s'engageant à se conduire pendant toute l'expédition, en bon et honnête négrier. A cet effet, ledit de Gourgues a réuni dans le port de Bordeaux, trois batiments, savoir : Deux ramberges, la *Caroline*, armée de cinq canons, la *Bordelaise* de trois, et une patache en forme de frégate, l'*Alouette*. Ces navires doivent porter en tout cent quatre-vingt-cinq hommes, parmi lesquels il y a quatre-vingts matelots, et cent arquebusiers. Les officiers, outre le baron de Gourgues, commandant en chef, sont au nombre de deux, (*il salue*) votre serviteur Cazanove, qui sera le capitaine de la *Bordelaise*, et le sieur d'Etampes, jeune gentilhomme Commingeois, qui doit être sur la *Caroline* aux ordres de M. de

Gourgues. La patache ne devant avoir que dix hommes d'équipage, sera commandée par maître Pons, patron marinier de Saintonge. Les deux ramberges porteront diverses marchandises, entre autres force toiles de Rouen. — (*il pose le papier sur la table, à côté de Montluc*). Vous én savez à présent là-dessus autant que nous, Monseigneur.

MONTLUC.

Oui, le placet de M. de Gourgues me revient en mémoire. Mais il est une chose, dont vous ne dites mot, et qu'il m'importe de connaître. Je veux qu'on m'indique très-exactement dans quels coffres ont été puisés tous les fonds nécessaires à cette expédition. Vos vaisseaux, quoique petits, sont bons, et ont dû coûter cher. Il y a du canon; il y a la solde et l'entretien de près de deux cents hommes, soldats et officiers. Qui donc paie tout cela? Croit-on qu'il soit indifférent, à moi, gouverneur, de le savoir?

CAZANOVE.

En effet, Monseigneur, nous supposions que ce détail était pour vous de peu d'importance. Vous en jugez autrement, soit; vous allez être satisfait. C'est l'argent de M. de Gourgues seul, qui a tout fait dans cette occasion. Pour acheter, réparer, armer sa flotille, pour l'approvisionner de vivres, de munitions et de marchandises, pour enrôler tout son monde, M. de Gourgues, qui espère de cette entreprise un gain considérable, a vendu ses terres, son château et tout ce qu'il possédait. Il compte recouvrer au décuple dans son négoce les avances de son armement. On sait que les rivages d'Afrique lui sont connus de longue date.

CENTER: MONTLUC.

Je retrouve peu à peu mes souvenirs. On m'a certifié, au sujet du voyage projeté, que la fortune du baron de Gourgues n'a pu lui suffire et qu'il a dû recourir à l'obligeance de deux de ces amis. Pourquoi omettez-vous ce fait ? Il honore votre capitaine, il prouve que M. de Gourgues est supérieur au grand Alexandre lui-même. Ce roi n'emportait, à son départ, que l'espérance ; notre gentilhomme commerçant emporte aussi l'espérance, et de plus..... des dettes.

CENTER: CAZANOVE.

Vos plaisanteries sont dures, Monseigneur, surtout avec des subordonnés.

CENTER: MONTLUC.

Comment l'entendez-vous, chevalier ?

CENTER: CAZANOVE.

J'affirme que les dettes dont vous parlez sont respectables, et je le soutiens, parce que le but de M. de Gourgues !...

CENTER: MONTLUC.

Achevez donc. Est-ce que, par hasard le but avoué de M. de Gourgues ne serait pas le véritable ? Et le commerce serait-il chose si noble pour un gentilhomme, qu'il ne fut plus permis d'en plaisanter ?

CENTER: GAZANOVE, à part.

Etourdi que je suis (*haut*). Vous m'avez mal compris, Monseigneur. Je voulais dire seulement que M. de Gourgues étant consommé marin, pourrait être fort utile à Sa Majesté dans ses explorations lointaines. Des capitaines Anglais, Portugais, Espagnols, en font autant, toutes les années, pour les rois leurs maîtres.

MONTLUC.

Je vous comprends. Sa Majesté doit tenir beaucoup, selon vous, à ce que M. de Gourgues et ses gens fassent un gros lucre. Le tout est de savoir où et comment ce lucre s'obtiendra.

CAZANOVE, à part.

Maudit gouverneur! Est-ce qu'il se douterait?... (*haut*). C'est chose pénible que de sentir qu'on se méfie de nous.

MONTLUC.

Jeune homme, je vais vous donner une explication dont vous me semblez avoir besoin. Qu'est-ce que votre capitaine de Gourgues? Un huguenot! Qu'êtes-vous, vous-même, ainsi que M. d'Etampes? Des huguenots. Et vos patrons, et vos mariniers, et vos arquebusiers, raccolés à La Rochelle? Huguenots! Tous huguenots. Et vos navires, vos canons, vos marchandises? huguenots encore! vous ne pouvez le nier. Or, qui dit huguenot, dit ennemi du roi d'Espagne, et toujours prêt à se frotter avec ses sujets. Et c'est ce que le roi, notre maitre, ne souffrira pas. Il m'enjoint expressément de m'opposer, même par la force, à toute entreprise dirigée contre les Espagnols, ses fidèles alliés. Qui m'assure que votre dessein n'est pas de les houspiller? Ma foi, prenez-le comme vous voudrez, je ne vous croirai qu'avec des nantissements solides.

CAZANOVE.

C'est là ce qui vous arrête? Eh!! que ne le disiez-vous plutôt? Je suis autorisé par mon capitaine, à vous offrir tel nantissement, Monseigneur, dont vous pourrez être satisfait.

MONTLUC, à part.

En voilà un qui ne sera jamais diplomate. Il va d'abord au fait (*haut*). Je vous écoute.

CAZANOVE.

Deux mille livres pour chacun de nos vaisseaux, soit six mille livres.

MONTLUC.

Six mille livres! vraiment! vous êtes généreux, messieurs, surtout fort prudents. Pour en finir avec vous, j'ai là votre patente prête, signée et scellée. Versez ici douze mille livres pour les coffres de Sa Majesté, je vous la délivre à l'instant; sinon, non. Vous avez une heure pour consulter votre chef, M. de Cazanove ; si dans une heure, votre patente n'est pas retirée à ce prix, n'y comptez plus.

CAZANOVE.

Je n'ai pas besoin de consulter mon chef; il m'a-vouera de tout ce j'aurai fait; car, si nous sommes des commerçants, nous faisons du moins un commerce loyal, Monseigneur, et nous savons surtout qu'on ne doit pas marchander de l'argent entre gentilshommes. Voici une cédule de douze mille livres, signée par le premier marchand de Bordeaux. Voyez; cela vous convient-il ?

MONTLUC, après avoir examiné avec soin le papier.

Voici la patente (*à part*, *tandis que Cazanove lit*).
Cet insolent! dirait-on pas qu'il se méfie? (*haut*).
Monsieur le marin, écoutez un dernier avis, que
vous ferez très-bien de ne pas oublier. Gardez-vous
d'enfreindre les ordres du roi. Tout gentilshommes
que vous êtes, vous et vos deux amis, il pourrait
vous en cuire, pour avoir désobéi. On en a mis à la
raison de plus hauts que vous. Souvenez-vous des
adieux de Montluc.

CAZANOVE.

Nous n'oublierons pas, je vous le promets, Monseigneur, les encouragements que reçoivent, en quittant la mère patrie, ceux qui vont mourir, peut-être,
pour assurer sa grandeur ou sa prospérité. (*Il salue
et sort*).

MONTLUC, seul.

Et moi, messieurs les parpaillots, je vous promets
de vous faire surveiller de près, par un fin voilier.
Pour peu que vous vous écartiez de la route d'Afrique, c'est Montluc en personne, qui se chargera de
vous inculquer la sagesse.

SCÈNE TROISIÈME.

Petite esplanade sablonneuse, sur un cap, d'où l'on voit au fond la mer et
la mâture de trois vaisseaux. Divers groupes de soldats et marins sont
épars, mangeant et buvant. A l'avant-scène sont assis, sur des pierres,
LANTONIC, PONS, CARRAN. Il fait clair de lune.

LANTONIC, après avoir bu à un bidon de fer blanc.

J'aime la pointe de ce petit vin du cru ; cela vous

ragaillardit l'estomaque. A la vôtre, maître Pons ! et vous, maître Carran ! Je vous la porte ; faites-moi raison.

PONS.

Laissez-moi donc tranquille, farceur. C'est se moquer, que de porter une santé avec de l'eau. Ce diable de Lantonic ! où va-t-il les pêcher ?

LANTONIC,

A la rivière ! Messieurs, à la rivière ! C'est ma cave, pour le quart d'heure.

CARRAN.

Sa cave ! dites donc, maître Pons, il est bon là, le camarade ! Il a fallu l'acheter à coups de fusil, sa cave.

PONS.

Faut pas faire attention à ça, voyez-vous, maître Carran. Les coups de fusil, c'est rien ! c'est des petites politesses que nous nous faisons, les Espagnols et nous, chaque fois que nous avons le plaisir de nous rencontrer.

LANTONIC, riant.

Et cette fois encore, ç'a été comme il y a z'un mois, à Saint-Domingue. Ils ont voulu être plus honnêtes que nous ; car, après quelques civilités échangées, ils nous ont cédé la place.

PONS.

Ah ! jarnidieu ! c'est que notre capitaine, M. de Gourgues, ne badine que tout juste. Quand il s'est mis en tête de faire n'importe quoi, je suis sûr que si le diable en personne se mettait en travers de son chemin, le capitaine lui passerait sur le ventre !

LANTONIC.

Notez surtout qu'il n'est jamais dans son tort, le capitaine. A Saint-Domingue nous avions débarqué très-honnêtement, pour radouber la *Bordelaise* un peu mal en point par suite d'un coup de mer ; nous ne disions du mal à personne; bon ! messieurs les Espagnols n'entendent pas de cette oreille, et ils viennent nous régaler à l'improviste d'une dégelée de biscayens, histoire de nous faire déguerpir. Par malheur, ça n'allait pas au capitaine, il leur z'a prouvé net, qu'ils n'y entendaient rien, que nous nous radouberions bon gré, mal gré ; et faut leur rendre justice, ils ont parfaitement compris, car ils n'ont plus soufflé mot.

PONS.

Ici de même, jarnidieu! Je dis hier au capitaine : mon capitaine, nous sommes à la hauteur de Cuba ; je me permets de vous insinuer que la provision d'eau se fait petite. Le capitaine leva les épaules, et il me dit : Je le savais — Il sait tout, cet homme là ; il savait encore qu'il y a par ici, au cap St-Antoine-de-Cuba, un bon filet d'eau douce, et il commanda d'aborder. A peine a-t-on touché terre, que, paf! les éternels Espagnols sont là. Ça, voyez-vous, c'est comme les mouches, ça trouble le soleil. Aussitôt, patati, patata! Que demandez-vous? — Nous demandons de l'eau! — Vous n'en aurez pas. — Nous en aurons. — Partez. — Partez vous-mêmes. — Et ils n'ont pas prolongé l'entretien, et nous avons pris leur eau, et le capitaine nous a ordonné de manger un morceau sur place, à cette fin de leur montrer que nous ne haïssons pas la conversation.

CARRAN, soupirant.

Tout ça serait bien agréable, si en place de cette
vilaine eau bourbeuse, nous avions là quelques cru-
chons du vin de notre chère Gascogne. Ah! pour le
quart-d'heure, comme ça me chausserait joliment.

LANTONIC.

Est-il goinfre, ce Carran ; mais tenez, voici venir
maître Brière et maître Gassié, qui vous apportent le
dessert. Ils ont plein le chapeau de quelque chose,
comme qui dirait des fruits. (*Brière et Gassié entrent*).

BRIÈRE,

Qui veut des figues? Approchez, messieurs, ne vous
gênez pas. En voici que nous n'en voulons plus.

CARRAN.

Merci de votre honnêteté, maître Brière. C'est des
figues, ça? plus souvent! c'est long, c'est rouge ;
fi ! ça ne sent pas bon.

BRIÈRE.

Vous êtes encore pas mal dégoûté, maître Carran.
Si j'avais su, du diantre, si je vous aurais invité.

PONS, mangeant du fruit.

Je me risque ; ça ne peut pas être plus mauvais
qu'une balle espagnole.

LANTONIC de même.

Peutt ! C'est toujours bon à nettoyer le canon.
Ohé ! ça vous a du montant comme de la piquette,
où diable avez-vous déniché ce verjus ? maître
Gassié.

GASSIÉ.

Il y en a là-bas, plein les buissons. Nous n'y

aurions pas touché, si le père Laroquette ne se fut
rué dessus comme une grive sur des raisins. Il
connaît tout ça, lui. C'est pas la première fois qu'il
vient.

BRIÈRE.

Où donc qu'il a passé, ce père Laroquette, ce
musicien enragé ? Est-il allé jouer une sérénade aux
Espagnols.

LAROQUETTE, entrant, la trompette en sautoir.

Présent ! qui m'appelle ? me voici en propre personne, moi Jeannot Laroquette, de Périgueux en
Périgord, actuellement troubadour trompette sur la
flotte de M. le capitaine, baron de Gourgues.

LANTONIC.

Eh ! dis donc, trompette Laroquette, toi qu'es
qu'asiment sorcier, j'ai z'à te faire une question de
sorcellerie. Ça te va t'il de me répondre ?

LAROQUETTE.

Faudrait savoir la demande.

LANTONIC.

Est-ce que tu ne la devines pas ? voici : nous ballo-
tons depuis six mois sur la mer, sans savoir où nous
allons. Le capitaine l'a peut-être dit à la mer et aux
vents, mais pas à nous. Nous n'avons pas eu des
plaisirs à revendre durant le voyage, car nous pouvons dire sans nous vanter, que la tempête a été
notre pain quotidien, Une seule petite fois, nous
eûmes la chance en Afrique, de chatouiller agréable-
ment les côtes aux Portugais et aux Nègres.

PONS.

Et ça n'était pas mal, car ils étaient au moins huit
contre un.

GASSIÉ.

Même que je croyais que nous allions tomber sur les villages, et embarquer des moricauds en masse. On disait que le capitaine nous avait enrôlés pour la traite. Je vois que c'était une frime.

LANTONIC.

Après ça nous avons quitté les eaux d'Afrique, et nous voici nous trimballant z'au milieu des Antilles, saluant et baisant de la main ces îles remplies d'or, sans en rançonner la queue d'une, ce qui est guignolant, vous me croirez si vous voulez.

BRIERE.

Que mêmement ça finit par embêter tout le monde, à la fin des fins. Si c'est pour nous procurer tous ces agréments là, qu'on nous a fait prendre la mer, faut nous ramener au pays. Nous avons besoin de ramasser un nouveau chargement de patience.

LANTONIC.

Voyons d'abord ce que va répondre l'aimable sorcier. Voudrais-tu, trompette mon ami, me dire ousque nous serons dans un mois d'ici?

CARAN, désignant Laroquette.

Chut ! le voilà qui cause en particulier avec le diable; faudrait pas se risquer à les déranger. (*Tous s'éloignent de Laroquette*).

PONS.

M'est avis qu'à présent, bien radoubés et ravitaillés comme nous sommes, nous allons faire quelque chose.

BRIÈRE.

Voyez-vous ce gaillard là, il est sorcier lui aussi.

PONS.

Je m'entends. Nous allons faire parler de nous.

GASSIÉ.

Comment donc ça, maître Pons ?

PONS.

Je crois, mes maîtres, que nous allons courir la grande bordée, comme qui dirait, faire un petit brin de flibuste, par ci, par là.

GASSIÉ.

Vous croyez ?

LANTONIC.

Vraiment ?

GASSIÉ.

Ah ! pardienne, à la bonne heure ; comme je m'en vas vous les pincer, ces gueux d'Espagnols !

BRIÈRE.

Eh ! ben, moi, je croyais autre chose.

PONS.

Quoi donc ?

BRIÈRE.

Je m'étais figuré que le capitaine voulait chercher la ville de Manoa, vous savez, cette ville toute bâtie en or fin, qui se trouve dans le beau pays d'Eldorado.

LANTONIC.

Moi, quand nous sommes venus aux Antilles, je me disais : bon ! le capitaine s'est mis dans la boule de découvrir la fontaine de Jouvence ; car tout le monde sait que cette fameuse fontaine se cache dans quelqu'une de ces îles. Ah ! si nous mettions la main dessus, moi d'abord, je veux revenir à l'âge de quinze ans.

GASSIÉ.

Bah ! pour recommencer la chienne de vie qu'on

7

a menée jusqu'à présent, autant vaut rester comme
on est.

BRIÈRE.

Et si nous pouvions en emporter quelques fu-
tailles en France, notre fortune serait faite. Jugez
voir si toutes les femmes en voudraient.

CARRAN.

Je sais de bonne part, moi, que la fontaine de
Jouvence est dans une île perdue, où personne n'a-
borde, et où les sauvages mangent tous les étrangers.

LAROQUETTE, s'avançant.

Erreur. Les sauvages ne mangent que de l'Espagnol. Mais ils sont toujours prêts à manger de cette
viande-là, si on veut leur en tenir. Quant à moi,
je vous déclare qu'elle ne ferait pas mon caprice.

BRIÈRE, riant.

Ni le mien. — Eh ! donc, messieurs, en voilà peut-
être un qui l'a vue, la fontaine en question. (*Il dési-*
gne Laroquette.)

LAROQUETTE.

J'ai tout vu, mes amis, et bien d'autres choses
encore. Aussi je suis comme le capitaine ; je sais
tout. — Comment que s'appelle l'endroit où nous
sommes ?

PONS.

Le cap saint Antoine, à Cuba.

LAROQUETTE.

Je le savais. Or, ce que vous ne savez pas, vous
autres, c'est que là-bas, vers le Nord, pas loin de
nous, après cette mer, où vous voyez la lune faire
danser cent mille fois son image, il y a le grand
pays de Floride.

LANTONIC.

Connu.

LAROQUETTE.

La Floride, camarades, je sais ça par cœur, je la connais comme ma poche.

BRIÈRE.

Connu.

LAROQUETTE.

Connu, connu, oui, mille diables! Et savez-vous bien, vous qui êtes des patrons de navire, que, dans le fin fond du susdit pays, il y a des mines d'or et d'argent de cinq lieues de profondeur, et qui ne peuvent se découvrir que par la magie? Savez-vous qu'au tour de ces mines enchantées, la terre est pavée de lingots d'or, qui s'appellent dans le patois des sauvages, pierres du soleil; et cela parce que là-bas, c'est le soleil qui change les pierres en or. Savez-vous que dans cette paroisse, le sable des rivières n'est formé que de perles fines et qu'on n'a qu'à se baisser, pour en ramasser à pleine poignée. Ah! si le capitaine voulait nous mener par là, je veux que le crique me croque, si je ne vous rendais tous plus riches que le roi.

BRIÈRE.

Parbleu! père Laroquette, pourquoi que vous êtes si pauvre, vous qui avez tant voyagé par tous ces endroits.?

LAROQUETTE.

Ah! pourquoi! demandez-le donc aux Espagnols, qui nous ont surpris par jalousie, au moment où nous allions partir pour les mines.

GASSIÉ.

Attention; voici M. d'Etampes qui vient vers nous.

D'ETAMPES, entrant.

Mariniers, soldats! holà, mes garçons, êtes-vous tous là?

PLUSIEURS VOIX.

Tous. — Oui. —

D'ETAMPES.

Formez le demi cercle. M. le Capitaine a deux mots à vous dire, avant de quitter Cuba.

PLUSIEURS VOIX.

Ah! vivat! tant mieux! (*Ils se rangent sur un côté du théâtre*).

D'ETAMPES.

Silence donc, braillards! dirait-on pas qu'ils veulent réveiller la lune. (*Dominique et Cazanove entrent. Profond silence*).

DOMINIQUE, à d'Etampes.

A-t-on posé des sentinelles?

D'ETAMPES.

Non, mon capitaine; j'y vais. (*Il dispose quelques hommes à distance, puis il se met avec Cazanove un peu en arrière du capitaine*).

DOMINIQUE.

Braves gens, patrons, arquebusiers, matelots, avez-vous confiance en moi?

LES VOIX.

Oui! oui! capitaine! toujours! entière!

DOMINIQUE.

J'en suis bien aise, parce que, moi, j'ai confiance en vous; et pour preuve, je vais vous demander votre avis, mes amis, sur une affaire qui me trotte par la cervelle.

LES VOIX.

Parlez ! parlez ! capitaine.

DOMINIQUE.

Voici l'affaire. Il y a deux ans et demi, un honnête homme de ma connaissance étant occupé à travailler tranquillement son champ, se vit assaillir à l'improviste par un de ses voisins, avec qui il était en paix. Sa femme fut déshonorée, ensuite massacrée. Ses enfants furent lardés de coups de pique; lui-même pris et garrotté, resta trois jours sans nourriture; après quoi on lui creva les yeux, et on le pendit comme un malfaiteur. C'était dur, vous ne direz pas non. J'omets certains détails révoltants et difficiles à croire. Quand cela fut fait, le voisin s'empara de la propriété du mort, et depuis lors, il en jouit gaillardement, sans être inquiété, comme s'il la tenait de son père, où s'il l'avait légitimement acquise. Qu'as-tu à dire là-dessus, maître Pons?

LAROQUETTE.

Ça ressemble comme deux gouttes d'eau à.....

DOMINIQUE.

Passe ici, toi, et retiens ta langue; on ne te parle pas. Réponds-moi, Pons? (*Laroquette se met derrière le capitaine*).

PONS, s'avançant.

Si c'était un effet de votre part, mon capitaine, de me faire savant d'une chose, je vous répondrais après.

DOMINIQUE.

Que veux-tu savoir?

PONS.

Est-ce que ces gentillesses-là, mon capitaine, se

sont passées en pleine sauvagerie, comme, par exemple, dans l'archipel où nous sommes, ou entre gens bien élevés, comme moi et ces messieurs, sans comparaison?

DOMINIQUE.

La chose a eu lieu entre gens civilisés, entre Européens.

PONS.

Çà change les z'haricots; pour lors vous ne m'ôteriez pas de la gourde, qu'il n'y avait pas de juge dans ce canton là.

DOMINIQUE.

Il y a un juge et une maréchaussée solide; 'quand le juge a su le fait, il a levé les épaules, et de temps à autres, il envoie au voleur de petits compliments d'amitié.

PONS.

Tout çà me paraît crânement fort. Faut croire que le pauvre escoffié n'avait ni frères, ni parents, ni amis. Ils auraient un peu repincé le susdit voleur, ou bien ces messieurs ont fameusement la goutte au poignet.

DOMINIQUE.

La victime avait des frères, des frères jeunes et vigoureux qui ont vu les taches de sang aux mains du voisin, et qui n'ont rien dit. Quel nom donnerons-nous à ces frères?

PONS.

Jarnidieu! mon capitaine, pas besoin de prendre des gants. Ça s'appelle en bon français des lâches.

LES VOIX.

Des lâches! ça y est, oui!

DOMINIQUE.

Bien dit, je pense comme vous. Or, savez-vous
qui sont ces lâches? vous les connaissez.

PONS.

Tiens, tiens, nous connaissons ça; n'y a pas de
quoi se vanter.

UNE VOIX.

Nommez-les :

DOMINIQUE.

Les lâches, c'est vous et moi, c'est nous tous!

LES VOIX.

Nous?

LANTONIC.

Lâche, vous! c'est pas vrai, mon capitaine.

DOMINIQUE.

Je vous dis que c'est vrai. Nous sommes tous des
lâches, car ceux qu'on a ainsi massacrés par trahison,
ce sont nos frères, ce sont nos Français de la Floride; ceux qui les ont massacrés, ce sont les Espagnols.

LES VOIX.

Guerre aux Espagnols! mort aux assassins!

DOMINIQUE.

C'est votre avis à tous, n'est-ce pas?

LES VOIX.

Mort aux assassins!

DOMINIQUE.

J'étais sûr que nous nous entendrions. Voyez-vous,
mes lurons, je ne vous ai enrôlés que pour ça; car
de croire que nous allions trafiquer de la chair hu-
maine, laissez donc! c'était pour rire. Mais si j'avais
dit à notre gouvernement : J'ai dessein, messieurs,

d'aller demander une petite explication à vos chers Espagnols. — Crac! On aurait mis le grappin sur le capitaine de Gourgues et sur ses vaisseaux, et nos voisins auraient continué à nous faire la figue; vous comprenez maintenant?

LES VOIX.

Enfoncés, les Guisards! — Vive le capitaine.

DOMINIQUE.

Ça ne m'allait pas du tout, à moi, de courber la tête, chaque fois que je me serais trouvé en face d'un soldat de Philippe; et de fait, c'eût été un peu gênant.

GASSIÉ.

Ventrebleu! vous avez raison, mon capitaine.

DOMINIQUE.

Alors qu'y avait-il à faire? Il fallait choisir, comme je l'ai fait, des gaillards solides, habitués à se peigner avec l'Espagnol. Il fallait les amener, à travers vents et marées, ici, à deux pas de la Floride, et leur dire : Mes mignons, là-bas, sur la rive opposée, se trouve encore toute la nichée des vautours qui ont déchiré nos frères; ils sont là, se prélassant, et se moquant de nous; ils crient que nous avons peur, et ils en ont le droit. Car de chez nous, il n'y a pas un homme qui ait osé s'approcher d'eux. Vous autres, ça vous irait-il de venir nettoyer avec moi cette terre, qui fume encore du sang Français?

LES VOIX.

En Floride ! En Floride ! menez-nous, capitaine.

CARRAN.

Avec-vous, mon capitaine, nous sommes sûrs de faire reculer le diable.

DOMINIQUE.

C'est cela même. Le diable seul a fait triompher
l'Espagnol. Notre devoir à nous, notre devoir de
Français, de chrétien, nous oblige à faire justice, à
avoir raison de ce guêt-apens. Nous ne sommes pas
nombreux. Mais j'ai cru que pour châtier des voleurs
et des traîtres, pour venger notre roi et notre nation, chacun de vous en vaudrait quatre. Qu'on me
dise si j'ai eu tort.

LES VOIX.

Non ! non ! à nous, la Floride, bataille ! bataille !

DOMINIQUE.

J'ai bien fait de compter sur vous. Plaise à Dieu,
qui nous a rendus vainqueurs trois fois, de nous donner encore la victoire. Ces deux messieurs et moi,
nous sommes prêts à la payer de tout notre sang.
Donc, mes amis, c'est sur une terre espagnole que
nous jurons de vaincre les Espagnols, ou de sacrifier
chrétiennement notre vie en dignes enfants de la
France.

LES VOIX.

Vive ! vive le capitaine ! vaincre ou mourir ! à
mort les traîtres !

BRIÈRE, à M. de Cazanove.

M. de Cazanove, si le capitaine voulait, on pourrait
commencer par mettre la patte, cette nuit même,
sur tout ce qu'on trouverait d'Espagnols dans cette
île. Ça serait toujours ça de moins. Hein ?

CAZANOVE.

Tu n'es qu'un imbécile. Nous avons fait le voyage
tout exprès pour la Floride ; c'est par la Floride qu'il
faut commencer.

BRIÈRE.

Comme vous voudrez. Mais c'est égal, l'idée était bonne.

DOMINIQUE, qui a parlé à d'Etampes.

Nous ne retarderons pas d'une minute notre départ, (*aux deux officiers*) messieurs, faites rembarquer à l'instant nos équipages.

LAROQUETTE, à Lantonic.

Dis donc, vieux ! Tu te souviendras que je l'ai prédit.

LANTONIC.

Ce diable de Laroquette !

DOMINIQUE.

Maîtres Pons, Caran, Brière, Grassié ; hôlà, mes patrons.

LES QUATRE PATRONS.

Présents !

DOMINIQUE.

Mettez toutes voiles dehors. Voyez-vous comme le ciel est calme, comme la mer est belle. Nous allons franchir à pleines voiles le détroit de Bahama. Dieu est pour nous, il nous envoie un vent qui pousse en Floride (*à sa troupe*). Maintenant renfoncez vos cris, mes hommes ; que chacun de vous garde en son cœur sa résolution ; le courage est comme la poudre ; plus on le refoule, plus au moment voulu, son explosion est terrible.

SCÈNE QUATRIÈME.

Le bastion d'un fort, d'où l'on découvre la mer. Bancs et siéges. Don Pedro Méhandèz, gouverneur de la Floride, amène dona Mancia, sa fille.

DON PEDRO.

Par ici, dona Mancia, suivez-moi ici, ma fille ; vous avouerez que je n'habite pas un séjour trop déplaisant. Je dois être fort obligé vraiment, à messieurs les Français. Leur capitaine, le sieur Ribaud m'a laissé, un peu par force il est vrai, un logement très-convenable. Vous ne regretterez pas, je pense, d'avoir quitté, par amour filial, votre couvent de St-Domingue, et d'être venue me trouver dans ma capitale des Florides.

DONA MANCIA.

Oh ! à cet égard, mon père, soyez sans crainte. Il était naturel que je vinsse auprès de vous. Je n'ai plus au monde d'autre parent que mon père. Vous êtes relégué dans un désert, en compagnie de soldats grossiers, au milieu des sauvages, qui adorent le diable. Je vous plaignais de toute mon âme; puis, à dire la vérité, je m'ennuyais au couvent.

DON PEDRO.

Et c'est là ce qui m'étonne. Ainsi senorita, d'après votre propre aveu, le couvent ne vous amusait guère ?

DONA MANCIA.

Il ne m'amusait pas du tout. Enfermée là depuis l'âge de dix ans, j'y ai passé huit années, qui m'ont paru huit longs siècles. Nos dames ont tout fait pour m'engager à être religieuse. Mais que voulez-vous ?

e n'avais pas de vocation, moi ! Aussi, quand il y a un mois, vous avez consenti à me recevoir dans votre quasi royauté....

DON PEDRO.

Cela vous a fait plaisir ?

DONA MANCIA.

Beaucoup.

DON PEDRO.

Tant mieux, ma fille. La présence d'une personne aussi aimable que vous, ne peut, je vous l'atteste, que m'être infiniment agréable. D'ailleurs j'espère retourner bientôt à Madrid. Là, je vous établirai selon votre naissance, votre fortune... (à part) et sa beauté ; mais ceci, on ne doit pas le dire aux jeunes filles.

DONA MANCIA.

Oh ! ne vous gênez pas, mon père ; vous pouvez me dire tout haut que je suis belle. Cela ne me fâchera point.

DON PEDRO.

Qu'est-ce à dire, senorita ! quelque cavalier aurait-il osé vous faire de ces compliments là ?

DONA MANCIA.

Pas encore. Mais cela peut arriver d'un jour à l'autre, et il ne faudra pas tuer le premier qui me le dira, n'est-ce pas, mon père ?

DON PEDRO, à part.

Si c'est là ce qu'on lui enseignait au couvent, il est clair que j'ai été volé. Ah ! depuis que je ne suis plus jeune, je crois qu'il n'y a plus d'enfants.

DONA MANCIA.

Seigneur don Pedro Méhandèz, mon très-honoré
père ?

DON PEDRO.

Quoi donc, senorita ?

DONA MANCIA.

Cette grande vilaine citadelle où nous sommes...

DON PEDRO.

Vilaine ! vilaine ! Je ne la trouve pas vilaine du tout,
ma citadelle ! — Achevez, de grâce.

DONA MANCIA.

Eh ! bien, vilaine ou non, est-ce là ce que vous
appelez votre capitale de toutes les Florides ?

DON PEDRO.

Parfaitement. Et que manque-t-il, s'il vous plaît, à
ce lieu, pour qu'il soit digne de vous posséder, senorita ?
n'est-il pas le plus commode, le plus beau du monde ?
Voyez : là le fleuve berce ses ondes sonores sous un
tortueux berceau de fleurs et de feuillage. Là-bas
s'allonge la grande mer, où l'Espagne commande en
maîtresse, aussi bien que sur la terre. Ici, brillent
les campagnes parfumées de la Floride, émeraude
arrachée au sceptre débile du roi de France, la Floride
où tout m'obéit, tout, les créatures et les éléments.

DONA MANCIA.

Ce langage me plaît, mon père; il sied à un cavalier
Castillan. J'aime à vous entendre rappeler la puissance
et la grandeur de ma patrie. Je remercie humblement
la bonne Vierge, ma sainte patronne, de ce qu'elle
m'a fait naître dans la glorieuse Espagne.

DON PEDRO.

Vous avez raison, ma fille. Quant à moi, en dehors de notre Espagne, je ne vois pas un peuple sur la terre, pour le salut duquel je voulusse exposer un au maravédis.

DONA MANCIA.

Surtout pour les hérétiques, pour les Français notamment. On m'a dit qu'ils l'étaient tous. Si j'étais française, il me semble que je mourrais de honte et de dépit. J'aimerais mieux, tenez, être sauvagesse, et pourtant les sauvages, on le sait, sont des créatures dessous des bêtes.

DON PEDRO, à part,

Allons! Je vois avec plaisir que je me trompais, et que son éducation est loin d'être négligée (haut), Dona Mancia, continuons la visite de mon château.

DONA MANCIA.

Oh! non, mon père, je ne veux pas. Cette terrasse me convient fort. Le vent du soir me fait du bien.

DON PEDRO.

Apprenez que cette terrasse est un bastion, senorita.

DONA MANCIA.

Bastion soit; j'y veux rester.

DON PEDRO.

Restons, ma fille. Vous êtes dès à présent souveraine absolue de la Floride. Je vous en confère le titre de ma pleine autorité.

DONA MANCIA.

Vous vous figurez peut-être que je me contenterai du titre? Erreur! J'entends que tout le monde m'obéisse,

à commencer par vous, seigneur gouverneur. Sans
cela, il ne vaudrait pas la peine d'avoir quitté le
couvent.

DON PEDRO.

Charmante! charmante! en vérité; tu verras, fil-
lette, que je te ferai passer le temps d'une manière
tout-à-fait plaisante.

DONA MANCIA.

Voyons votre manière de passer le temps?

DON PEDRO.

D'abord, je te donnerai deux fois par mois l'amu-
sement d'une chasse à l'Indien.

DONA MANCIA.

Une chasse à l'Indien? cela peut-il amuser, en
effet?

DON PEDRO.

Ho! infiniment! et il y a là moins de danger qu'à
la chasse au jaguar. Nous avons des chiens très-bien
dressés, qui flairent le sauvage demi lieue à la ronde
et qui vous déchirent ce gibier, que c'est une mer-
veille. Rien de plus curieux à voir, que l'instinct de
ces braves animaux. On dirait, par ma foi, qu'ils con-
naissent à l'odorat ceux qui n'ont pas reçu le baptême.

DONA MANCIA.

Savez-vous, père, à quoi je pense?

DON PEDRO.

Non.

DONA MANCIA.

Ce que vous venez de dire, me fait un drôle d'effet.
Las! hélas! seriez-vous par hasard un peu méchant,
petit père? c'est qu'on me l'a dit à Saint-Domingue.

DON PEDRO.

Pas le moins du monde. Je punis quelquefois mes soldats pour le bon exemple. J'ai aussi par ci, par là, houspillé les Français, et je m'en vante : c'était mon devoir. Je tape tant que je peux sur les Indiens. Mais ce sont des idolâtres, de vils païens qui nous exècrent. Du reste, c'est la seule manière de les dépouiller de leurs trésors, et nous ne sommes ici que pour ça.

DONA MANCIA.

Avez-vous au moins réussi à vous faire riche?

DON PEDRO.

A ce commerce, j'ai gagné de quoi remplir d'or et de perles ta mantille.

DONA MANCIA.

Bon, cela! je veux un diadème, un collier, des boucles d'oreille en perles fines et des bracelets d'or. Avouez qu'on ne peut se contenter à moins, quand on est reine.

DON PEDRO.

Tu auras ce que tu désires — Çà, voici le soir. Ne voudrais-tu pas me réciter quelque belle oraison? Tu sais tout cela, toi, petite? Ne voudrais-tu pas me faire une bonne lecture?

DONA MANCIA.

Je voudrais bien danser un fandango pour le moment. Je réciterai ensuite tout ce qu'il vous plaira; mais auparavant, Sainte Vierge! le fandango me sourit; il faut que je m'en donne un peu; les pieds me démangent.

DON PEDRO.

Oui, mignonne, prends tes castagnettes et aban-
donne-toi librement au gai fandango, cette danse
aimée de notre heureuse patrie. Si je faisais apporter
une guitare?

DONA MANCIA.

Vous avez une guitare! oh! bonheur! vais-je être
heureuse ici! ce sera la première fois, sans doute,
que le pied d'une Espagnole aura bondi en cadence sur
le sol de votre..... Comment nommez-vous votre soi-
disant capitale?

DON PEDRO.

Elle se nomme le fort Carlos. Ces bavards de Français l'avaient ainsi baptisée en l'honneur de leur roi.
Vive ma petite reine! son pied gracieux vaut mieux
que tous les rois de France, passés, présents et
futurs.

DONA MANCIA.

Je suis trop bien élevée pour contredire mon
père. — Ah! mais, seigneur, il me pousse une idée,
qui n'est pas pour me faire rire.

DON PEDRO.

Peut-on savoir, senorita, quelle est cette terrible
idée?

DONA MANCIA.

Si vos mécréants de Français s'avisaient de revenir;
s'ils se donnaient les airs de nous envoyer des boulets de canon, pour rattraper leur Floride? Voilà qui
serait fort peu divertissant. Ces gens-là sont capables
de tout.

DON PEDRO,

Les Français! Ah! ah! ah! C'est bien cela, vraiment qui m'inquiète. Va, va, ma fille, en avant la danse et les chansons, et ôte toi tout souci des Français; ils n'en valent pas la peine. Si, par impossible, une de leurs flottes passait assez près de nous pour nous entendre, le bruit seul de tes castagnettes suffirait à la mettre en fuite. Je les ai étrillés de façon, vois-tu, qu'ils n'auront plus l'insolence d'y revenir.

DONA MANCIA.

Tant mieux! tant mieux! De quel côté de l'horizon est situé le royaume de France, dites, mon père?

DON PEDRO.

A peu près dans cette direction, au levant. Pourquoi cela, ma fille?

DONA MANCIA.

C'est bien là, n'est-il pas vrai? Vous allez voir! Nargue de la France et de son pavillon! Il a disparu pour toujours de ce rivage. Plus de souci! Je vais.... — Ah! mon Dieu! Qu'ai-je vu?

DON PEDRO.

Eh! Qu'y a-t-il encore, ma senorita? On dirait que tout vous fait peur.

DONA MANCIA.

Regardez! regardez, mon père, là-bas, au bout de de la mer! Voyez-vous ces deux petits points brillants qui paraissent nager vers ici? Qu'est-ce que cela peut être? Le savez-vous?

DON PEDRO.

Oh! oh! j'aperçois distinctement.... J'y suis!

DONA MANCIA.

Qu'apercevez-vous donc?

DON PEDRO.

Attendez! Je ne donne mon avis sur une chose, que lorsque je suis certain de mon fait. Dona Mancia, ce que vos yeux de dix-neuf ans ont vu avant les miens, c'est tout bonnement une escadre espagnole qui passe au large.

DONA MANCIA.

Espagnole? En êtes vous sûr?

DON PEDRO.

Mais quand je vous dis! Ce sont deux ramberges de moyenne grandeur, et une petite frégate. Ces trois navires ont mis toutes leurs voiles au vent, et ils filent sous la brise du soir, en conservant un ordre de marche parfait. Et dire qu'on a osé traverser l'Océan sur de pareilles coquilles de noix! Quelle audace! Certes, celui qui les commande, ne doit pas être un imbécile. Sachez, ma fille, qu'il n'y a que des vaisseaux espagnols pour naviguer avec cette assurance. Pas moyen de s'y tromper. Oh! j'ai plaisir à les considérer. Vois comme ils s'avancent, entourés des feux du soleil couchant. Leurs voiles semblent d'or.

DONA MANCIA.

Au fait, pourquoi ne serait-ce pas des bâtiments espagnols? Vous ne pouvez qu'avoir raison, seigneur don Pedro. Je ne veux plus songer aux Français; je ne les crains pas.

DON PEDRO.

Voilà parler en vraie Castillanne. Mais il ne sera pas dit que des compatriotes aient passé devant mes terres sans recevoir de moi un salut d'amitié. (*Se penchant hors du bastion*) Holà! quelqu'un! soldats! mes gens! chiens de paresseux! quoi! n'y aura-t-il pas là un seul de mes drôles pour reconnaître et saluer des Espagnols? Enrico! Enrico! sergent Enrico! Ah! j'en ferai mourir plus de dix sous le bâton.....

DONA MANCIA, à part.

Pour le bon exemple, toujours. Adieu mon fandango! mon père va vous faire danser la sarabande à tous ces gens-ci.

ENRICO, accourant.

Seigneur gouverneur, vous m'appeliez?

DON PEDRO.

Où donc est votre monde? faquin? Que fait le poste? Voilà une de nos flottes qui traverse nos eaux, et il n'y a pas une sentinelle pour la signaler, pas un cannonier pour tirer le canon d'honneur. Les misérables!

ENRICO.

Votre colère est juste, seigneur gouverneur, et pourtant ce n'est pas ma faute. Mais ne vous chagrinez pas; je vais moi-même tirer le canon. (*Baissant la voix*) Croyez-vous que ce soit bien là des vaisseaux espagnols?

DON PEDRO, à part.

Sont-ils butors, ces manants. (*Haut*) Saluez-les toujours et au plus vite.

ENRICO.

Aussi ferai-je, monseigneur! (*Appelant*) Bézérillo! Ah! gredin de Bézérillo!

BÉZÉRILLO, se montrant.

Sergent, me voilà.

ENRICO, le soufflettant.

Tiens, pendard! ceci t'apprendra à quitter ton poste.
(Il sort).

DON PEDRO, donnant des coups de canne à Bézérillo.

Sans préjudice du cachot qui t'attend.

DONA MANCIA, à part.

Peste! quel régime pour ces pauvres [diables! (On
entend un coup de canon qui part du fort).

DON PEDRO.

N'ayez pas peur, petite fille. C'est le coup de canon
du sergent.

BÉZÉRILLO, à l'écart.

Ah! tu m'as frappé, sergent Enrico! Ah! tu me
fais punir encore! C'est bon! Tu ne le porteras pas
en paradis, je te le promets. (Second coup, après lequel
Enrico reparait).

ENRICO, saisissant Bézérillo à la gorge.

Marcheras-tu, mauvais soldat? Suis-moi sans bar-
guigner.

BÉZÉRILLO.

Sergent!

DON PEDRO, qui regardait la mer.

Qu'est-ce que c'est ?

ENRICO.

Cet insolent, qui n'obéissait pas.

DON PEDRO, s'avançant.

Aux fers! aux fers! (Enrico et Bézérillo sortent).

DONA MANCIA.

Oh! venez donc, mon père. J'ai vu un de ces petits
vaisseaux bondir soudainement sur les vagues. N'avez
vous pas entendu un bruit sourd? Eh! tenez! voilà
l'autre qui tressaille aussi. (Deux coups lointains se
sont fait entendre).

DON PÉDRO.

Tout va bien, dona Mancia! On vient de me rendre
mon salut, comme cela se pratique entre gentilshommes. Allons souper; nous boirons, si vous le voulez,
au succès de leur expédition.

DONA MANCIA.

Volontiers. — Oh! Sainte Vierge, ma bienheureuse
patronne! protégez ces trois navires et ceux qui les
montent. Faites qu'ils réussissent dans ce qu'ils vont
faire, et puissent-ils aborder bientôt chez nous. (A
part) De nouveaux arrivés d'Europe! ce serait une
distraction.

DON PEDRO.

Certes, s'ils viennent, ils nous causeront une douce
surprise. — A table! à table! Là l'Espagne triomphe
encore, car c'est du vieux Malaga qui nous attend.

ACTE DEUXIÈME

SCÈNE PREMIÈRE.

Le bord ombragé d'une riviére, près de son embouchure dans la mer.

PIERRE DE BRAY, seul.

PIERRE.

O rivages hospitaliers de la Floride, qui prêtez un
sûr abri au pauvre orphelin! ô vallons! ô forêts mys-
térieuses, qui avez recueilli mon infortune, qui me

dérobez depuis trois ans à la haine vigilante des Espagnols! vous êtes pour moi une seconde patrie. Mais
ma France aimée, ma France aux aspects sévères, ma France, cette mère qui m'a nourri, qui a
protégé les jeux de mon enfance; oh! qui donc me
la rendra! quel prodige inattendu me fera franchir
l'abîme des mers, et repaître mes yeux, ne fut-ce
que pour un jour, de la vue de mon pays! Cette
vague écumeuse qui s'affolle en grondant sur la
plage, elle vient peut-être d'Europe, peut-être s'est-
elle formée dans le port du Hâvre, au pied de l'humble maison où je suis né. Hélas! rien ne la gêne dans
ses caprices. Elle est libre de retourner aux lieux
d'où elle est sortie, et je ne puis la suivre! la face barbare de la mer se dresse entre moi et ma patrie.
Malheureux Pierre! Voici la troisième année qui s'é-
coule, depuis qu'aucun Français ne s'est offert à mes
regards, et j'ai à peine dix-huit ans; et me voilà
perdu dans ces savanes aux confins du monde, sans
espoir d'en sortir jamais, sans autre perspective que
d'être torturé, égorgé par ceux qui ont égorgé mon
père. Je voudrais que les Indiens n'eussent pas eu
compassion de moi, qu'ils ne m'eussent pas soustrait
à mes bourreaux, et caché parmi eux comme un de
leurs enfants; l'amitié dont ils m'entourent ne me
contente pas. Chaque jour je viens ici au lever du
soleil. Chaque jour le souvenir de la France m'attriste
davantage. Si mon exil ne doit finir qu'avec ma vie,
oh! mon Dieu, fais-moi mourir bientôt. — Je vois
venir Lita, la fille du grand chef de cette vallée. Chère

Lita! elle s'afflige de ma douleur autant que moi-même. Ses yeux, ses paroles, font toute ma consolation. Elle est si jeune, elle est si belle, ma douce Lita ; elle m'aime tant.

LITA, qui est venue en courant.

Pierre! Pierre! faut-il qu'aujourd'hui pour te trouver, ta petite Lita fasse tout le chemin? Pourquoi n'es-tu pas venu à ma rencontre?

PIERRE.

Parce que je suis triste.

LITA.

Mon bon ami, je te prie, pour l'amour de moi, ne sois plus triste.

PIERRE.

Je souhaiterais pouvoir te satisfaire; mais cela ne dépend pas de moi.

LITA.

Et de qui donc? dis le vite; tu sais bien que mon père, qui est le maître ici, ne veut pas que personne te cause du chagrin.

PIERRE.

Tous les sujets de ton père m'aiment et me respectent. Si tu me vois soucieux, c'est que je pense à mon pays.

LITA.

Hélas! que puis-je te dire pour te consoler? En vérité, je ne le sais (*allant se mettre à genoux devant Pierre*). Mon ami, mon petit Pierre, vois ta chère Lita qui pleure à genoux; jette sur elle des regards moins sombres. Dis-moi ce que tu veux que je fasse. Ordonne ce qu'il te plaira, je t'obéirai, pourvu que tes yeux redeviennent souriants.

PIERRE, la relevant.

Relève-toi, Lita ; ce qui me plaisait, ce que je désire est au-dessus de ton pouvoir, et de celui de ton père. Je désirerais me trouver avec toi sur ma terre natale. Là, quand je devrais être réduit pour vivre, au travail le plus abject et le plus pénible, je suis certain qu'ensemble nous serions heureux.

LITA.

Pierre, comment veux-tu que je te croie? le jour où je te dis que je t'aimais, que tu me plaisais plus qu'Oloctar mon parent, le plus courageux de nos jeunes hommes, tu me juras que tu étais heureux pour toute ta vie ; aujourd'hui mon amour ne te suffit plus ; bientôt peut-être tu le dédaigneras. Que deviendrai-je alors, moi, dont l'âme n'a qu'une pensée, ton amour.

PIERRE.

En t'écoutant parler, Lita, je suis tenté à mon tour, de me mettre à tes pieds, et de te demander pardon pour tous les tourments que je te donne. Va, tu vaux mieux que moi, douce fille du désert. Mais aussi, quand tu es à mon côté, quand je tiens ta main dans les miennes, je te préfère à tout, je te l'assure, à tout, même à la France.

LITA.

Oh! que je t'embrasse, ami, pour cette parole, elle est plus suave à mon oreille, que le chant de la colombe, qui salue l'aurore ; elle est plus délicieuse à mon âme que ne l'est à ma bouche une source pure, dans les heures brûlantes du jour ; mais pourquoi mon Pierre ne contenterait-il pas tous les désirs de

son cœur? n'es-tu pas le maître de creuser, dans le
tronc du plus grand de nos cèdres, un canot qui
puisse nous recevoir tous les deux ? j'y entrerai avec
toi; je dirai adieu à mes compagnes, à mes frères
qui m'aiment, à mon beau pays de Floride, à mon
père, qui pleurera peut-être; je tournerai pour me
consoler mes yeux vers mon ami, qui regardera, lui,
du côté de la France, et tu m'y emmèneras, Pierre,
pour t'aimer toujours et te servir. Alors, manquera-
t-il encore quelque chose à ton bonheur ?

PIERRE.

Rien! non, rien n'y manque dès maintenant. Oh! que
je t'aime, Lita! oh ! que tes yeux sont doux et beaux,
que les boucles de tes cheveux sont agréables à mes
lèvres! que ton sourire mêlé de larmes, me ravit et
m'énivre! tu es ma France! tu es ma joie! tu es mon
espérance! t'aimer, te voir, t'entendre, passer ma
vie auprès de toi, il n'est pas pour ton ami d'autre
bonheur! je n'en veux pas d'autre.

LITA.

Si tu étais comme moi, cela durerait toujours; mais
pour empêcher que tes tristesses ne reviennent, je
sais bien ce que je ferai ; je mettrai autour de mon cou
mes deux plus beaux colliers, l'un de perles bleues,
l'autre de rubis. J'ornerai mes bras et mes pieds, de
bracelets d'argent et d'or; je me passerai aux doigts
mes anneaux les plus brillants; je me vêtirai de la
robe que tu préfères; et, ainsi parée, je me tiendrai
à la porte de ta maison, prête à y entrer à ton moindre signe. Toi, me voyant si belle, tu seras joyeux,

et je danserai, si tu le veux, et je te chanterai les
chansons que j'ai faites pour toi, et les chagrins fui-
ront loin de nous d'une aile rapide, pour faire place
au plaisir et à l'amour.

PIERRE.

Oh! bien, Mlle Lita; car c'est ainsi que se nomment
dans mon pays les jeunes filles comme vous; mademoiselle la jolie, la gentille, la gracieuse, je vous
réponds bien que vous n'y resterez pas longtemps, à
ma porte, et s'il ne faut que de la gaieté pour vous
retenir, moi aussi, je chanterai, et je danserai autant
que tu le voudras; car vois-tu, ma petite belle, dès
que tu le veux, ma peine et mon souci ne tiennent
pas plus que cela.

LITA.

Et cependant je ne suis qu'une pauvre Indienne,
une sauvage, comme vous dites vous autres Européens;
mais pourvu que tu m'aimes toujours, que tu m'é-
coutes toujours, tout ira bien. Oh! Pierre, toi, qui
es parmi notre jeunesse, comme le chêne parmi les
arbres des forêts, ton amie Lita saura te récompenser de ton amour. Jamais, sois en sûr, elle ne te con-
tredira en rien, si ce n'est pour te délivrer de ta tristesse, comme aujourd'hui, n'est-ce pas?

PIERRE.

Alors, puisque Lita est si complaisante, j'aimerais
qu'elle vint tout près de moi, s'asseoir à l'ombre de
cet érable, tandis que nous sommes seuls, et que la
douce brise du matin nous invite à parler d'amour.

LITA.

Pas avant, mon Pierre, que je ne vous aie chanté
ma chanson du printemps. J'en meurs d'envie.

PIERRE.

Lita, toi qui es si jolie, viens! viens la chanter
ici.

LITA.

Oh ! vous avez beau dire ; il faut que nous autres,
jeunes filles, nous sachions nous faire un peu prier.
Ecoute bien, mon bel ami ; après tu me donneras pour
ma peine, ce que tu voudras, rien si tu veux.

PIERRE, à part.

Fut-il jamais créature plus charmante. Je l'aime aujourd'hui plus que hier.

LITA.

LA CHANSON DU PRINTEMPS.

Je suis belle et gracieuse,
Comme l'or dans nos déserts.
Ma chevelure est soyeuse
Comme la vague des mers.
Les yeux de la tourterelle,
Quand sa compagne l'appelle,
Sont moins tendres que mes yeux.
Je suis la rose sauvage ;
Je suis le lys du rivage :
La chevrette au pied joyeux.

Quand je chante sur la rive,
Sous le ciel qui me brunit,
Mon ami vient, il arrive
Comme un aigle sur son nid.
J'entends sa voix qui me loue,
Son baiser vole à ma joue,
Comme l'abeille au jasmin !
Et mon cœur vers lui s'élance ;
Et je l'admire en silence,
Et ma main saisit sa main.

Il dit : lève-toi, ma belle.
Viens, le souffle du printemps
Réjouit l'herbe nouvelle :
L'hiver a fui de nos champs.
De loin en loin, sur la terre,
Brille une fleur solitaire,
Le temps des chansons revient;
Et la voix de la colombe
S'élève, soupire et tombe
Comme un hymne aérien.

Il dit : Je veux que tu cueilles
Chez moi la première fleur.
Viens, ma vigne ouvre ses feuilles
Et rend sa suave odeur.
Alors, quittant ma vallée,
J'ai suivi sous la feuillée
Le bien-aimé de mon cœur,
Jusqu'à l'heure où sur la grève
La nuit tristement se lève,
Versant le froid et la peur.

Voilà, Pierre! t'en faut-il une autre, maintenant!
tu n'as qu'à dire.

PIERRE.

Oh! d'abord celle-ci mérite récompense, et je vais...
(Il veut l'embrasser, Lita lui échappe).

LITA.

Adieu, Pierre! tu m'embrasseras plus tard, si tu
le peux!

PIERRE.

Eh bien! eh bien! Lita! est-ce ainsi que tu fais
ce que je veux!

LITA.

Oui, c'est ainsi, et c'est pour te punir d'avoir été

trop longtemps sérieux. Souviens-toi qu'à l'avenir, j'entends que tu me souries tout d'abord.

PIERRE.

Tu es singulière, Lita ; tu n'aimes ni à rire ni à pleurer.

LITA.

Crois-tu cela, petit Pierre?

PIERRE.

Ah! je vous tiens, mademoiselle. Oh! vous vous débattez en vain ; vous n'êtes pas la plus forte.

LITA.

Laisse-moi. Voici nos jeunes hommes et nos jeunes filles, qui viennent pour adorer le soleil levant. Voici la prière du matin, soyons recueillis. (*Entrent Oloctar et la jeunesse Indienne, garçons et filles ; ils se rangent au fond, de manière à former deux chœurs, l'un d'hommes, l'autre de femmes*).

OLOCTAR, s'avançant.

Lita! Lita! où est-tu?

LITA.

Je suis ici. Que me veux-tu, Oloctar?

OLOCTAR.

Nos jeunes filles sont là, qui te cherchaient. Elles se rendent sur cette plage, avec mes compagnons et moi, pour célébrer le culte matinal. Toi, tu étais déjà venue, attirée sans doute par les discours flatteurs de l'étranger. Quant à moi, je juge qu'il n'est pas prudent ni convenable de flatter les jeunes filles.

PIERRE.

Je n'ai point flatté ta parente, Oloctar. Je lui répétais que je l'aime.

LITA.

Et qu'il me veut pour sa femme, moi, moi seule ;
entends-tu bien, Oloctar?

OLOCTAR.

A quoi bon perdre le temps en vains propos? Ran-
geons-nous, et commençons.

LES JEUNES HOMMES.

Le soleil est monté sur son canot de guerre;
Il plonge dans les flots la nuit qui lutte encor ;
Puis il baise en passant la face de la terre,
Et la terre rougit, et sa rougeur, c'est l'or,

LES JEUNES FILLES.

Vous, oiseaux des forêts, des vallons, des collines,
Messagers du soleil, peuple aux mille couleurs,
Accompagnez nos voix de vos chansons divines ;
Nous sommes tous enfants de la terre des fleurs.

LES JEUNES HOMMES.

Que le lac Théomi, caché sous les montagnes,
Ainsi qu'un criminel en un cachot profond,
Se heurte au mur de feu qui garde nos campagnes.
Et qu'il gronde, enfermé dans sa cuve sans fond.

LES JEUNES FILLES.

Le soleil est vainqueur, le soleil est mon père.
Il a creusé son temple au roc d'O'laïmi.
Là, dans l'ombre des soirs, s'engloutit sa lumière ;
Il en sort à la voix du grand Chef, son ami.

LES JEUNES HOMMES.

Quand mon front reprendra son casque de fourrure ;
Quand je ceindrai mes flancs de la peau d'un jaguar,
Et que j'aurai tourné ma rude chevelure
En rouleau hérissé de flèches au long dard,

LES JEUNES FILLES.

Quand la mousse, enlevée à l'écorce du saule,
Pressera mes cheveux d'un réseau verdoyant,
Et qu'un léger manteau , noué sur mon épaule ,
Laissera voir mes pieds, de perles rayonnant,

LES JEUNES HOMMES.

J'irai vers l'Espagnol , et relevant la tête,
Je veux lui dire : Ici, l'onde, et la terre et l'air,
Tout est à moi. Je viens t'arracher ta conquête.
Fuis devant le soleil qui brûlera ta chair.

LES JEUNES FILLES.

J'irai sur le rivage, et regardant l'aurore,
J'appellerai trois fois la France , nom sacré ;
Et vers nous, ô soleil! tu guideras encore
L'homme qui doit venger mon pays éploré.

OLOCTAR, à part.

Les heures de la journée s'écoulent. Je parlerai à
l'étranger ; il est sage et bon ; il accordera sans doute
à Oloctar ce que celui-ci demande. (*A Pierre qu'il tire
à l'écart*) Avant que la chaleur, énervant nos membres,
nous oblige à rechercher nos fraîches nattes de jonc,
je veux m'adresser à toi, Pierre, comme un homme à
un homme, et te dire : Ma cousine Lita est tout ce que
j'aime. Si je ne peux l'avoir pour femme, il n'en est
point d'autre qui puisse me charmer, et j'irai vivre au
désert, loin de mon peuple et de ma vallée, comme
un homme qui n'a point de femme. Toi qui es notre
ami et notre frère, toi qui as été sauvé par nous, tu
ne voudras pas ôter toute joie au pauvre Oloctar. Cesse
d'aimer Lita, je t'en supplie. Commande-lui de reporter

sur moi tout son amour, et je serai heureux par toi, et je te promets de réserver mes forces, mon sang pour ton service. Aie pitié de ton ami, Pierre ; Lita n'est point de ta race ; tu dois me la céder.

PIERRE.

Il n'est pas en mon pouvoir de te céder Lita. Je ne puis ni cesser de l'aimer, ni souhaiter qu'elle t'aime. Est-il juste, selon toi, Oloctar, que je renonce à mon seul bonheur ? Ne l'espère pas. Plutôt mille fois mourir !

LITA, qui s'est approchée d'eux.

Mon parent est généreux et brave. Mon parent est, après le roi mon père, le premier en dignité parmi nous ; pourquoi lui, qui peut choisir une femme entre toutes nos jeunes filles, jette-t-il un regard d'envie sur celle qui s'est donnée au jeune étranger. Ne cherche pas à enlever à notre hôte un bien qu'il a tant souhaité. S'il fallait me séparer de lui, j'irais, je te l'assure, oui, j'irais m'exposer à la dent meurtrière des dogues espagnols.

OLOCTAR, à part.

O mon âme, renferme en toi ta douleur ! Il ne sied pas à un homme de montrer un front abattu. J'ai mal fait de parler à celui-ci. (*Arrive le roi Sariova, avec une suite nombreuse*).

LITA.

Le roi mon père s'avance suivi de ses amis et de nos principaux chefs. Quel soin l'amène à pareille heure sur cette rive ?

SARIOVA, à Pierre.

Mon hôte, je te prie de te rendre au lieu le plus

secret de la forêt, sous l'escorte de quelques-uns de mes gardes. Tu attendras, pour reparaître, que je te l'aie mandé.

PIERRE.

Sariova, roi de cette contrée, toi qui m'as arraché à la mort, je t'obéirai en toute chose. Seulement, si c'est à un péril que tu veux me soustraire, ne pourrais-je pas me défendre les armes à la main ? Me voilà maintenant un homme ; la mère Française qui m'allaita, ne m'a pas donné le sang d'un lâche.

SARIOVA.

Je ne l'ignore point ; mais le courage est funeste, quand il n'est pas guidé par la sagesse. Si tu ne te caches, mon fils, ce n'est pas toi que le danger menace, c'est moi et mon peuple. Le guetteur, qui se tient jour et nuit sur le faîte de la colline, vient de me signaler en vue de la côte, trois vaisseaux qui semblent chercher un hâvre commode ; ils portent sans doute des Espagnols ; car depuis bien longtemps, hélas ! tes frères les Français, nos fidèles amis, ont oublié le chemin de la Floride. Ils nous laissent opprimer par ces pillards féroces, ces soldats de Méhandèz, leurs ennemis et les nôtres. Si d'autres Espagnols abordent sur cette plage, et qu'ils trouvent un Français au milieu de nous, malheur à ma nation. Ils ne me pardonneront pas de leur avoir dérobé une victime.

LITA.

O esprits de l'air ! détournez de nous les ailes de ces vaisseaux !

PIERRE.

Je suivrai tes gardes dans la forêt, Sariova ; mais

promets-moi que s'il faut combattre, tu me feras
venir à ton côté. Je crois que je ne te serai pas inutile.

SARIOVA.

Je t'en donne ma parole de roi.

LITA.

Me permettras-tu, mon père, de ne point quitter
ton hôte? tu sais que, lui absent, mon âme est
absente.

SARIOVA.

Va, ma fille, et emmène loin d'ici tes compagnes.
Il est bon que les hommes seuls demeurent près de la
mer. (*Pierre, Lita et les femmes sortent*; *il reste Sa-*
riova, Oloctar et tous les hommes).

OLOCTAR, qui était allé regarder au bord de la mer.

Roi Sariova, les vaisseaux inconnus viennent de
doubler le ˙promontoire qui est du côté du soleil
levant; ils sont rangés immobiles vis-à-vis de ce
rivage.

SARIOVA.

Quel est le pavillon qui flotte au haut de leurs mâts?
est-ce l'orgueilleuse bannière de l'Espagne? dis-le
moi, car je cherche en vain à l'apercevoir. Mes
yeux ne sont plus ce qu'ils étaient durant mes joyeuses
années d'autrefois.

OLOCTAR.

J'ai beau examiner; je ne reconnais sur ces navires nul pavillon européen. Il me semble par instant
voir serpenter au bout des mâts de longues bande-
rolles grises.

SARIOVA.

Cette absence de pavillon cache un piége; sois-en

certain. Les Espagnols qui habitent ces maisons flot-
tantes, nous ont distingués de loin sur la rive. Ils veulent nous surprendre, pour nous tuer tous, comme ils
ont fait nos frères. Alors ils ont enlevé leur éten-
dard, de crainte de nous donner l'alarme avec ce
drapeau messager de mort.

OLOCTAR.

O roi, préparons notre courage à tout événement.
Pour moi, je suis toujours prêt à faire un bon usage
de ma force. Sache que ces Européens se dirigent
vers nous.

SARIOVA.

Oloctar, que dis-tu?

OLOCTAR.

Je dis ce qui est. J'ai vu, du flanc de ces bâtiments,
se détacher cinq longs canots chargés d'hommes; les
voilà qui cinglent droit vers ce bord; ils grandissent
rapidement. Tu peux déjà les discerner, voguant à
égale distance l'un de l'autre. Je vois la mer blanchir
autour d'eux, les matelots se pencher et se relever en
faisant voler leurs rames. Ah! il y a aussi beaucoup
d'hommes debout, qui portent des armes luisantes.

SARIOVA.

Plus de doute; ce sont nos tyrans. Oloctar, nous
convient-il d'affronter avec nos flèches légères, leurs
tubes de fer, qui font pleuvoir la mort devant eux?
Nous pouvons encore trouver un asile assuré dans
les grottes de la montagne,

OLOCTAR.

Oh! toujours fuir devant les méchants, quand on
a pour soi le droit et le courage! Espagnols! Espa-

gnols! ne se lèvera-t-il pas enfin pour nous le jour de
la justice! Si mes frères sont décidés à attendre ici
ceux qui arrivent, tant mieux; je resterai avec eux.
S'ils préfèrent te suivre et se dérober par la fuite au
danger, je resterai seul, et pourvu que je puisse avant
de mourir, étrangler de ma main un de nos oppresseurs mon âme s'envolera satisfaite.

SARIOVA.

Que résoudre, hélas! mon esprit, maintenant, est
aussi lent à prendre un parti, que mon corps à marcher avec les jeunes hommes.

OLOCTAR.

Tu n'as plus à délibérer, et il n'est plus temps
de fuir. On nous a vu; on agite les armes. O lumière
du ciel! qu'est ceci?

SARIOVA.

Qu'y a-t-il encore? ne crains pas de me le dire.
On peut tout entendre, quand on est résigné à la
mort.

OLOCTAR.

Regarde! vois!

SARIOVA.

Faut-il en croire mes yeux! le drapeau blanc, oui,
un immense drapeau blanc, le drapeau de la France
se déploie majestueusement à la pointe de chaque
canot. Serait-ce enfin nos amis, nos protecteurs tant
désirés qui reviennent vers nous? Un tel bonheur me
semble impossible.

OLOCTAR.

Soyons attentifs et sur nos gardes. Les Espagnols,
pour nous tromper, peuvent avoir arboré ce drapeau

si cher à notre pays. Apprêtez vos arcs, jeunes gens,
et formez-vous en ligne au devant du roi. Je vais à
la rencontre des étrangers, et je n'aurai pas à marcher longtemps ; ils prennent terre ; ils sautent sur le
sable en poussant des éclats de rire. Je crois que ce
sont les Français. Ils viennent.

LAROQUETTE, entrant.

Eh ! pardienne, bonjour les amis ! c'est moi, ne me
reconnaissez-vous pas, ventrebleu ? c'est moi, vous
dis-je, moi, Jeannot Laroquette, de Périgueux en
Périgord, qui ai eu l'avantage de vous faire danser
plus de mille fois au son de mon agréable turlututu.
Bonjour, sire le roi ; ça vous va-t-il bien, papa ? enchanté ; un petit flon flon, pour renouer connaissance.
(*Il tire quelques notes de son instrument, les Indiens
éclatent de rire, et entourent Laroquette avec de grandes démonstrations de joie*).

OLOCTAR.

Je te reconnais ; tu es notre ami Laroquette ; moi je
suis Oloctar, neveu du roi, et chef de la jeunesse.
Vive ! vive la France !

SARIOVA.

La France vient ; nous sommes sauvés.

LAROQUETTE.

Je m'en flatte. Je remarque avec satisfaction deux
choses ; d'abord, que vous portez toujours les Espagnols dans votre cœur, ce qui me fait un sensible plaisir ;
ensuite, que vous avez très-joliment profité de mes
leçons de français, ce qui me surprend sans m'éton-
ner. Vous parlez français, nom de nom, presque

aussi proprement que moi-même, sauf pourtant ces aimables messieurs, qui n'ont encor fait que me rire au nez. — Motus! voici mon capitaine! (*Dominique paraît, escorté d'une quarantaine d'arquebusiers, qui se rangent vis-à-vis des Indiens; Sariova et Oloctar sont près de leur troupe. Laroquette est à peu de distance d'eux. Dominique est au milieu du théâtre*).

LAROQUETTE.

Attention, père Laroquette, et pas de bêtise! — Mon respectable capitaine, j'ai celui de vous présenter Sa Majesté sauvage, Sariova premier ou second, comme qui dirait le roi de ce district. Oh! c'est un roi ficelé, celui-là, et bon enfant tout à fait, j'en réponds. Quant à ce gaillard-ci, c'est m'sieur Oloc..... attendez donc, Oloc-tar; oui, c'est çà, Oloctar son neveu, généralissime de son armée que voilà, un troupier numéro *un*, le maréchal de France de l'endroit, quoi! Il s'arracherait la peau du ventre, savez-vous, pour la donner aux Français, lui et son oncle, et leurs bons hommes de sujets. Du reste, vous me direz des nouvelles de la soignée éducation, que je leur z'ai donnée gratis. Tout ça vous parle français, ni plus ni moins qu'une vache espagnole (*au roi et aux Indiens*). Cher papa, et vous tous, saluez, saluez mon capitaine. Il n'en a pas encore trouvé un, qui soye de force à lui faire la barbe. (*Sariova et Oloctar viennent déposer leurs arcs aux pieds de Dominique, et s'inclinent devant lui. Dominique leur tend la main.*

SARIOVA, à Dominique.

Je crois que cet homme a dit la vérité. Tu me parais vaillant et bon.

DOMINIQUE.

C'est sur ses actions qu'il faut juger un homme·
Roi, tu as été fidèle à la France ; je te serai utile,
où je ne pourrai.

SARIOVA.

O joie ineffable ! ô douceur inespérée ! Réjouis-toi,
mon cœur, des paroles que mes oreilles viennent d'entendre. Le grand chef des Français a mis le pied sur
notre terre, et notre terre a tressailli d'espoir sous
ses pas. Vous, mes sujets, imitez-moi. Tendez à nos
frères, les Français, vos arcs en signe d'alliance. —
Voilà ; nos mains sont désarmées devant toi, notre
foi et nos volontés t'appartiennent. Dis-moi ton nom,
je te prie, afin que je lui donne dans ma mémoire la
place d'honneur.

DOMINIQUE.

Je suis Dominique de Gourgues.

SARIOVA.

Dominique de Gourgues, que ton nom demeure
éternellement dans le souvenir des Français ! — O vous
qui obéissez au vieux Sariova, exécutez sans retard
mes ordres. Apportez ici pour moi, et pour le capitaine,
mes deux siéges en bois de lentisque, garnis de
mousse ; que d'autres aillent choisir dans mes pâtu-
rages neuf chevreuils, les plus gras de mon troupeau,
et qu'ils les donnent, avec le produit de notre chasse
d'hier, aux canots de nos alliés. Je veux que, dans la
joie d'un festin abondant, les nouveaux arrivés disent :
nous n'oublierons plus la terre hospitalière de Floride. (*Quelques Indiens sortent, d'autres ont apporté*
deux siéges rustiques, qu'ils placent au milieu du

théâtre. Puis, s'étant mêlés aux Français, ils les mènent joyeusement hors de la scène avec Laroquette. Oloctar se tient debout, un peu en arrière du roi et du capitaine.

SARIOVA.

Mon hôte daignera-t-il s'asseoir sur ce siége que l'on a préparé pour lui? Si tu y consens, je prendrai place à ton côté. Je voudrais m'entretenir avec toi, et j'ai besoin, pour ne pas t'importuner, qu'un peu de calme se fasse dans mon esprit. Le contentement, à mon âge, est aussi difficile à porter que le chagrin.

DOMINIQUE, assis.

Recueille-toi, et dis ce que tu as à dire.

SARIOVA, assis.

Avant tout, refuseras-tu de m'apprendre pourquoi des extrémités de l'Orient, tu as amené ici tes vaisseaux?

DOMINIQUE.

Si tu as à te plaindre des Espagnols, mon voyage est heureux pour toi. Je viens leur demander compte du tort qu'ils ont fait à ma nation.

SARIOVA.

L'as-tu bien entendu, Oloctar? Le capitaine français veut mettre à la raison les Espagnols.

OLOCTAR.

Que les jours du capitaine soient nombreux et pleins de bonheur.

SARIOVA, à Dominique.

Puisque tu viens juger et châtier les coupables, je te dirai une partie de nos griefs. Les énumérer tous, serait trop long et trop douloureux. Apprends que, depuis la mort de ton compatriote, le sage Ribaud , la Floride n'a pas eu un seul beau jour. Les Espagnols nous harcèlent sans fin ni cesse. Ils nous chassent de nos maisons, brûlent nos récoltes, enlèvent et font mourir nos femmes et nos filles et tuent nos petits enfants. Trois ans se sont ainsi passés ; et nous, hélas ! impuissants à nous délivrer nous-mêmes, nous remettions la vengeance à notre Dieu et aux armes de la France.

DOMINIQUE.

Ce n'est pas ton Dieu qui vous a exaucés. Il n'est rien, et ne peut rien. Mon Dieu seul, qui tient le monde dans sa main, nous envoie pour vous secourir et pour nettoyer la Floride de ceux qui la pillent.

OLOCTAR.

Je te jure, par les os de mon père, par la lumère du soleil, que nous te suivrons tous ; que tu seras le maître de notre vie; et qu'avec toi nous ne craindrons ni l'Espagnol, ni la mort.

SARIOVA.

Je n'ai reçu encore de ta générosité, ô étranger ! que des paroles; mais celles que tu m'as adressées sont pour moi un présent aussi précieux que l'or. Moi, je veux, en échange, te faire un don qui ne te sera peut-être pas indifférent (à Oloctar). Cours, Oloctar ; cherche Pierre et le conduis ici (à Dominique). Désires-tu savoir quel est celui qu'on va t'amener ?

DOMINIQUE.

S'il te convient de me le dire, je suis là pour t'entendre.

SARIOVA.

Quelques jours après que tes frères eurent été égor-

gés dans le fort Charles, nos chasseurs trouvèrent,
errant dans les égarées de la forêt, un jeune Français
échappé de la tuerie. Il comptait environ quinze révolutions de soleil. Il était blessé, presque mourant de
douleur, de fatigue et de faim. Mes gens s'empressè-
rent de le soulager, et le portèrent sous mon toit.
Depuis ce jour, en considération de ses malheurs et
de son nom de Français, je le traite comme mon fils.
C'est à lui, non à ton matelot, que tu dois de pouvoir converser avec nous, dans la langue de ta nation.
Méhandèz m'a fait offrir une tonne d'eau de feu ; si je
voulais remettre en ses mains notre enfant adoptif.
J'ai répondu : demande-moi plutôt mon œil droit
qui me sert à diriger ma flèche, et mon bras droit
qui porte ma lance. — Méhandèz a juré sur une croix,
qu'il ne ferait payer cher mon refus. Voilà, capitaine
de Gourgues, le don que je te destine.

DOMINIQUE.

Tu ne pouvais m'en faire un qui me fut plus cher.
Mes actions te montreront ma reconnaissance.

LAROQUETTE, qui s'est approché par derrière.

Mon capitaine, sans vous commander, j'ai z'une
raison à vous inculquer. Ces messieurs les sauvages
sont merveilleux convoiteux des choses de par de
ça, et ils attendent toujours qu'on leur donne n'importe quoi, comme font petits enfants chez nous,
pour lors.....

DOMINIQUE.

Es-tu revenu pour me donner cet avis?

LAROQUETTE.

Eh!..... non, mon capitaine, je..... je voulais voir
si mon capitaine n'a pas besoin de moi.

DOMINIQUE.

Je t'aurais appelé ; que je ne te voie plus.

LAROQUETTE, en s'en allant.

Bon comme le bon pain, mais faut pas broncher d'une semelle.

PIERRE, amené par Oloctar qui se retire.

Ah ! je vois ! je reconnais à son vêtement, un de mes compatriotes. L'émotion m'enchaîne à cette place. Impossible d'aller au-delà.

SARIOVA.

Capitaine, il est là, le jeune Français. On te l'amène.

DOMINIQUE, se retournant.

Si vous êtes Français, pourquoi restez-vous loin de moi, pauvre enfant ? là où est l'ombre de mon pavillon, là est aussi l'ombre de la France.

PIERRE, court à lui et tombe éperdu dans les bras de Dominique qui le soutient.

La France ! ô la France ! Ah ! monsieur ah ! que Dieu vous protège ! que j'entende encore sortir de votre bouche, d'une bouche française, ce nom adoré, le nom de la France !

DOMINIQUE.

Oui ! tu es vraiment un fils de notre noble terre de France. Le cœur parle en toi. — Dans quelle ville es-tu né ?

PIERRE.

Le Hâvre est ma ville natale ; vous avez sans doute ouï parler, monsieur, de ma belle cité du Hâvre, qui domine au loin l'Océan ; vous l'avez peut-être vue ?

DOMINIQUE.

Je l'ai vue plus d'une fois'

PIERRE.

Vous avez vu le Hâvre! oh! y a-t-il de cela bien longtemps, dites, monsieur?

DOMINIQUE.

Huit ans à peu près; comment te nommes-tu, et quelle est ta famille?

PIERRE.

On ne me connaît ici que sous le nom de Pierre. Mon père s'appelait Jean de Bray. C'était..... c'était... (*il fond en larmes*) O mon père, ò damnés Espagnols!

SARIOVA, qui se tenait à l'écart.

Ce que la douleur empêche cet enfant de te dire, je t'en instruirai, si tu le commandes. Je sais son histoire, pour l'avoir entendue de sa bouche.

DOMINIQUE.

Tu vas me la conter, s'il ne le peut lui-même.

PIERRE.

Monsieur le capitaine, pardonnez un peu de faiblesse qu'éveille en moi le souvenir de ce que j'ai souffert : c'est à moi de vous donner les détails que vous demandez. Mon père était habile dans l'art de fondre et de façonner les métaux. Pour se conformer au désir de M. l'amiral, qui voulait assurer à la France une portion du nouveau monde, il vint ici sur l'escadre de M. de Laudonnière avec ma mère, moi et mon frère plus jeune que moi de sept ans. Notre petite famille, établie au fort Charles, y prospérait paisiblement. La fortune nous riait déjà; Français et Indiens, tous nous aimaient. Ma mère, si jolie, si courageuse, nous rendait tous heureux par sa gaieté ; mon frère se faisait beau et fort. Un jour, tandis que nous étions, mon père et moi, à travailler dans notre atelier, nous entendons des cris affreux, un vacarme, une terrible mousquetade. Mon père s'arrête, il me regarde : Pierre, me dit-il, ce sont les Espagnols ; il faut défendre ta mère et ton frère, il faut les défendre jusqu'à la mort. Si je suis tué en me battant, je te les recommande, songe que tu as quinze ans, tu es un homme. — Cela dit, il prend un fusil, m'en met un entre les mains et m'ordonne de ne faire feu qu'à son signal. Tout à coup le toit de la maison s'écroula ; les fenêtres, la porte, volèrent en pièces. Une cohue de démons hurlants fondit sur nous de tous côtés. Je lâchai au hasard mon coup de fusil ; ma mère et mon frère étaient près de moi, tous deux bien pâles ; mon frère pleurait. C'était la première fois que j'assistais à une bataille. Je vis tomber mon pauvre petit frère, mon père, ma mère : je l'ai vu, et je n'ai pas pu les embrasser ! j'étais enragé, mais je ne pleurais pas. Je frappais et je refrappais autour de moi, avec la crosse de mon mousquet. Un Espagnol s'affaissa par terre ; alors je crois que le mur s'effondra sur ma tête ; je ne me souviens plus de rien, jusqu'au moment où une forte commotion me réveilla. Les Espagnols, me croyant mort, m'avaient jeté hors de la place ; il était nuit, le fort brûlait. On entendait des cris à faire trembler ; c'était les vainqueurs qui s'amusaient. Je me traînai vers les bois, sans savoir ce que je faisais, et j'y serais bientôt mort, si, le troisième jour, Dieu n'eût envoyé vers moi quelques hommes de ce peuple compatissant, qui m'a rappelé à la vie.

DOMINIQUE.

Pierre de Bray, n'aie plus de souci de ton sort. Je tâcherai de remplacer le père que tu as perdu.

PIERRE, lui baisant la main.

Disposez de moi, Monsieur, comme du fils le plus soumis. Oui, je vous servirai avec joie; je vous aimerai. Vous êtes à présent ma famille; vous êtes tout pour moi.

DOMINIQUE.

Tu ne me quitteras plus ; si tu veux m'appeler père, je te le permets. Cela ne me sera pas désagréable à entendre.

PIERRE.

Mon père, Dieu me soit témoin de la promesse que je vous fais, je jure de partager dès maintenant votre bonne ou votre mauvaise fortune. Qu'il me punisse, si je cesse de mériter votre amitié.

LITA, venant s'agenouiller devant Dominique.

O redoutable chef des Français! ô mon père! écoute celle qui embrasse tes pieds.

DOMINIQUE.

Que me veux-tu, jeune fille? qui es-tu?

SARIOVA.

·C'est ma propre fille qui est à tes genoux. J'ignore ce qu'elle peut avoir à demander à notre puissant ami.

LITA.

Je suis Lita, la fille du roi de cette vallée; accorde-moi de t'adresser une prière.

DOMINIQUE.

Relève-toi, et je t'écouterai.

LITA.

Non, je dois te parler ainsi, parce que tu as dans ta main ma destinée.

DOMINIQUE.

Moi !

LITA.

Gardes-tu désormais ce jeune étranger auprès de toi ?

DOMINIQUE.

Oui ; c'est convenu.

LITA.

Alors, voici la prière de Lita : consens à me garder avec l'étranger. Car s'il peut vivre sans moi parmi ses frères, moi, sans lui, parmi les miens, je mourrais. (*elle se relève*)

DOMINIQUE, à Pierre.

Qu'y-a-t-il entre cette enfant et toi, Pierre ? tu baisses les yeux.

PIERRE.

Monsieur, il est vrai qu'elle m'aime bien ; et moi je l'aime aussi. Elle a fait pour moi ce qu'aurait fait une sœur. Je dois la vie à son père. Cependant, si j'ai eu tort de l'aimer.....

LITA.

Pourquoi dis-tu cela, Pierre ? veux-tu donc me rejeter derrière toi comme une fleur sans parfum ? la fleur, tu le sais, serait bientôt flétrie.

PIERRE, à Lita.

Je veux que tu vives heureuses, Lita. Mais notre sort dépend uniquement du capitaine.

DOMINIQUE.

Quelle que soit ma décision à ton égard, mon fils,
n'oublie pas que c'est au père seul de Lita, qu'il
appartient de disposer de sa fille. Dieu l'a voulu ainsi.

SARIOVA.

Sois le maître de la fille et du père, et de tout ce qui
est sous notre ciel. Ton grand Dieu, qui t'a ouvert, à
travers la mer perfide, un chemin pour arriver jusqu'à nous, ton Dieu a mis la sagesse dans ta tête, et la
force dans tes mains.

LITA, à Dominique.

Maître, fais de moi ton esclave, si tel est ton plaisir,
mais ne me sépare point de mon ami.

DOMINIQUE.

Jeune fille, quand les hommes vont à la bataille,
les femmes doivent se tenir enfermées, dans leur
demeure. Après que nous aurons combattu, ceux de
nous qui vivront encore, demanderont à Dieu de leur
dicter ce qu'ils doivent faire. Va vers tes compagnes.
Tu m'as inspiré de l'amitié. Je te le prouverai.

LITA, lui baisant la main.

Ton regard m'a dit que tu es clément et juste; il ne
me trompera pas. Que la victoire soit sur ton drapeau.
— Adieu, Pierre ! souviens-toi que je t'aime. *(elle sort)*

DOMINIQUE, à Sariova.

Avant de nous occuper de ce que nous aurons à faire
demain, je veux te donner à mon tour, une marque de
contentement pour ta fidélité. Choisis, parmi ce que je
possède, l'objet qui te plaira davantage ; je t'en ferai
présent.

SARIOVA.

Tu réussiras certainement dans tes entreprises, car tu n'as que de bonnes pensées. Donne-moi, mon hôte, le manteau que tu portes. Tu ne saurais m'offrir rien qui me fut plus agréable. Ce n'est pas que je veuille m'en revêtir, non ! je ne m'enhardirais point jusque-là. Mais je veux qu'après ma mort, on le dépose avec moi dans ma fosse. Je suis sûr qu'ainsi vêtu, je serai accueilli avec honneur dans le royaume des esprits.

DOMINIQUE.

Ce manteau t'appartient ; tu peux en faire usage sur l'heure ; il y en aura aussi un pour ton neveu Oloctar, et je vous ferai encore d'autres dons, apportés de France pour vous. — A présent, venons aux affaires sérieuses. Roi, je te prie de rappeler Oloctar. (frappant dans ses mains). M. de Cazanove, M. d'Etampes, êtes-vous là ?

CAZANOVE et D'ETAMPES paraissent.

Nous voici, capitaine.

DOMINIQUE.

Que font nos gens ?

CAZANOVE.

Ils sont à festiner et s'amuser avec les Floridiens le long de la berge. (Il y a en scène Dominique ayant d'un côté Pierre, Cazanove, d'Etampes, de l'autre Sariova, Oloctar ; tous sont debout.)

DOMINIQUE, aux deux officiers.

Messieurs, je vous présente un jeune compatriote, Pierre de Bray, qui mérite qu'on s'intéresse à lui. C'est le seul survivant de notre malheureuse colonie exterminée par les Espagnols. Les Floridiens nous l'ont

conservé ; moi, je compte faire pour lui plus encore,
s'il s'en montre digne.

CAZANOVE, à Pierre.

Français et malheureux, vous avez doublement droit
à notre sympathie, monsieur. (*Il l'embrasse*)

D'ETAMPES, l'embrassant aussi.

De plus vous êtes protégé du capitaine, et presque
de mon âge; nous ferons des notres ensemble. Vous
verrez que ce sera gentil.

DOMINIQUE.

Tenons conseils. Sariova, dis-nous quelles sont les
forces espagnoles dans tes états ?

SARIOVA.

Interroge Oloctar, qui parcourt sans cesse les monts
et les forêts. Il a regardé de plus près que moi nos
ennemis.

OLOCTAR.

Sachez que les Espagnols dans nos plaines, sont
plus nombreux que les flots de l'océan sur nos rivages. Ils s'abritent sous de grandes maisons qui ont
des murs comme des rochers; mais qu'importe tout
cela ? par ton aide, nous les surmonterons.

D'ETAMPES, bas à Cazanove.

Avez ça que voilà de beaux renseignements, Cazanove. Ce jeune sauvage est vraiment impayable. Voyez
donc quel flegme.

PIERRE, à Dominique.

Si vous le permettez, M. le capitaine, je répondrai
à vos questions. J'ai battu le pays autant que pas un
de ses habitants, et j'ai observé bien des choses dont
je me souviens.

DOMINIQUE.

Je me réjouis de ce que tu es déjà utile à tes frères,
mon fils. Je saurai de toi quel est le nombre de ceux
que je vais attaquer.

PIERRE.

Il y a un mois environ, leur gouverneur, devant le
fort Charles, a passé en revue tous ses hommes; moi,
couché sur le penchant de la colline, je les ai comptés
avec soin. Ils étaient quatre cent vingt-huit, tant
soldats qu'officiers. C'était, je dois l'avouer, une
troupe à l'air très-martial.

DOMINIQUE.

Cette petite armée loge-t-elle tout entière dans le
fort Charles?

PIERRE.

Non, mon capitaine. Trois cents soldats y sont
entrés. Deux compagnies, d'une soixantaine d'hommes chacune, gagnèrent deux moindres citadelles,
échelonnées sur le bord de la rivière Saint-Jean. Je
les suivais, me glissant sous les ombres de la forêt.
Le premier détachement mit la moitié d'un jour à
atteindre sa garnison. L'autre marcha une demi-
journée encore, avant d'être rendu dans le troisième
fort, qu'ils ont bâti de l'autre côté de la rivière.

DOMINIQUE.

As-tu pu nombrer les canons dont sont armées
les trois forteresses?

PIERRE.

Pas d'une manière certaine, parce que je n'ai pu
faire le tour des remparts. Je crois cependant ne pas
trop m'écarter de la vérité, en vous disant qu'il y a

quatorze canons sur les murailles du fort Charles , quatre sur celles de chacun des deux fortins.

DOMINIQUE.

C'est bien. Demain nous attaquerons les Espagnols. Tes jeunes hommes en seront-ils , Sariova.

SARIOVA.

Ma volonté formelle est ainsi. Tous nos combattants, ayant pour chef mon neveu Oloctar, te suivront comme tes propres soldats.

OLOCTAR, à Dominique.

Tu me donneras tes ordres , capitaine , et pas un de nous ne manquera à son devoir.

D'ETAMPES , bas à Cazanove.

Tudieu, Cazanove ! que dites-vous des auxiliaires qui nous arrivent? En avant les sabres de bois, les lances de roseau ! je plains les Espagnols.

CAZANOVE, de même.

N'ayez souci de ce point; le capitaine est homme à tirer parti de tout cela.

PIERRE, à part.

Je ne sais que dire à ces messieurs; ils rient toujours.

DOMINIQUE.

D'Etampes, vous prendrez quarante de mes matelots et vous irez cette nuit même, reconnaître les deux petits forts bâtis par les Espagnols.

D'ETAMPES.

Suffit, capitaine, vous serez content ; fussent-ils au fin fond de la forêt , je vous réponds que je trouverai mon chemin.

DOMINIQUE.

Surtout quand je vous aurai donné un bon guide.

(*à Oloctar*) Oloctar, tu m'entends, je veux un homme qui, pendant les heures les plus noires· de la nuit, sache conduire mon officier jusqu'aux abords des deux fortins.

OLOCTAR.

Sois sûr que je ferai ce que tu attends de moi.

DOMINIQUE, à d'Etampes.

Retenez bien que je vous défends d'engager l'action, et de vous laisser apercevoir ; vous n'avez qu'à observer les lieux avec attention, dans le plus profond silence, et à venir m'en rendre compte. Votre mission est toute là.

D'ETAMPES.

J'aime à me battre, c'est vrai ; mais, telle est ma foi en vous, mon capitaine, que si vous m'ordonniez de fuir, je crois que j'obéirai, bien convaincu qu'avec un chef comme vous, je retrouverai tôt ou tard mon compte.

DOMINIQUE.

Je ne mettrai pas votre obéissance à une si rude épreuve. — Choisissez vos hommes et préparez-les. M. de Cazanove et moi, nous camperons avec nos soldats, sous ·l'abri de cet épais feuillage ; vous nous y retrouverez. — Sariova, demain au lever de l'aurore, je donne rendez-vous ici à tous les vaillants de la contrée. S'ils veulent venir avec leurs armes, je promets de leur faire voir de très-près les Espagnols ; nous connaîtrons ce que tes sujets savent faire (*d'Etampes est sorti*).

OLOCTAR.

Demain flèches et lances parleront mieux que nous.

SARIOVA.

Dominique de Gourgues, tu vas confier la vie de ton brave officier et de quarante de tes soldats, à la loyauté de mon neveu Oloctar. Je veux te prouver que nous ne sommes ni menteurs, ni traîtres, comme l'est ce Méhandèz qui nous trompe toujours. Je veux te livrer en ôtage l'enfant de ma vieillesse, mon fils unique qui n'a vu que dix révolutions de soleil. Avec mon fils, je te remettrai aussi sa mère, la plus chérie de mes femmes ; s'il te faut d'autres gages encore, parle : tu seras satisfait.

DOMINIQUE.

Garde auprès de toi et ton fils et ta femme et tous les tiens. Le meilleur ôtage, c'est la droiture de cœur, et je sais que vos cœurs sont droits. Mon Dieu, qui m'a préservé des tempêtes, me préservera aussi des trahisons.

OLOCTAR, à Dominique,

Non, jamais la Floride n'avait vu un homme tel que toi. Il me semble en t'écoutant que mes bras deviennent de fer. Heureuse la Floride où tu es descendu; (*allant vers les siens qui viennent à sa voix*) vous tous, mes compagnons, mes frères, jeunes gens qui savez manier l'arc et la pique, venez, apportez la grande coupe, où fermente la liqueur des batailles, qu'elle circule parmi nous! Car, avant que le soleil de demain ne se soit enfoncé dans la grotte d'Olaïmy, nous aurons chanté le chant de guerre; nous aurons noirci la pointe de nos flèches dans le sang des oppresseurs. Voilà notre chef; voilà l'homme qui nous apporte la délivrance ; son regard donne la force à ses amis, la terreur à ses ennemis.

D'ETAMPES, rentrant.

Mon capitaine, les quarante matelots sont prêts : nous attendons vos derniers ordres. Laroquette insiste pour être de la partie ; il prétend connaître les défilés de la forêt.

DOMINIQUE.

Prenez-le ; mais qu'il ne rie pas avec vous ; sinon il n'est plus bon à rien. — Faites donner à vos gens de quoi se raffraîchir avant leur promenade nocturne. Vous voyez que les Floridiens ne partiront qu'après avoir bu tous ensemble le jus belliqueux du palmier. Laissons-les fraterniser un moment avec nos soldats. Quand on marche vers le danger, il sied aux hommes de l'affronter avec un cœur joyeux. — Suis-moi, Pierre. — Adieu, roi, jusqu'à l'aube nationale.

SARIOVA.

Adieu, ferme appui de la Floride. Tandis que ceux-ci boiront la cassave écumante, je vais brûler des herbes fleuries, pour nous rendre favorable l'ardent époux de la terre, le soleil. (*Dominique, Gazanove, d'Étampes, Pierre, sortent d'un côté, Sariova d'un autre. Une quarantaine de marins est entrée en scène avec Laroquette ; quelques-uns apportent des bouteilles de vin, qui passent de main en main. Les Floridiens ont placé au milieu du théâtre un grand trépied, sur lequel est posé un énorme vase, contenant un liquide fumant. Chacun d'eux, y compris Oloctar, y puise avec la main*).

OLOCTAR.

On a jeté dans la liqueur
        L'écorce
Du fruit amer qui donne au cœur
        La force ;
Puis l'on a fait, sous le pilon de fer
Jaillir le jus de l'âpre maïs vert.

LAROQUETTE.

    Ah ! les sauvages !
    Ah ! quels breuvages !
Le diable même en crèverait.
    Chez nous leur drogue
    N'a pas de vogue ;
Fi du sot qui la goûterait.

OLOCTAR.

Le suc bouillonne et dans l'airain
        Qu'il ronge,
Par instans un acide grain
        Se plonge.
Rangez-vous tous ; que chacun en passant
Boive à main pleine, et réchauffe son sang.

LAROQUETTE.

    C'est bieu ! nous autres,
    En bons apôtres,
Donnons un baiser au flacon.
    Esprit qui veilles,
    Dans les bouteilles,
Dieu te fasse nôtre ; allez donc !

OLOCTAR.

O philtre des jours de combat ,
        Quand gronde
Dans la poitrine du soldat
        Ton onde,
La soif se tait ; l'impérieuse faim
Tombe et s'endort jusques au lendemain.

LAROQUETTE.

Moi, c'est étrange !
Quand je m'arrange
Pour tuer la soif qui me point,
Crac, dans mon verre,
Ma soif amère
Vingt fois se noie et ne meurt point.

OLOCTAR.

Tout est bu ; l'amertume en nous
Demeure.
Que l'ennemi tombe à genoux ;
Qu'il pleure !
Nous frapperons à ta porte, ô danger ;
Et tu fuiras au loin d'un pied léger.

LAROQUETTE.

A moi, ma gourde !
J'ai la main lourde,
Lorsque je t'ai sucée un peu.
Alors ma lame
Semble une flamme,
Et la bataille n'est qu'un jeu !

SCÈNE DEUXIÈME.

Même décor qu'à la précédente. Quelques tentes ont été dressées au fond, et sont gardées par des sentinelles françaises. L'aurore commence à poindre.

DOMINIQUE, CAZANOVE.

CAZANOVE.

Le jour naissant blanchit l'horizon. Je ne vous cacherai pas, mon capitaine, que je suis, comme on dit, sur des épines.

DOMINIQUE.

Je ne vois pas cela. On est ici fort bien et fort tranquille, en attendant mieux.

CAZANOVE.

Ne trouvez-vous pas étonnant que d'Etampes et ses quarante hommes ne soient pas de retour? Oloctar, qui s'était engagé à les guider, avait promis de les ramener aujourd'hui avant les premières lueurs de l'aube.

DOMINIQUE.

Croyez-moi, mon cher Cazanove; si vous découvrez dans ces prairies quelques bonnes racines de patience, faites votre provision. Elle ne vous sera pas inutile.

CAZANOVE.

Qui peut se flatter d'être comme vous, mon capitaine, le plus froid au conseil, le plus ardent à l'action? Quant à moi, j'en conviens, le temps ne me paraît jamais plus lent qu'à la veille d'une bataille. Je ne sais comment cela se fait; chaque heure alors me semble composée de plus de trois cents minutes. On n'en voit jamais le bout.

DOMINIQUE.

Si les Français savaient attendre, rien ne leur serait impossible. Mais c'est ce qu'ils n'ont jamais su.

CAZANOVE.

Après tout, mon capitaine, je ne puis me défendre de songer qu'il n'y a pas trop à se fier aux sauvages. Si Oloctar voulait se réconcilier avec les Espagnols, ou leur soutirer une bonne récompense, qui l'aurait empêché de fourvoyer, la nuit, d'Etampes et sa petite troupe ? Je ne dis pas qu'il en soit ainsi ; mais.....

DOMINIQUE.

Mais vous le craignez. Moi je suis sûr du contraire. Puis, oubliez-vous que je lui ai adjoint pour compagnon, mon brave petit Pierre, qui connaît le pays aussi bien qu'Oloctar ? pensez-vous que ce jeune français retrouvé laisserait fourvoyer ses compatriotes ?

CAZANOVE.

Oh ! pour celui-là, non, certes ! Vous fîtes très-bien de consentir à ce qu'il fit partie de l'expédition. Cet enfant est réellement singulier. Il n'a que dix-huit ans, et il est tout aussi fort que moi, qui en ai près de trente. Quant à sa raison.....

DOMINIQUE.

C'est une plante tropicale, développée au grand air et au soleil. — Rengainez votre impatience jusqu'à la prochaine fois. Nos éclaireurs reviennent en bon ordre : ils sont là.

CAZANOVE.

Dieu soit loué ! (*Les précédents, d'Etampes, Pierre et les matelots. Dominique tend la main à d'Etampes, qui la lui presse avec respect. Ce dernier serre affectueusement les mains de Cazanove. Pierre s'est jeté au cou du capitaine. Les matelots entrent dans les tentes*).

D'ETAMPES.

·Bonjour, mon capitaine. Tout va bien. Y a-t-il du nouveau, par ici ?

DOMINIQUE.

Rien. Dites-moi en peu de mots ce que vous avez fait.

D'ETAMPES.

Mon capitaine, il est sur l'autre bord de la rivière, à travers les marais, un chemin difficile, mais non périlleux, qui, dans trois heures, nous a rendus au pied de la seconde redoute, élevée par les Espagnols. Pierre, Oloctar et moi, grâce aux ombres de la forêt et de la nuit, nous en avons fait le tour d'assez près. Une lune éblouissante éclairait les remparts. On n'entendait dans le fort aucun bruit, si ce n'est le pas mesuré d'une sentinelle. J'ai compté les canons. Pierre avait bien jugé de leur nombre. Ils sont quatre, dont trois de médiocre grandeur, mais celui de la plate-forme doit cracher solidement. C'est, je pense, une couleuvrine.

DOMINIQUE.

Pour atteindre l'autre rive, aviez-vous trouvé un gué?

D'ETAMPES.

Non, Monsieur ; nous nous sommes aventurés sur un pont rustique, construit par les Indiens à une demi heure d'ici ; il est fait de branches et d'écorces artistement entrelacées. Mais il y aurait, je crois, imprudence à y faire passer notre petite armée. Ce plancher que secoue le bercement perpétuel de l'onde, éclaterait bientôt, sous la marche cadencée de nos soldats.

PIERRE.

Père, je l'ai dit à ce Monsieur. On ne peut traverser le fleuve à gué, que près du lieu où nous sommes.

Encore l'eau a-t-elle beaucoup monté depuis la dernière pluie. Je sais cela, moi ; je sais nager contre le courant.

DOMINIQUE.

Bien, mon fils, — d'Etampes, continuez.

D'ETAMPES.

Nous avons suivi, pendant quatre heures, le bord désert de la rivière, en nous rapprochant de la mer, et nous sommes arrivés en face de l'autre petit fort ; même absence de lumière à l'intérieur, même silence. Trois ou quatre canons, montrant la gueule du fond des embrasures, menacent le cours du fleuve ; de là nous avons encore descendu deux lieues plus loin, jusqu'en vue du fort Charles, qui s'étale aussi sur la rive gauche, sombre et comme fatigué de porter maintenant à son faîte le drapeau de l'Espagne. Tout le mouvement, toute la vie de la colonie Espagnole semblent s'être concentrés là. Aussi, n'ai-je pu reconnaître la place qu'à distance ; elle m'a paru en fort bon état. Or, voici que sur la lisière de la forêt, Pierre m'a montré certains haillons, tantôt blancs et tantôt noirs, qui pendaient aux arbres, et qui se balançaient sous les rayons de la lune. Je m'avance pour y voir de plus près ; que vous dirai-je, mon capitaine ? je ne suis pas une petite maîtresse, et je ne me crois pas plus sensible qu'un autre. Mais, ma foi, ce que j'avais sous les yeux m'a donné froid aux os. Les haillons étaient des lambeaux de squelettes que le vent de la nuit faisait bruire affreusement. Ces squelettes nous attendent ; ce sont ceux des Français, accrochés là depuis trois ans, par l'ordre de Méhandèz, et il y en a soixante-sept. Tandis que je les considérais, j'entendais au loin dans la forteresse, des chants et des guitares. Le bruit moqueur des castagnettes se mêlait à des craquements d'os desséchés. J'ai eu grand'peine à maîtriser la colère de mes hommes.

CAZANOVE.

Qui sait ? peut-être qu'une brusque attaque eût enlevé la citadelle. Alors, sang Dieu!.....

DOMINIQUE.

Vous oubliez que M. d'Etampes n'avait pas d'ordres ; il a bien fait de revenir.

PIERRE.

Les buffles, la nuit, sentent arriver le jaguar qui les guette. Les fils de la mer sont plus stupides qu'eux ; ils n'ont pas senti s'approcher les pas de l'ennemi.

CAZANOVE.

Qui appelez-vous les fils de la mer, jeune homme ?

PIERRE.

C'est ainsi que le peuple de la Floride désigne les Espagnols. N'est-ce pas la mer qui les a vomis les premiers sur ce rivage ?

DOMINIQUE, à d'Etampes.

Pouvez-vous me dire ce que fait Oloctar ?

D'ETAMPES.

Oui certainement, mon capitaine ; il enrôle présentement sa milice sauvage, et lui fait prendre son fourniment de guerre. Dans peu d'instants, vous l'allez voir s'avancer vers nous, avec armes et bagages, à la tête de son régiment cuivré ; il a du sang à l'œil, ce jeune caïman. Quel dommage, que ça ne connaisse rien à la manœuvre du mousquet.

DOMINIQUE, à ses deux officiers.

Amenez-moi les patrons de nos navires (*les officiers entrent dans les tentes*).

PIERRE, à part, maniant son arquebuse.

Je verrai bientôt, ce me semble, comment se battent mes compatriotes. A la bonne heure! ce sera toujours plus amusant que la chasse au tigre. — C'est gentil, une arquebuse. (*Cazanove, d'Etampes et les quatre patrons viennent*).

DOMINIQUE, aux Patrons.

Mes garçons, je vais entrer en campagne, et j'ai quelque chose à vous dire. (*Appelant*) Lantonic, Laroquette! (*Ces deux derniers paraissent*).

DOMINIQUE, aux deux officiers.

Sera-t-on bientôt prêt?

CAZANOVE.

Vous êtes obéi, capitaine. Les armes, les sacs sont en ordre. On a préparé les munitions.

DOMINIQUE.

D'Etampes, vous avez marché toute la nuit; restez au camp. Toi aussi, mon petit Pierre!

PIERRE.

Croyez-vous donc, père, qu'une nuit suffise pour dompter la force d'un homme? On n'a, le matin, qu'à se laisser aller un instant au fil de la rivière; les flots emportent la fatigue.

D'ETAMPES.

Depuis mon départ de France, j'ai fait deux mille lieues, à la seule fin de me cogner avec l'Espagnol. Souffrez, mon capitaine, que je n'aie pas perdu ma peine et mon temps.

DOMINIQUE.

Vous viendrez avec moi, ainsi que notre jeune compatriote. — Pierre, arrange-toi, pour que dans toutes ces affaires je ne te perde pas de vue. Tu m'entends?

PIERRE.

Je suis bien content, monsieur le capitaine, et vous le serez de moi.

D'ETAMPES, bas à Pierre.

Et pensez-vous que mademoiselle Lita le soit.

PIERRE, de même.

Lita? Eh! bien c'est aux femmes à pleurer, quand les hommes vont se battre. Le capitaine l'a dit.

D'ETAMPES, de même.

Bon, cela! voilà ce que j'appelle des principes.

DOMINIQUE.

Monsieur de Cazanove, vous commanderez mes cent arquebusiers. D'Etampes, vous serez à la tête de quarante marins. Toi, Laroquette, et toi, Lantonic, je vous emmène. Cela fera au total cent quarante-cinq hommes. C'est plus qu'il n'en faut pour cette guerre. Aussi, vais-je l'entreprendre avec gaieté de cœur.— Un mot maintenant à mes braves patrons.

PONS.

Est-ce que nous ne serons pas de la danse, mon capitaine?

DOMINIQUE.

Eh! sandis! si vous veniez, qui donc garderait la flotte! Es-tu d'avis de la laisser gober par les Espagnols? Patience! votre tour viendra. En attendant, vous demeurerez ici avec les hommes qui ont fait, sous

la conduite de monsieur d'Etampes, une reconnaissance nocturne.—Pons, tu es le plus ancien; à toi le
commandement, et fais bonne garde.

PONS.

Jarnidieu, mon capitaine! on s'hacherait soi-même
comme chair à pâté, plutôt que de se laisser enfoncer
par des avale-citrons.

CARRAN.

Mon capitaine, allez, soyez tranquille.

DOMINIQUE.

Je le suis; et vous, soyez attentifs à ce que je vais
ajouter. Il faut tout prévoir. Dans le cas où, ces deux
messieurs et moi, nous serions tués en combattant,
j'exige de vous une promesse.

PIERRE, baisant la main de Dominique.

Oh! mon père!

LANTONIC.

Vous, tué! Allons donc, capitaine!

BRIÈRE.

Oh! pardienne! faut pas toucher cette corde là!
Que diantre feraient vos vieux loups de mer, sans leur
capitaine, je vous le demande?

DOMINIQUE.

Ce qu'ils feraient? le voici, et souvenez-vous,
braves gens, des derniers ordres de votre chef: vous
recueillerez ceux de mes soldats que le sort des
armes aura épargnés; vous les ramenerez en France.
Je vous recommande particulièrement ce jeune homme.
(Il désigne Pierre). Dieu l'a rendu à ses frères; ceux-
ci doivent le rendre à son pays.

GASSIÉ.

Ah! gredin de sort! sans nul doute que nous le rendrons, et vous aussi, capitaine, ou bien nous ne sommes que des riens du tout.

LAROQUETTE , bas à Pierre.

Le capitaine mourir! laissez donc! la mort a plus peur de lui, qu'il n'a peur d'elle.

DONINIQUE.

Ne saurait-on m'écouter de sang froid? parlai-je à des hommes ou à des femmelettes?

CAZANOVE.

Ce n'est pas que le cœur leur faiblisse, monsieur; c'est que pas un de nous ne voudrait vous survivre.

DOMINIQUE.

Et c'est avec de pareils sentiments, qu'on change un malheur en désastre. L'essentiel est de ne jamais se troubler, quoiqu'il arrive. On se tire ainsi de tous les dangers; — maître Pons, approche-toi. Si aucun de vos trois officiers ne revient, voici les clés de mes coffres. Je veux que mes effets soient partagés entre mes quatre patrons. Quant à mon argent, vous le distribuerez jusqu'au dernier sou à mes vaillants équipages; que les parts soient égales pour tous ceux qui m'auront survécu. Seulement Laroquette et Lantonic auront deux parts, vous et mon petit Pierre, vous en aurez quatre. Est-ce compris, oui ou non?

PONS.

Compris, capitaine.

CARRAN.

Oui!

BRIÈRE.

C'est dit!

GASSIÉ.

Allez toujours !

DOMINIQUE.

Enfin, vous trouverez dans mes papiers deux plis cachetés du sceau de mes armes, et destinés à deux de mes amis. Dès que vous serez de retour à La Rochelle, vous les ferez parvenir à leur adresse, afin que ces messieurs viennent se mettre en possession de mes trois navires. Mes amis m'ont prêté l'argent qui me manquait ; ils se sont fiés à ma parole ; il est juste qu'ils ne soient point trompés. Je vous connais pour d'honnêtes gens, vous honorerez par un acte de fidélité, la mémoire de votre capitaine.

PONS.

C'est comme si le bon Dieu nous parlait.

BRIÈRE.

Qu'il prenne note de notre promesse, capitaine.

CARRAN.

On vous obéira comme à la manœuvre, j'en réponds.

GASSIÉ.

Ça vous fend le cœur, mais c'est égal, ça y est.

DOMINIQUE.

A présent que nous avons, sur ce point, l'esprit en repos, ne songeons qu'à tenir ferme dans la mêlée prochaine ; là est tout le secret de la victoire.

D'ETAMPES.

Moi, j'irai au combat comme à une partie de plaisir ; je ne me suis jamais senti autant de confiance qu'aujourd'hui.

PIERRE.

Je ne serai plus obligé de fuir devant ceux qui ont

assassiné mes parents. Ce rempart d'où l'on m'a jeté demi mort , j'y monterai avec une arquebuse, et nous verrons.

LANTONIC , bas à Laroquette.

Dis donc, sorcier! sais-tu qu'il va bien, le petit? Gageons qu'il mange un Espagnol. Eh! qu'est-ce que tu as, vieux? tu ne ris pas ; aurais-tu la colique?

LAROQUETTE.

Apprends que je me porte comme un vrai pont neuf. Mais quand on va se bucher un contre trois , on n'haïrait pas d'avoir près de soi un tabellion.

LANTONIC.

Pour me faire ton héritier, pas vrai ?

LAROQUETTE.

Pour recevoir le testament de ceux que je vais escofier.

CAZANOVE, à Dominique.

Tout est arrangé. Il est à souhaiter qu'Oloctar et ses Indiens ne se fassent pas attendre.

PIERRE, qui était allé vers le fond.

Je vois le fleuve se couvrir de pirogues aux couleurs éclatantes. Elles portent de jeunes hommes qui, parés des mêmes couleurs, rament vers nous en cadence. C'est l'armée des Floridiens, nos alliés. Sur la première barque, Oloctar se montre debout, cuirassé d'or et tenant ses armes.

DOMINIQUE.

Que nos équipages se rangent le long de la rive pour faire honneur aux courageux enfants de la Floride. Il n'est pas un d'entre eux qui ne croie aller à la mort ; et ils y vont en chantant.

D'ETAMPES, regardant vers le fond.

Parole d'honneur, Messieurs! je ne m'attendais pas
à ce que je vois. Regardez-donc les mouvements régu-
liers de cette jeunesse aux bras nerveux. Toutes ces
faces bronzées ont un air militaire qui me charme.
Et dire que ces pauvres sauvages, demi-nus, vont
affronter gaiement des balles et des boulets! Heureu-
sement nous sommes-là, nous autres!

PIERRE.

Oloctar élève sa lance. Ils vont entonner le chant de
guerre. (*Les soldats et les matelots français sont venus
s'aligner en armes au fond. Cazanove, d'Etampes, les
quatre patrons, Laroquette, Lantonic, ont pris chacun
leur poste. Dominique est un peu en avant, Pierre est
près de lui*).

LE CHANT DE GUERRE DES SAUVAGES.

Les fils de la mer sont des lâches;
Nous voulons briser nos liens;
Nous nous moquons du fer des hâches;
Nous bravons les dents de leurs chiens.
Les fils de la mer sont des lâches;
Nous les enverrons tous, ce soir, chiens et chrétiens,
Nourrir les caïmans de nos fleuves Indiens.

I

Roi du feu, maître du monde,
Père soleil, verse-nous,
Verse ta flamme féconde!
Fais bouillonner comme l'onde
Le flot de notre courroux!

—

Père, il est temps; venge les tiens; regarde;
N'est-ce donc pas assez de tant d'affronts?

Du bout des mers une horde pillarde,
A pris son vol vers la Floride, et garde
Comme une proie, et nos eaux et nos monts !

II

Ami de la mer déserte,
Toi dont les mains de géant
Lissent la crinière verte,
Qui tremble, à tous vents ouverte,
Sur le cou de l'Océan ;

—

Entends ma plainte, et les vœux que je forme!
Sur nos tyrans, sur leurs impurs vaisseaux
Fais se dresser la baleine difforme,
Qui, d'un seul coup de sa mâchoire énorme,
Les jettera broyés au fond des eaux.

III

Ami de nos sollitudes,
Rends-nous de calmes plaisirs,
Et qu'à nos peines si rudes,
Aux guerrières habitudes,
Succèdent les doux loisirs.

—

Que pénétrés de ta puissante haleine,
Nous écoutions en paix le fleuve errant!
Que, nonchalante, et de beaux rêves pleine,
Autour de nous, notre pipe d'ébène
Les éparpille en nuage odorant !

Les fils de la mer sont des lâches ;
Nous voulons briser nos liens ;
Nous nous moquons du fer des hâches ;
Nous bravons les dents de leurs chiens.
Les fils de la mer sont des lâches,
Nous les enverrons tous, ce soir, chiens et chrétiens,
Nourrir les caïmans de nos fleuves Indiens.

(A la fin de ce refrain, Oloctar et les sauvages sont arrivés sur la scène ; ils frappent leurs armes en poussant un grand cri).

OLOCTAR.

Chef des Français, Oloctar est fidèle à sa promesse. Je t'amène les plus forts, les plus intrépides parmi mes frères. Je les ai choisis moi-même, estimant que pour le combat, une petite troupe d'élite vaut plus qu'une foule ramassée au hasard. Ceux que j'ai laissés pleurent là-bas avec les femmes. Fais à présent de nous ce que tu voudras ; tu es le maître.

DOMINIQUE.

J'ai compté sur toi et sur les tiens. — Nous allons tous ensemble prendre la route, par où, cette nuit, tu as guidé mon lieutenant. Tu marcheras à mon côté pour m'indiquer le chemin. Après nous, viendront mes Français. Tes soldats formeront l'arrière-garde. *(A sa troupe)* Compagnons, voyons les armes. Montrez-moi çà. *(Il inspecte ses hommes un à un).*

LANTONIC, bas à Laroquette.

Il ne se mouche pas du pied, le capitaine ; toujours au premier rang, quand il s'agit de se chamailler.

LAROQUETTE, de même.

Faut tout de même, qu'y soye fameusement noté dans les papiers du bon Dieu.

LANTONIC, de même.

Comme toi dans ceux du diable ?

LAROQUETTE, de même.

Ça vaut souvent mieux, mon homme. *(Lita sort de derrière un arbre et vient toucher Pierre).*

PIERRE.

A! tu es là, Lita! tu as bien fait de venir; le cœur me bat à tel point que je suffoque; mais cela se calmera.

LITA.

Va, je sais ce que c'est, mon Pierre; c'est que tu es heureux de me voir, dis?

PIERRE.

Sans doute! et puis Lita, je vais pour la première fois me battre tout de bon. Je vais venger mes parents. Cette pensée, vois-tu, vous remplit le cœur.

LITA.

Oui, il n'y a plus maintenant de place pour la pauvre Lita. Moi, j'ai voulu te dire encore adieu. Oh! si tu pouvais ne pas trop t'exposer dans le combat.

PIERRE.

Je ferai comme les autres; c'est tout ce que je promets.

LITA.

La fleur de mon bonheur est passée. Adieu — adieu, Pierre!

PIERRE.

Reste là pour nous voir partir, Lita.

LITA.

Non, mon Pierre, je ne puis rester. (*Elle se retire en chantant tout bas avec larmes*).

Dans mon cœur et sur la grève
La nuit tristement se lève,
Versant le froid et la peur.

PIERRE.

Elle chante — elle pleure, je crois! (*Il court à elle*).

Lita, ma belle! adieu, adieu, ne pleure pas! quelque chose me dit que je reviendrai.

LITA.

Ah! Pierre, que ce mot me rend joyeuse. O mon ami, j'ai bon espoir! — mais il faut te quitter.

PIERRE.

Lita, mes amours! bon espoir (*Lita sort*).

OLOCTAR, à part.

Etranger, prends garde! le regard de cette jeune fille, en un pareil moment n'est bon qu'à efféminer le cœur.

DOMINIQUE, à sa troupe.

Avec de telles armes, soyez en sûrs, vous auriez facilement raison d'une batterie de vingt couleuvrines. — Çà, mes chers amis, voici bientôt la dégelée de balles et de horions, qui va commencer; mais soyez sans crainte. Ceux que nous allons trouver, ont à se reprocher, vous le savez, quelques peccadilles de vol et de meurtre. Or, quand on n'a pas la conscience nette, on ne saurait viser juste; ils nous manqueront. Mais nous ne les manquerons pas; seulement, notez bien que vous aurez à épargner, autant que possible, les officiers ennemis. J'ai des projets sur eux. Vous ferez cela pour le capitaine; c'est dit.

LES SOLDATS.

Oui! oui!

DOMINIQUE.

Mes enfants, souvenons-nous de notre brave pays de Gascogne, et faisons voir de quel bois se chauffent les Gascons!

LES SOLDATS.

Hourrah pour le capitaine!

ACTE TROISIÈME

SCÈNE PREMIÈRE.

Salle basse d'un fort; murs sales et enfumés, auxquels sont appendues, par de gros clous, des arquebuses et des armes de toute sorte, ainsi que des vestes et souquenilles militaires. Au fond un canon, placé devant une embrasure, regarde le dehors. Divers hamacs pendent du plafond. Ils sont en toile grise, sauf celui du milieu qui est d'étoffe rouge. Une table au centre de la salle, supporte des bouteilles et des verres. Don FERNAND VALMARDO, en costume d'officier, est couché sur le hamac rouge. BoCARIO, soldat, va et vient. Tous deux fument, et de temps en temps boivent.

VALMARDO, baillant.

Bocario! Ce malotru est-il sourd?

BOCARIO, qui buvait en cachette, à même la bouteille.

A vos ordres, seigneur commandant. (*Il laisse tomber la bouteille qui se brise*).

VALMARDO.

Que diable faisais-tu là?

BOCARIO.

Je nettoyais les verres, ne vous déplaise.

VALMARDO.

A quoi bon, butor? Remplis-les plutôt, et me les fais tenir. Je ne pense pas qu'il y ait, dans tout le nouveau monde, un noble Espagnol aussi mal servi que moi. Ne sens-tu point que je vais avoir soif?

BOCARIO.

Je sens cela. Voici la fin de votre Xérès.

VALMARDO.

Déjà la fin! (*Il boit et baille*). Ah! — Bocario!

BOCARIO.

Me voilà !

VALMARDO.

Sais-tu que je m'ennuie.

BOCARIO.

Votre seigneurie m'a fait l'honneur de me le dire trois ou quatre fois.

VALMARDO.

Vite ! un cigare !

BOCARIO.

Deux, seigneur ! tenez.

VALMARDO.

Viens çà, que j'allume, (*il allume son cigare à celui de Bocario, et continue*). Pourquoi diable cette terre de Floride, qui produit tant de drogues, ne produit-elle pas un contre-poison pour l'ennui ? sais-tu aussi cela, toi, Bocario ?

BOCARIO.

Comme vous voudrez, seigneur.

VALMARDO.

Qu'est-ce à dire, maraud ? Est-ce ainsi que l'on répond à son officier ?

BOCARIO.

Sans doute ; je ne sais, ni ne fais que ce qu'il plaît à votre seigneurie.

VALMARDO.

Voyez-le donc avec sa face impassible. Bocario, tu m'ennuies.

BOCARIO.

Je regrette, seigneur, de ne pouvoir troquer ma face pour une autre.

VALMARDO.

Tu y gagnerais, parole d'honneur. — A boire, donc !

BOCARIO.

Duquel?

VALMARDO.

Quelle sotte demande! du Xérès, parbleu!

BOCARIO.

Votre seigneurie oublie qu'il n'y en a plus.

VALMARDO.

C'est bon! c'est bon! donne-m'en toujours.

BOCARIO, à part.

A tous les diables!

VALMARDO.

Que disais-tu?

BOCARIO.

Je me donne au diable, sauf votre respect.

VALMARDO.

Comme s'il ne t'avait pas déjà!

BOCARIO.

Il ne m'a, ni ne m'aura. J'y ai mis bon ordre.

VALMARDO.

Vraiment?

BOCARIO.

N'ai-je pas tué plus d'Indiens, que je n'ai de cheveux
à la tête?

VALMARDO.

C'est différent! Et de Français, combien?

BOCARIO.

Oh! de Français, je n'ai pas mon compte encore.
Et je commence à craindre que je ne me rattraperai
pas de longtemps.

VALMARDO.

Pourquoi cela? il ne faut jamais perdre espoir, bê-
litre!

BOCARIO.

Ah ! seigneur ! vous voulez rire ; car enfin, si l'on
n'a plus l'occasion de se colleter avec les Français,
on sait bien que c'est surtout à vous que l'on le
doit.

VALMARDO.

A moi ?

BOCARIO.

A vous, seigneur don Fernando Valmardo. N'a-
vez-vous pas, il y a trois ans, pris et fait tuer le capitaine Français Ribaud, avec toute sa clique ?

VALMARDO.

Je m'en vante et le referais, si c'était à faire.

BOCARIO.

Qui en doute ? Si bien que, depuis lors, les Français se le sont tenus pour dit, et qu'il n'y a pas à
espérer de voir poindre en Floride, le bout du nez
d'un Français.

VALMARDO.

Tu n'es pas plus bête qu'un autre, Bocario !

BOCARIO.

Je tâche de l'être le moins possible.

VALMARDO.

Du reste, quand même les Français retrouveraient
assez de courage, ce qui n'est pas probable, pour
venir nous chercher noise en Floride, cela ne m'a-
vancerait de guère. Relégué dans ce petit fort, qui se
trouve placé justement entre les deux autres, moi, et
les soixante hommes que je commande, nous n'avons
nulle chance de voir s'approcher de nous un ennemi. Le
grand fort Carlos, notre sentinelle avancée, arrêterait

net sur le rivage tout insolent agresseur. Ah ! pauvre don Fernando Valmardo.

BOCARIO.

Et pourtant, nous les recevrions si bien, nos chers messieurs Français, si jamais ils voulaient nous faire la faveur de commencer une attaque par nous. Vous voyez cette petite pièce? (*il montre le canon*) rien qu'avec ce joujou là, votre Bocario se charge de coucher par terre des enfilades de Français, comme des capucins de carte.

VALMARDO.

Eh! vive Dieu! de la sorte, ils auraient fourni le bâton pour se faire battre. En effet, ce canon, c'est sur eux que nous l'avons pris. Il est marqué tout du long aux armes du feu roi de France, Henri II. — voilà qui serait drôle.

BOCARIO.

Très-drôle. Mais il y a depuis le déluge, parmi les cuisinières, un adage très-usité qui dit : pour faire un civet de lièvre.....

VALMARDO.

Prenez un lièvre! par malheur notre lièvre est prudent et agile. On ne peut le saisir, et cela encore m'ennuie. Ah! si le seigneur Méhandèz, notre gouverneur, consentait enfin à m'appeler au fort Carlos !

BOCARIO.

C'est juste. Eh bien! si vous étiez moi, et que je fusse vous, parlant par révérence, je voudrais y être déjà.

VALMARDO.

Je reviens sur ce que je disais ; tu es plus bête qu'un autre, Bocario ; tu veux faire l'habile homme.

BOCARIO.

On peut tout ce qu'on veut, seigneur. C'est du moins ce que me répétait mon grand'père, et ceci vient à mon propos. Répondez-moi seulement ; je vous veux prouver que si vous n'êtes pas au fort Carlos, c'est qu'apparemment vous n'y tenez pas.

VALMARDO.

Je te préviens, maroufle, que je ne suis pas en humeur de rire.

BOCARIO.

Ce que je dis est sérieux. Nierez-vous que vous ne soyez bon gentilhomme ?

VALMARDO.

A celui qui le nierait, je lui planterais tout d'abord mon épée dans le ventre.

BOCARIO.

C'est là une preuve sans réplique ; ne m'accorderez-vous point aussi, que vous êtes jeune, brave, beau et bien tourné ? allons, seigneur ! un peu de grosse franchise ! donnez une entorse à votre modestie.

VALMARDO.

Ne crois-tu pas, maître bavard, que je pourrai finir par donner une entorse à tes oreilles ?

BOCARIO.

Vous ne niez pas, donc vous convenez de tout ; donc, étant de votre propre aveu, bon gentilhomme, jeune, brave, beau et bien fait, à quoi tient-il que vous n'alliez tout de ce pas, vous jeter aux pieds de la senorita dona Mancia, la jolie fille de son excellence le gouverneur, la véritable gouvernante de la Floride ? Un seigneur comme vous a-t-il à craindre d'être refusé

par une dame comme elle? qu'y a-t-il à dire là
contre?

BODY

VALMARDO.

Ah! scélérat de Bocario, il a mis le doigt sur l'en-
clouûre (*à part*); saurait-il que je suis amoureux fou de
la belle dona Mancia?

BOCARIO, à part.

Amoureux fou! Je connaissais depuis longtemps la
seconde moitié de votre secret, mon maître! (*haut*).
Quel diable de tintamarre font-ils là-dedans? est-ce un
message du gouverneur? un soulèvement des damnés
Peaux-Rouges?

VALMARDO, sautant du hamac.

Un soulèvement! ah! ah! tant mieux. Cela du moins
désennuie. On pourrait butiner un peu. (*Des soldats
Espagnols entrent éperdus dans la salle. Bézérillo en
désordre est au milieu d'eux*).

VOIX DIVERSES.

Seigneur commandant, au secours! au secours!
seigneur commandant!

VALMARDO.

Mais qu'y a-t-il donc, braillards? Avez-vous le
diable à vos trousses?

UN SOLDAT.

A peu près, seigneur! c'est une armée française.
Parle, Bézérillo.

VALMARDO.

Une armée française! quel conte stupide me fait-
on là?

BÉZÉRILLO.

Hélas, seigneur! plût au ciel que ce fut un conte.

Mais j'en suis témoin, et j'ai eu grand'peine à m'é-
chapper.

BOCARIO, bas à Valmardo.

Dirait-on pas que le diable a écouté notre conversation et qu'il nous a pris au mot?

VALMARDO, avec un geste d'impatience.

Silence, animal. (*à Bézérillo*) Parleras-tu, toi?

BÉZÉRILLO.

Pardon, seigneur, l'essouflement! le saisissement!
Mais j'y suis. Hier, j'avais été chargé par mon sergent, don Enrico, d'un message du gouverneur pour
le second petit fort. Observez, je vous prie, que je ne
dis pas de mal de mon sergent, bien que....

VALMARDO, frappant de son épée sur la table, ce qui
fait résonner les bouteilles.

Finiras-tu, misérable! ou, sinon......

BÉZÉRILLO.

Voilà, seigneur! Vous êtes dans votre droit de crier,
vous, et je poursuis. Quand je dis que je poursuis, c'est
une manière de parler; car c'est bien moi que l'on
poursuit, ou plutôt qu'on a manqué, grâce à un miracle
de mon grand patron, saint Michel.

VALMARDO.

Mais qui donc te poursuit, encore une fois, qui donc?
Car de croire qu'une armée française soit sortie de
terre, tout exprès pour....

BÉZÉRILLO.

Justement, seigneur! elle est sortie de terre comme
un champignon, ce qui prouve, clair comme le jour,
que les Français sont les enfants du diable. Ecoutez
tant seulement cette lamentable histoire. Ce matin, entre

chien et loup, je buvais un petit coup pour me préparer à retourner au fort Carlos, parce que mon sergent Enrico.... Oui, oui, ne vous fâchez pas, je l'ai
dit. Donc, tout-à-coup, j'entends un grand bruit de pas
en dehors du fort. Boum ! boum! boum! et pas un
cri, pas une voix, pas un son. C'était déjà effrayant,
n'est-ce pas? Mais ça ne m'effraya pas encore. Je
m'avance au bord de la plate-forme pour regarder ce
que c'était que ce mauvais bruit. Oh! grand saint
Michel! qu'ai-je vu? Figurez-vous, du levant, du couchant, du midi, de tous les côtés, enfin, une multitude
de soldats hérissés de hâches et d'arquebuses, et
marchant vers le fort comme des chasseurs qui tra-
queraient un loup. En tête de la troupe, un grand
gueux de drapeau blanc se démenait comme un diable
dans un bénitier. J'avais eu à peine le temps de crier
alerte , quand ces maudits muets ont escaladé le mur
de toutes parts, et y ont planté leur guenille de drapeau. Mais, oh! alors, la voix leur revint ; et certes,
il eut mieux valu qu'ils eussent continué à ne rien
dire ; car ce qu'on entendait de leur affreux baragouin
français, vous faisait dresser les cheveux à la tête. Ce
n'était que : mort! mort! tue! vive le roi! vive la
France! et autres propos aussi peu agréables à ouïr
et à répéter. Le commandant du fort, le vaillant seigneur Hahnenda, voulut les charger; c'était très-beau
de sa part, très-brave, j'en conviens; mais dès qu'il a
commencé de s'escrimer , on ne l'a pas fait languir.
Paf! il est tombé raide mort, frappé d'une balle à la
tête. A ce moment, je jugeai que j'avais assez fait pour

l'honneur de mon pays et pour le mien. Je compris qu'il était temps de battre en retraite, et je l'exécutai avec beaucoup de prudence.

BOCARIO.

Et beaucoup de rapidité?

BÉZÉRILLO.

J'aurais voulu t'y voir.

VALMARDO.

Bref, sans tant de paroles; peux-tu me dire d'une manière positive si le fortin est pris?

BÉZÉRILLO.

S'il est pris? et comment voulez-vous que je vous le dise? Oui, il est pris et bien pris, tout ce qu'il y a de plus pris, et plutôt deux fois qu'une. Pour ce qui est de vous, commandant Valmardo, vous n'avez qu'à vous bien tenir. L'avis est bon, croyez-moi. Vous ne ferez pas mal d'en profiter.

VALMARDO.

Moi?

BÉZÉRILLO.

Ah! mon Dieu, oui! Il y avait là un officier français, tout habillé de noir, pâle, et qui n'était pas bon à regarder, je vous assure. Il a dit souvent: Valmardo! Valmardo! — Les autres le disaient après lui. On avait l'air de vous chercher. Voulez-vous savoir l'effet qu'a produit sur moi cet officier? Si le capitaine Ribaud n'était pas mort, je jurerais que c'est lui-même. Tout le monde l'appelait mon capitaine. La seule différence avec l'autre Ribaud, c'est que celui-ci n'a pas de barbe blanche. Mais j'y pense; n'est-ce pas vous qui la lui fîtes couper?

LES SOLDATS.

Horreur! miséricorde!

VALMARDO, serrant les dents.

Poltron d'ivrogne! Conteur de sornettes! Si ce que tu bredouilles était vrai, d'où viens que tu serais-là, tout seul, pour me l'annoncer?

BÉZÉRILLO.

Pardine, seigneur, vous nous la baillez belle, encore! D'où vient que tu es seul? Est-ce donc l'usage que les morts puissent venir tout de suite raconter comment ils sont morts?

BOCARIO.

Voudrais-tu nous faire accroire que toute la garnison est morte?

BÉZÉRILLO.

Ne le crois pas, si tu veux; ça m'est bien égal. Ce n'est pas à toi que je le dis. Je me suis conduit en loyal soldat espagnol. J'ai prévenu qui de droit. Salut, la compagnie! Que le bon Dieu soit avec vous! qu'il vous donne contentement! Je vais tâcher de regagner le fort Carlos, où j'ai quelques affaires.

VALMARDO.

Tu ne repartiras pas ainsi. C'est moi qui le défends.

BÉZÉRILLO.

Pourtant, seigneur.....

LES SOLDATS.

Gardons-le!

BÉZÉRILLO, aux soldats.

Vous voilà bien avancés. Le gouverneur vous punira de me retenir.

VALMARDO.

Quant à te demander le nombre approximatif de tes fameux Français, je pense que ce serait parfaitement inutile. Tu n'y as vu que du feu.

BÉZÉRILLO.

Oh! pour ça, je ne vous dirai pas non, mon commandant; néanmoins, je tiens du sergent.... Pas le sergent Enrico, mais celui du fortin en question, qu'il croyait l'armée française, forte d'au moins deux mille hommes. Il a été interrompu dans son calcul, le brave homme, par un coup de hâche, qui lui a ouvert le coco jusqu'à la nuque. Pour surcroît de guignon, les Français ne sont pas seuls.

VALMARDO.

Qui donc, encore, bon Dieu?

BÉZÉRILLO.

Qui? les Sauvages, pardine! les monstres de Sauvages, hurlant et riant à vous donner chair de poule, et montrant d'énormes dents blanches, toutes prêtes à vous dépecer.

BOCARIO.

Ah! les canailles! On voit bien que les Français sont leurs frères en diablerie.

BÉZÉRILLO.

Aussi, chaque fois que j'aurai l'honneur d'en rencontrer quelqu'un, pourvu que ce ne soit pas en la compagnie des Français, je veux perdre ma part de paradis, si je ne lui fais passer un soigné quart-d'heure d'agrément.

LES SOLDATS, entre eux.

C'est fait de nous!—tout est perdu.

BOCARIO.

Mon commandant, qu'allons-nous faire ?

BÉZÉRILLO.

Le cas est épineux.

VALMARDO.

Eh ! mais, ce que nous allons faire ! eh ! parbleu ! c'est bien simple ; nous allons..... nous allons prendre chacun notre poste. N'avons-nous pas quatre bons canons, des munitions de guerre, des.....

QUELQUES SOLDATS.

Sauve qui peut !

VALMARDO.

Ah çà ! qu'est-ce qu'ils ont donc, de se donner ainsi à la peur ? peut-être l'ennemi ne songe-t-il pas seulement à nous. (*Un coup de canon ébranle le mur*).

VOIX DU DEHORS.

Alerte ! alerte ! les Français ! (*On se précipite pour regarder par les ouvertures*).

BÉZÉRILLO.

Tiens ! du canon, à présent ! ils n'en avaient pas ce matin. Vous verrez qu'ils auront pris l'artillerie d'un fort pour canonner l'autre.

BOCARIO.

Les voilà qui débouchent de la forêt, bannière au vent. S'ils vont toujours de ce train, nous n'aurons pas longtemps à attendre. Ah ! qu'on aurait de plaisir à leur river leurs clous, à ces insolents. (*Fusillade*).

LES SOLDATS.

Sauve qui peut ! (*Ils se débandent*).

BÉZÉRILLO.

C'est bien dit. (*Il cherche à sortir*).

VALMARDO, l'arrêtant l'épée à la main,

Où vas-tu ?

BÉZÉRILLO.

Eh ventrebleu ! vous feriez mieux de faire comm
moi, vous, au lieu de perdre la tête.

VALMARDO.

Perdre la tête, scélérat ! (*Deux coups de canon*).

LES SOLDATS, rentrant de tous côtés.

Nous sommes flambés ! — le fort est cerné.

VALMARDO.

Vils pendards, est-ce ainsi que vous défendez le
fort du roi, votre commandant, votre honneur !

UN SOLDAT.

A la force point de résistance.

BOCARIO.

Commandant, il n'y a pas à dire ; il faut se rendre.

BÉZÉRILLO.

C'est le plus sage ; pour moi, je vais tenter une
seconde retraite. (*Le mur s'écroule sous le canon et la
fusillade. Les arquebusiers Français entrent par la
brèche, en criant ce qui suit*) :

Vive le roi ! hourra pour le capitaine ! place
gagnée !

CAZANOVE, à leur tête.

Et de deux ! Enfants, ne tuez pas l'officier ! C'est
peut-être Valmardo.

QUELQUES ESPAGNOLS.

Lui ! lui ! le voilà ! Epargnez-nous !

VALMARDO, saisi pas les Français.

Les infâmes !

LES ESPAGNOLS.

Je me rends ! je demande quartier !

LES ARQUEBUSIERS FRANÇAIS.

Point de quartier!

OLOCTAR, qui est entré avec les Indiens par
un autre côté du fort.

Dépêchons-les avant que le capitaine ne nous voie.

DOMINIQUE, paraissant.

Emmenez le commandant et les soldats dans la
prison du fort. Vous me répondrez d'eux sur votre
tête.

SCÈNE DEUXIÈME.

Un bois. Au fond sont rangées sept pièces de campagne et une couleuvrine.
PIERRE, LAROQUETTE, LANTONIC, SOLDATS ET MARINS FRANÇAIS, sont occu-
pés à fabriquer de longues échelles. LITA, ET LES FEMMES INDIENNES se
rendent utiles à ceux qui travaillent, et on les voit aller et venir au
milieu d'eux. De chaque côté, LES INDIENS, immobiles et en silence, sont
assis par terre, leurs armes sur les pieds. Ils regardent curieusement ce
que font les Français.

PIERRE équarissant une branche.

Que le travail se hâte, sous nos mains empressées.
Frères, concitoyens, courage ! que notre père, l'invincible capitaine, trouve achevée, à son retour, l'œuvre
qu'il attend de nous. Que ces échelles menaçantes
deviennent bientôt un chemin aérien qui nous rappro-
che du dernier asile de l'ennemi. Vous, femmes de la
Floride, mes sœurs aimées, qui voulez seconder notre
zèle, qui ainsi nous rendez l'ouvrage plus facile, merci
pour votre aide, merci pour votre bonne volonté. La
récompense pour vous, ce sera la mort de vos tyrans.
Pourquoi nos amis les Indiens ne partagent-ils pas nos
travaux ? Qui les fait demeurer assis et immobiles,

tandis que nos bras s'évertuent? Leur ardeur serait-elle déjà tombée?

LITA.

Pierre, ne fais pas de reproche à ces jeunes hommes, que tu appelais autrefois tes frères. S'ils ne travaillent pas avec vous, c'est qu'Oloctar, leur chef, emmené par le capitaine, n'a pu leur en donner l'ordre. Que peuvent-ils faire, sinon attendre? Aurais-tu déjà oublié nos coutumes? Oublies-tu les trois ans que tu as passés au milieu de nous?

PIERRE.

Oublier? Oh! que non! J'ai la mémoire bonne, et tu le verras, ma belle. Seulement, ce que je n'aime pas, c'est que tant de gens soient les confidents de mes amours. Nos Français se plaisent aux railleries ; tu as dû le remarquer, Lita.

LITA.

L'amour est-il chose si rare en France, qu'il y excite la raillerie? Mais sois rassuré, Pierre. Permets-moi de rester près de toi. Je ne te parlerai, que s'il te convient de m'adresser la parole.

LAROQUETTE, à Lantonic

Ohé! dis donc, troupier. Y me pousse comme une idée.

LANTONIC.

Pourquoi pas? Les cochons font bien pousser des truffes, dans mon pays.

LAROQUETTE.

Farceur, va! — Si je leur jouais une petite fanfare de trompette, à ces deux amoureux-là? histoire de les encourager z'à la besogne.

LANTONIC.

Encourage-toi soi-même, que t'es un fameux fu-
gnant. Y a plus de deux heures, que je te vois lanterner
autour d'une grande gueuse d'échelle, que tu l'as fago-
tée de travers, encore.

LAROQUETTE.

C'est y ton métier à toi, z'animal, de fabriquer des
échelles ? moi, je déclare que c'est pas le mien. Je
suis pas venu dans le pays natal de l'or, des diamants
et des perles, pour me constituer menuisier ou
charron.

LANTONIC.

Eh ! Eh ! voyez donc ! mosieu Périgor en Périgueux !
ma foi, si t'es un sorcier pour la devinerie, t'en es pas
un, pour le maniement de l'hache.

LAROQUETTE.|

C'est si agréable, une échelle ! T'es un fignoleur toi.

LANTONIC.

Tu te souviens t'y donc pas de ce qu'a dit le capitaine ? Mes lurons, qui dit, y me faut trente échelles,
ni plus ni moins ; tant plus vite vous les aurez ma-
chinées, tant plus vite, je vous mènerai z'à l'assaut
du fort Charles.—Quel dommage, qu'un homme comme
çui-là, soye pas roi de Gascogne !

LAROQUETTE.

Oh ! le capitaine ! sacrebleu ! Quel fameux lapin !

LANTONIC.

Mais je dis que ça ne s'était jamais vu, depuis que
le monde est monde, un lapin de cette force ! Avoir, en

quarante huit heures, emporté d'assaut deux forts
sur trois, et tué ou fait prisonnières les deux garni-
sons ! c'est de la belle ouvrage, et soignée, y a pas
à dire !

UN SOLDAT, à la Roquette.

M'est avis, vieux père, que le travail fait ne vous
fait pas peur.

UN MATELOT.

Est y farce, le sorcier ! Il a le nez fichu comme sa
trompette.

AUTRE SOLDAT.

Faut que son compère le diable, y en plante une
autre, de figue.

LAROQUETTE.

Suffit, les moutards ! Si ça doit aller de ce train, je
m'en vais vous fourrer des points sur vos i.

PIERRE, qui s'entretenait avec Lita.

Ainsi, plus de nuage sur ton front, ma petite Lita;
et pour me montrer que ton âme est apaisée, pour
bannir du cœur de ton ami les chagrins importuns, tu
vas me faire entendre une de tes chansons, qui font
si vite envoler les heures.

LITA.

Oui, je chanterai, Pierre; tu ne te fàcheras pas de
moi.

LANTONIC, à ses camarades.

Assez jacassé pour le quart d'heure, les autres;
mamzelle la dauphine va roucouler un petit air, je
crois; faut écouter; ça sera gentil comme elle.

LITA.

LA CHANSON DU SOIR.

I

Quand mon ami m'a quittée
    Pour les combats ,
J'ai sur la rive écartée
    Suivi ses pas.
Je marchais seule , dans l'ombre ;
    Le bois sombre
Grondait ; l'air devenait noir ;
    C'était le soir.

II

Les vents attristaient la terre :
    Il faisait froid.
Un pauvre oiseau solitaire
    Chantait pour moi.
La plaine était comme veuve ;
    L'eau du fleuve
Murmurait de longs regrets ;
    Et je pleurais.

III

Oiseau, ma plainte à la tienne
    S'unit tout bas.
Oh ! dis-moi ; pour qu'il revienne ,
    Que faire , hélas?
—Jeune fille prends à l'onde
    Perle blonde ,
Et va l'offrir à celui
    Qui, loin, te fuit.

IV

—Non, non. Lorsqu'il m'a laissée,
    J'avais encor
Au front, perle rehaussée
    D'un cercle d'or.

—Alors va par les collines,
   Dans les mines,
Ravir un pur diamant
   Pour ton amant.

V

—Non, non. Perle transparente,
   Fleur de la mer,
Pur diamant, rien ne tente
   Ce cœur si fier.
—Alors, sur son front farouche,
   Que ta bouche
Vienne, en souriant, poser
   Un doux baiser.

VI

—Non. L'amour de sa maîtresse
   Plus ne le tient.
Sourire et douce caresse
   Ne lui sont rien.
Pleure, oiseau, car son amie,
   Qu'il oublie,
Sera morte avant le jour,
   Morte d'amour.

LANTONIC.

C'est cranement joué du gosier, tout de même.

UN SOLDAT.

Elle ne se mêle pas de trop, la princesse.

LAROQUETTE.

S'il n'y avait z'eu par là un petit accompagnement
de trompette, je ne dis pas.

PIERRE, bas à Lita.

Lita! Lita! je ne veux plus que tu parles de mourir,
ou bien je me jetterai de ce rocher en bas. Oh! je t'en

prie ; que je n'entende plus de toi des paroles aussi tristes !

LITA, de même.

Ecoute-moi, mon bon petit Pierre ; il ne faut pas t'attrister de ce que tu a entendu. C'est la chanson qui le dit ; et si tu veux toujours aimer la pauvre chanteuse, elle ne demande qu'à vivre.

PIERRE, de même.

T'aimer ? tu le sais, si je t'aime ; n'es-tu pas la plus belle ? Je donnerais un an de ma vie, pour pouvoir t'embrasser à présent.

LITA, de même.

Si je le voulais ! — mais voici ton capitaine ; cours l'embrasser, Pierre ; je le veux bien. (*arrivent Dominique, Cazanove, d'Etampes, Oloctar.*)

DOMINIQUE.

Où en est le travail, compagnons ?

LAROQUETTE, s'empressant.

Mon capitaine, il y a z'une trentaine d'échelles de baclées. Et regardez-moi ça, pour voir, comme c'est ficelé. C'est y pas du propre.

CAZANOVE.

Tais-toi, bavard.

LANTONIC, bas à Laroquette.

Il ne t'a pas manqué, hein ?

DOMINIQUE, qui a examiné les échelles.

Telles qu'elles sont, cela me suffit. Qu'on les porte auprès des munitions, et qu'on s'apprête à partir bientôt.

OLOCTAR, aux Indiens.

Ce que feront nos alliés, vous le ferez aussi.

*(Pierre, Lantonic, Laroquette, les soldats, les mate-
lots et les Indiens sortent, emportant les échelles.
Lita et ses compagnes les suivent.)*

D'ETAMPES, à part, regardant sortir les femmes.

Décidément, monsieur Pierre est un heureux
fripon. Sa petite sauvagesse est à croquer.

DOMINIQUE.

Oloctar, je veux que les femmes restent éloignées
du lieu du combat. Il ne leur est pas permis chez nous
de suivre les hommes à la guerre.

OLOCTAR.

Elles ne nous suivront point. Quand une noire
tempête accourt de l'horizon, les oiseaux effarés
volent s'abriter dans leurs nids. *(Bézérillo, éperdu,
arrive poursuivi par Pierre.)*

PIERRE, une hâche à la main.

Arrêtez-le moi, que je le tue.

BÉZÉRILLO.

Grâce ! Grâce ! Au secours ! *(Il court se prosterner
aux pieds de Dominique.)* Ah ! Seigneur général, au
nom de tous les saints, sauvez-moi.

PIERRE, levant la hâche.

Je te tiens ! tu es mort !

DOMINIQUE, l'arrêtant.

On ne frappe pas un homme à terre. Dis-moi ce
que c'est.

PIERRE.

Mon capitaine, c'est un Espagnol, un de ces monstres qui ont tué mon père et ma mère. J'ai raison de
le tuer.

BÉZÉRILLO, s'attachant aux habits de Dominique.

Seigneur gouverneur! Seigneur mon maître! qu'il ne me tue pas! faites-moi grâce de la vie ; je vous révèlerai un grand secret, d'où dépend peut-être votre salut, celui de toute votre armée.

OLOCTAR.

Les Espagnols nous ont toujours trompés. Nulle vérité ne peut sortir d'une bouche espagnole.

BÉZÉRILLO.

Mais je ne suis pas comme les autres, moi, Messeigneurs. N'allez pas me croire l'ennemi des Français, au moins.

D'ETAMPES, bas à Cazanove.

Si ça me regardait, je le ferais passer par les armes ; il n'en serait plus question.

CAZANOVE, de même.

Ma foi, je dis comme vous.

BÉZÉRILLO, à Dominique.

Qu'est-ce qu'il vous en coûte, Monseigneur, d'écouter un pauvre diable ? On sera bien à temps de me tuer, si je vous trompe.

PIERRE.

Me le livrez-vous, capitaine?

BÉZÉRILLO.

Aïe! aïe!

DOMINIQUE, à Pierre.

Tu ne m'as pas dis comment tu l'as découvert.

PIERRE.

Je reconduisais Lita et ses compagnes jusqu'aux canots, qui doivent les reporter aux habitations. De loin j'ai aperçu cet ennemi qui cherchait à se cacher

13

dans la savane. J'ai fondu sur lui, et s'il n'avait pas eu de l'avance, il ne serait pas là à vous embrasser les genoux.

CAZANOVE.

C'est un espion, probablement.

BÉZÉRILLO.

Sainte Vierge! moi, un espion! Je suis un malheureux soldat, échappé de ce fort. On n'a pas à me reprocher une pichenette donnée à un Français. Si je me cachais, c'était pour me dérober à messieurs vos alliés les sauvages.....

DOMINIQUE.

Lève-toi. Veux-tu bien te lever! Tu as, dis-tu, de quoi racheter ta vie?

BÉZÉRILLO, tapant sur ses poches.

Ah! Monseigneur! pas un misérable maravédis! Pas un!

DOMIMIQUE, le tirant à l'écart.

Ton grand secret? voyons, vite!

BÉZÉRILLO, à voix basse.

Monseigneur, ce gentilhomme-là me soupçonnait bien à tort d'être un espion. Prenez garde, il y en a un parmi vous. Je ne vous dis que çà.

DOMINIQUE.

Ce n'est pas assez pour te sauver. Il s'agit de désigner l'espion.

BÉZÉRILLO.

Il est parmi les messieurs sauvages.

DOMINIQUE.

Tu déraisonnes ou tu mens. Un Indien ne peut nous trahir.

BÉZÉRILLO.

Je n'ai pas dit que ce fut un Indien. C'est un Espagnol, oui, un Espagnol, venu du grand fort, et qui
s'est déguisé en sauvage. Qu'on cherche bien; on le
trouvera mêlé à ces estimables Peaux-Rouges. Je
vous dis que je l'ai parfaitement reconnu au milieu
d'eux.

DOMINIQUE.

Oloctar, un Espagnol déguisé n'a pas craint de se
mêler à tes soldats. Va le saisir; amène-le moi (*à
voix basse*) il venait pour espionner nos forces; je
veux qu'il nous révèle celles de son général. —
Pierre, prête main-forte à Oloctar. Comprenez-vous
ce que je désire.

OLOCTAR.

Mon obéissance ne se démentira pas. (*Il sort avec
Pierre*).

DOMINIQUE, désignant Bézérillo.

D'Etampes, écartez cet homme de manière à ce
que, sans être vu, il puisse entendre ce qui se dira
ici. Vous le ramènerez à mon appel.

D'ETAMPES.

Oui, mon capitaine. (*à Bézérillo*) Si tu cherches à
fuir, canaille, tu es flambé.

BÉZÉRILLO.

Ah! Dieu m'en garde, seigneur! Vous êtes bien
trop aimable pour çà. (*Il sort emmené par d'Etampes*).

CAZANOVE.

Qu'un homme est laid, quand il a peur! si l'on se
voyait alors, on voudrait être toujours brave, ne fut-

ce que par coquetterie. (*Oloctar et Pierre amènent le sergent Enrico, déguisé en Indien*).

OLOCTAR.

Je l'ai trouvé.

PIERRE.

Voici votre homme.

ENRICO.

Amis, que me voulez-vous? Je suis un enfant de la Floride, descendu des hautes terres, pour combattre avec vous, contre les fils de la mer.

OLOCTAR.

Tu oses te dire mon compatriote! (*Il lui déchire sa robe de coton, sous laquelle apparaît l'habit Espagnol*). Voyons comment tu soutiendras ton dire.

ENRICO, à Dominique.

Eh bien, non! Je n'essaierai pas de vous mentir, seigneur; je suis un Espagnol des plus infortunés, et voici ce qui m'a forcé à prendre le costume qui vous a déplu. Je faisais partie de la garnison d'un des petits forts, le premier que vous avez attaqué.

CAZANOVE.

Et pris.

ENRICO.

Comme vous dites, monsieur. J'avais réussi à fuir dans les bois, et j'espérais pouvoir gagner à la dérobée le fort Carlos. Par malheur pour moi, la forêt est parcourue en tous sens par les Indiens, qui, certes, n'eussent pas épargné un homme de ma nation, s'ils l'avaient rencontré. C'est alors que, pour me soustraire à une mort affreuse, je me suis revêtu d'une robe indienne, et il m'a fallu, bon gré, malgré, figurer dans les rangs de ces sauvages, en attendant le moment de m'évader. Vous voyez que mon déguisement n'avait rien de suspect, et ne peut m'être imputé à faute.

DOMINIQUE.

C'est ce qu'il faudra voir (*allant vers la coulisse*). Que le prisonnier paraisse. (*d'Etampes rentre, poussant Bézérillo*).

ENRICO, à part.

Bézérillo! c'est fait de moi. Je suis vendu!

DOMINIQUE, à Bézérillo.

Tu le connais?

BÉZÉRILLO.

Si je le connais! — honneur à vous, sergent Enrico! Tout va-t-il bien au fort Carlos, où vous étiez hier? Est-ce que vous ne me répondrez pas?

ENRICO.

Non, parce que je ne vous connais point.

BÉZÉRILLO.

Cela m'étonne, ayant eu l'agrément, il y a quelques jours, d'être souffleté de votre noble main, sur le petit bastion du fort Carlos. Je vous dis même à cette occasion, si j'ai bonne mémoire : sergent Enrico, vous ne porterez pas celui-là en paradis. — Ce qui fait qu'aujourd'hui, je vous rends votre soufflet. J'ai tenu ma promesse.

ENRICO.

Tu veux que je sois le sergent Enrico? soit, je paie ses dettes, vil mouchard. (*Il va rapidement à lui, et lui plante au cœur un poignard*).

BÉZÉRILLO, tombant dans la coulisse.

A moi! à... moi... je.... je meurs! (*On a saisi Enrico, qui a jeté son poignard aux pieds du capitaine*).

D'ETAMPES.

Fi ! l'horreur !

CAZANOVE.

Quels deux abominables !

DOMINIQUE, a part.

Ces gens-ci manient mieux le couteau que l'arquebuse.

PIERRE, qui a examiné Bézérillo.

Il n'y a pas à dire ; il est mort.

OLOCTAR, de même.

Bien frappé.

ENRICO.

Apprenez comment on punit les traîtres dans mon pays. Maintenant, messieurs, faites de moi ce que vous voudrez. Le droit est pour vous ; je ne contesterai pas.

DOMINIQUE, à Cazanove.

Qu'on mette ce meurtrier, là où sont les autres captifs : mais avant de le réunir à eux, obtenez de lui des détails sur ce qui se passe au fort Charles ; ou je suis bien trompé, ou cet homme qui vient de se satisfaire, sera de bonne composition.

CAZANOVE.

Reposez-vous sur moi, mon capitaine. (*Des soldats sont venus saisir Enrico. Cazanove sort avec eux*).

DOMINIQUE.

Au moment de frapper le dernier coup, il est bon de demander au Dieu des armées son aide victorieuse, et de lui recommander nos âmes. Dieu n'oublie jamais ceux qui se souviennent de lui. Convoquez nos braves gens (*d'Etampes sort*).

OLOCTAR, à Pierre.

Pierre, rassemble aussi nos guerriers, afin qu'ils assistent à la prière des Français. Je veux parler seul à seul au capitaine. (*Pierre sort. Oloctar va se placer devant le capitaine qui se préparait à sortir.*)

OLOCTAR.

O chef des Français, sois mon père! Moi je veux être dans tes mains, comme la flèche dont tu perceras tes ennemis. Regarde; ma tête vient de se couronner de laurier pour honorer ton âme intrépide; mes bras sont croisés sur ma poitrine, pour attendre tes ordres; mes yeux fixés sur tes yeux te disent que je n'ai pas peur. Depuis que je t'ai vu, je t'ai reconnu pour mon maître; tu le seras toujours. Pour toi seul j'enlèverai les chevelures des fils de la mer! Pour toi seul, je rassasierai mes mains de leur sang exécré. Toi, si je meurs, ô mon père, ne me refuse pas les présents qui consolent les morts. Donne à ma mère un anneau, des bracelets, une hâche, et elle les enfermera dans ma sépulture; et quand je paraîtrai dans le grand village des esprits, les plus braves me recevront avec honneur, et ils diront : gloire à toi, Oloctar! celui pour qui tu es mort, t'a marqué de son souvenir!

DOMINIQUE.

C'est promis; c'est sûr. Mais point de fâcheux pronostics! Tu te battras vaillamment comme toujours. Je prendrai la citadelle, et j'espère te ramener triomphant. J'aime mieux te récompenser vivant que mort. (*Cazanove, d'Etampes et Pierre, rentrent. Lantonic, Laroquette, les soldats, les matelots et les Indiens se rangent au fond.*)

PIERRE.

Mon capitaine, du haut de la colline, d'où l'on découvre le grand fort, un Indien en a vu sortir une colonne d'environ deux cent cinquante hommes, qui marchant au pas de guerre, se dirigent de ce côté. Ils sont commandés par don Pedro Méhandèz en personne. On l'a reconnu de loin, à son armure écarlate.

DOMINIQUE.

Méhandèz prouve qu'il est homme de cœur.—Vous, Cazanove, qu'avez-vous à me dire ?

CAZANOVE.

Votre prévision, monsieur, s'est réalisée. Le sergent ne m'a refusé aucun renseignement; mais son rapport ne nous apprend rien, que nous ne sachions déjà. La garnison du fort Charles s'est recrutée d'une trentaine de fuyards, accourus des deux petits forts, et qui ont apporté avec eux l'épouvante. Le gouverneur Méhandèz, officier de grand renom, s'efforce d'encourager ses soldats, et bien qu'il nous juge supérieurs en nombre, il vient hardiment nous attaquer.

DOMINIQUE.

Votre avis, sur ce qu'il convient de faire ?

CAZANOVE.

Capitaine, les Espagnols ne seront ici que dans deux heures. Nous avons le temps de réparer suffisamment la redoute voisine et de l'armer de ces huit canons-là. Méhandèz viendra briser ses forces au pied de ce mur. Nous écraserons ensuite les restes de sa troupe, et le fort Charles sera contraint de se rendre.

DOMINIQUE.

Vous, d'Etampes ?

D'ÉTAMPES.

Ce que vous voudrez, capitaine. Je m'en rapporte.

DOMINIQUE.

Mon intention n'est pas d'attendre ici l'ennemi. Nos soldats comptent sur la victoire ; ils auront une victoire en plein soleil. Les Espagnols, dit-on, sont au nombre de deux cent cinquante. Je vais prendre quatre-vingt de mes vaillants arquebusiers, avec d'Etampes et mon jeune Pierre ; je les mènerai par le plus court chemin hors du bois, et nous marcherons en rase campagne, bannière haute et trompette sonnante, à la rencontre de qui vient nous chercher. M. de Cazanove, en tête du second détachement et de nos fidèles alliés, viendra, par un détour à travers la forêt, prendre à revers l'ennemi que nous chargerons de front. Alors la journée sera nôtre, et le fort aussi. C'est immanquable. Avant ce soir, mes camarades, notre cher drapeau reparaîtra sur le faîte du fort, et toute cette terre le saluera vainqueur. — Soldats, matelots, à genoux ! — Que le Dieu des armées, qui met devant nous la victoire, entende monter vers lui le chant du Psaume des batailles.

SCÈNE TROISIÈME.

Esplanade devant le grand fort Charles, à demi-démantelé, et que les Indiens s'occupent activement à démolir

CHANT DES INDIENS DÉMOLISSEURS.

I

Où donc est le fort Charle ? Où donc sa grande tour,
Dont l'ombre épouvantait les plaines d'alentour,

Comme un oiseau de proie,
Dont l'œil creux épiait nos pas, nos mouvements ;
D'où, sans cesse dans l'air, montaient les grincements ,
Des os qu'un marteau broie ?

—

A nous, vengeance ! à nous, jour triomphant !
La grande tour a trouvé plus fort qu'elle.
Un capitaine, en ses bras l'étouffant ,
La fit ployer comme une vierge frêle.

II

Où donc est le fort Charle ? Où sont , sur ses parois ,
Les tonnerres de cuivre, aux effroyables voix
Plus fortes que la foudre ?
Leur fille était la mort, et leur ventre profond
Aux quatre vents du ciel l'envoyait d'un seul bond ,
Rouler avec la poudre.

—

Ces grands parleurs ont trouvé cette fois
Un répondant, qui d'un mot les fit taire ;
Et du vainqueur prêts à suivre les lois,
Tous, devant lui, se sont couchés par terre.

III

Où donc est le fort Charle, et sa porte de fer ,
Par où passaient nos biens et l'or qui m'est si cher,
Et nos moissons opimes ;
Par où passaient nos sœurs, que traînaient ces brutaux,
Et par où , chaque nuit , ressortaient les bourreaux ,
Mais jamais les victimes !

—

La porte énorme en détresse a sauté ,
Dès qu'un bras ferme a saisi sa poignée ;
Et son bois dur n'a pas plus résisté
Que fine gaze, ou toile d'araignée.

IV

Où donc est le fort Charle, avec sa garnison,
Avec ses chiens hurlants et sa noire prison,
    Qui dévorait nos larmes ;
Avec son drapeau sombre, incliné sur le mur ;
Ses blocs, où l'on voyait, le soir, par un ciel pur,
    Germer des moissons d'armes?

—

Ce drapeau sombre a traîné sur le sol,
Quand s'est levé le drapeau de la France.
Des chiens hurlants on a brisé le col :
Au dos du maître on a rompu sa lance.

V

Où donc est le fort Charle, avec son gouverneur,
Qui nous disait : maudits, rendez-moi plus d'honneur
    Qu'à votre Dieu lui-même ;
Car trois mille de vous mourraient dans les tourments ,
Si vous me faisiez tort d'un de vos diamants ,
    Ou des perles que j'aime?

—

Ce gouverneur qui devait nous frapper ,
N'a pas tenu sa promesse hautaine.
Nous l'avons vu pâlir, et puis tomber,
Sous le regard de notre capitaine.

VI

Où donc est le fort Charle? Il est là, sous mon pied.
Je laboure à plaisir son front humilié ,
    Avec mon pied qu'il baise ;
Et son abaissement ne saurait me fléchir.
Il faut qu'il prie en vain ; il faut l'anéantir ,
    Pour que mon cœur s'apaise,

—

Presse ton œuvre, ô marteau destructeur !
Chacun de nous doit emporter sa pierre,
En souvenir du chef libérateur ,
En souvenir de la France guerrière.

(*Entrée de Dominique, de Cazanove et de d'Etampes*).

DOMINIQUE, aux Indiens.

Mes enfants, vous vous épuisez vainement à démolir la citadelle ; vos mains sont encore fatiguées du combat ; reposez-vous et jouissez de la victoire. J'ai des moyens plus prompts, pour faire disparaître ce fort. Laissez-moi faire. (*Les Indiens se retirent*).

DOMINIQUE, à d'Etampes.

D'Etampes, quand nos victorieux auront achevé d'ensevelir nos morts, faites rapporter dans la forteresse quelques-unes des caques de poudre que nous y avons ramassées, et disposez-les de manière à faire sauter cette ruine. Je ne veux pas qu'il y demeure pierre sur pierre. Lorsque tout sera prêt pour l'explosion, vous m'avertirez.

D'ETAMPES.

Oui, oui, mon capitaine, c'est entendu, comme aussi de pousser dans la rivière les corps des ennemis défunts. Certains de nos gars, si l'on y regardait de près, auraient peut-être une légère pointe d'ivresse. Que voulez-vous, messieurs ? il y avait dans ce grand fort, tant de nobles bouteilles espagnoles, qu'il a bien fallu leur faire aussi un petit brin de guerre. Nos bons garçons avaient si bien travaillé, durant toute la campagne, que je n'ai pas voulu m'apercevoir de ce dernier exploit ; mais j'aurai soin de choisir ceux à qui le vin n'aura pas renversé la cervelle. Je vous garantis, monsieur, que vous serez satisfait.

DOMINIQUE.

Je le suis déjà beaucoup, mes amis. Vous et M. de Cazanove, et toute ma courageuse bande, vous avez enlevé la victoire, comme je le voulais. Je me souviendrai toujours avec bonheur d'avoir commandé à de pareils hommes.

CAZANOVE.

Eh capitaine! sous un chef tel que vous, je voudrais me battre un contre dix. Vous avez une manière de mener les choses.....

D'ETAMPES.

Tubleu! je donnerai deux doigts de chaque main pour vous ressembler. A-t-on jamais vu.....

DOMINIQUE.

Gardez vos doigts, et allez où je vous ai dit, vous ferez mieux (d'Etampes sort).

DOMINIQUE, à Cazanove.

A nous deux, monsieur mon lieutenant. Vous dirigerez sur notre flotte toute la magnifique artillerie que nous avons conquise dans les trois forts. On mettra cinq couleuvrines démontées dans chacune de nos ramberges. Quant aux petites pièces de campagne, on en placera sept sur la *Caroline*, et cinq sur la *Bordelaise*, de façon à pouvoir s'en servir au besoin. Cela aura peut-être son utilité.

CAZANOVE.

Pour causer plus tard avec quelques gros galion? suffit! Je vais me faire aider par nos bons alliés les Floridiens.

DOMINIQUE.

Ne négligez pas les prisonniers.

CAZANOVE.

Les pendards! ils sont assis le long de la rivière, attachés deux à deux, les mains garrottées sur le dos;

il y en a quarante-et-un, plus, le sergent Enrico, et
le commandant Valmardo; le sergent, depuis qu'il a
poignardé son camarade, paraît hors de sens. Il se
vante d'avoir étranglé, à lui seul, cinq des soldats de
Ribaud. Quant à Valmardo, vous savez?...

CAZANOVE.

Ce qu'il y a de singulier, c'est qu'on n'a aucune
nouvelle de don Pedro Méhandèz, le gouverneur. Vous
vous souvenez que, durant une demi-heure, il nous
a courageusement tenu tête dans la plaine; lorsque
j'ai pris sa troupe en flanc, il a chamaillé encore
comme quatre; enfin j'ai cru le voir tourner sur lui-
même, et s'affaisser. En ce moment vos arquebusiers
balayaient, au pas de charge, ce qui restait de son détachement. J'ai couru là où était tombé Méhandèz,
rien! aucun des nôtres ni des prisonniers, n'a pu me
dire ce qu'il est devenu. Peut-être, entraîné par ses
soldats débandés, s'est-il noyé dans le fleuve.

DOMINIQUE.

Tant mieux pour lui. Je ne lui gardais rien de bon.
Ne laissez pas de le faire chercher avec soin. Qu'on
m'amène les quarante trois prisonniers. Je n'ai combattu que pour faire justice, et pour apprendre aux
étrangers à respecter mon pays; je touche à mon but.

CAZANOVE. sort en riant.

Assurément, capitaine! et qu'on ne dise pas que
nous sommes de mauvais débiteurs. Nous n'aimons
pas à devoir.

OLOCTAR, entrant.

Je viens d'auprès de Sariova. Il a voulu retenir ton
fils Pierre, tout radieux encore de son triomphe. A l'âge
de ce jeune homme, on se plaît aux éloges des femmes.
J'ai raconté au roi comment ton bras s'est appesanti
trois fois sur nos bourreaux, et comment nous les
avons exterminés sans pitié. Mais, ô mon père, pourquoi, par ton ordre, va-t-on achever de déraciner du
sol cette masse ! Ne vaudrait-il pas mieux la garnir de
tes Français intrépides ? Veux-tu donc que la Floride
reste sans bouclier contre de nouveaux envahisseurs ?

DOMINIQUE.

Faible bouclier que ce fort. N'était-ce pas plutôt un
poignard sans cesse en arrêt sur le cœur de ton pays ?
n'existait-il pas, quand la Floride a succombé ? Je le
supprime ; nous n'aurons plus à le briser ; que Dieu
couvre cette terre de son aile ; sa protection est le
plus sûr rempart. (*Cazanove, Lantonic, Laroquette et
des marins français, amènent Valmardo, Enrico, et
les autres prisonniers.*)

CAZANOVE, à Dominique.

Monsieur, les prisonniers sont là, ainsi que le
seigneur Valmardo leur commandant.

VALMARDO, s'approchant vivement de Dominique.

J'espère, monsieur, que vous qui êtes le maître,
vous allez me faire délier les mains. Je ne suis pas
comme cette canaille. Je suis gentilhomme ; ne l'oubliez pas.

DOMINIQUE

Je vais être à vous. — Qu'on le délie.

VALMARDO, tandis qu'on le délie.

Ces faquins-là n'avaient-ils pas osé.... Dépêchez, tôt, et un siége.

LAROQUETTE.

M'sieu, prenez la peine d'asseoir votre seigneurie.... par terre.

DOMINIQUE.

Commandant Valmardo, vous ne commandez plus ici. Je vous prie de quitter ces airs arrogants.

LAROQUETTE, bas à Valmardo.

Toisé du coup, mon bon ! (*Valmardo se retourne furieux. Laroquette le regarde d'un air goguenard.*)

DOMINIQUE, aux prisonniers.

Approchez, vous autres ! — M. de Cazanove, Oloctar, asseyez-vous près de moi. — (*Ils s'asseyent tous trois sur un coté du théâtre. Dominique est au milieu. On range de l'autre côté les prisonniers sur deux files. Valmardo est à un bout, Enrico est à l'autre. Les marins français les entourent l'arme au bras*).

DOMINIQUE, aux prisonniers.

A nous, maintenant. Vous figurez-vous par hasard, que je vous ai fait venir là, pour avoir le plaisir de vous compter, et que vous êtes tout bonnement des prisonniers de guerre devant leurs vainqueurs ? mais qui dit prisonnier de guerre, dit soldat; or, soldat et loyal, c'est tout un. Voyons si l'on peut vous donner ce nom. Le soldat fait bravement la guerre aux ennemis de son pays, et ne tremperait pas seulement le bout du doigt dans une perfidie ou une lâcheté. Vous, en pleine paix, sans provocation, sans autre motif que le vol, vous êtes tombés en traîtres sur mes compatriotes

le capitaine Ribaud et ses gens. Vous les avez dépouil-
lés; vous les avez trahis lâchement ; vous avez par un
guêt-à-pens, volé à mon roi cette terre, son légitime
bien. — Le soldat, après la bataille, ne voit plus dans
les vaincus, que des frères à plaindre, à secourir ; il
se garderait d'aggraver leur malheur par des cruautés.
Vous, après avoir en trahison, fait poser les armes à
ceux que vous aviez trompés, vous vous êtes ingéniés à
les martyriser pendant trois jours. Vous ne leur avez
épargné ni la férocité qui torture, ni l'insulte qui
flétrit. Rien n'a manqué à ces aménités de bourreau.
Sont-ce là des actions de soldat ? Qui de vous pourrait
me le prouver ?

LES PRISONNIERS.

Pardonnez-nous. — Les chefs le voulaient. — Ce
sont les chefs.

DOMINIQUE.

Les chefs ! Et tous ces supplices endurés par mes
frères, est-ce les chefs qui les ont inventés et appli-
qués, ou bien est-ce vous? C'est vous! donc, vous
n'êtes ni des soldats, ni des Espagnols. L'Espagne a
souvent soutenu contre la France de terribles guerres,
et les deux nations ont appris sur vingt champs de
bataille, à s'estimer et à se respecter. Mais si vous
n'êtes pas des soldats Espagnols, alors qu'êtes-vous ?
Ce que vous êtes, le voici. Vous êtes un ramassis de
voleurs de grand chemin, de pirates et de meurtriers;
or, ces gens là, vous savez comment on les traite; en
conséquence, moi, capitaine Français qui ai le droit et
le pouvoir de vous punir, je vous condamne, au nom

de mon pays, à mourir, non de la mort du soldat, mais de la mort de vos pareils, la corde; le gibet vous attend. Une demi-heure vous est donnée pour vous réconcilier avec Dieu, si c'est possible. Partez!

LES PRISONNIERS.

Malédiction sur vous! — Mon pardon, mon pardon! — Vive l'Espagne. — Moi, pas coupable!

LAROQUETTE, les entrainant, aidé par des marins.

Vous nous conterez tout ça demain.

VALMARDO, qui est resté sur la scène.

Le gibet à moi! allons donc! vous ne savez donc pas qui je suis? vous n'êtes donc pas gentilhomme, vous? Prenez garde; ma famille vous punirait tôt ou tard de cette déloyauté; tandis que si vous m'épargnez, vous serez content de ma rançon.

DOMINIQUE.

Voyons; je puis me tromper. Qui êtes-vous? N'êtes-vous pas un certain commandant Valmardo, débarqué en Floride il y a trois ans, avec don Pédro Méhandèz?

VALMARDO.

Oui; je suis don Fernando Valmardo, seigneur de trois villages en Murcie, chevalier de l'ordre de Calatrava, commandant d'une compagnie dans les armées de Philippe II, le roi de toutes les Espagnes. Vous voyez donc bien...

DOMINIQUE.

Je vois que je ne m'étais pas trompé. Seigneur don Fernando Valmardo, chevalier de Calatrava, commandant pour Philippe II, le roi de toutes les Espagnes, vous êtes bien le misérable officier, qui, ayant engagé à monsieur Ribaud et à ses soldats, sa foi de gentilhomme, qu'ils auraient la vie sauve, les fit saisir, désarmés, et les fit torturer pendant trois jours. C'est là une belle tâche de boue sur votre blason, M. le chevalier. Vous pensiez peut-être qu'il y avait prescription pour cette ancienne infamie. Mais les morts ont élevé la voix, et m'ont demandé justice. Prenez la peine de regarder. (*Il se lève et lui montre au fond, un objet hors de la scène.*) Reconnaissez-vous ces débris de squelettes qui dansent au vent, pendus à des arbres de ce bois? Saluez-les : ce sont les os de mes frères, qui me défendent de faire grâce. Comptez-les ; ils sont soixante-sept, et vous n'êtes que quarante-trois.

VALMARDO.

Rien ne m'empêchera de vous dire que votre arrêt est injuste et barbare. Je n'ai fait que suivre les ordres de don Pedro, mon gouverneur. N'est-il pas naturel d'obéir à son général ? Et parce que le seul vrai coupable est mort, moi qui n'ai été que le bras, dois-je payer pour la tête ? Ce serait venger un crime, par un crime plus atroce encore. D'ailleurs, messieurs, ce ne sont pas des Français, que nous avons prétendu châtier, et condamner à périr. Il est facile de vous en convaincre.

DOMINIQUE.

Pourquoi tardez-vous à le faire ?

VALMARDO.

Lisez seulement, lisez l'inscription gravée sur ce poteau là-bas, près de ces malheureux restes. Vous verrez, messieurs, qu'elle me justifie pleinement, moi et mes hommes.

DOMINIQUE , à Cazanove.

M. de Cazanove, vous avez lu l'inscription? que porte-t-elle?

CAZANOVE.

Elle porte ces mots : non comme français, mais comme hérétiques.

DOMINIQUE, à Valmardo.

J'ai donc à vous punir deux fois, puisque je suis de ces gens, que vous nommez hérétiques. — Maître Gassié vous mènerez les quarante-trois condamnés vis-à-vis de ceux qu'ils ont pendus. Là, que justice soit faite, et qu'en face du poteau dressé jadis, il s'en élève un autre, où vous écrirez ceci : non comme Espagnols, mais comme assassins.

VALMARDO, qu'on emmène.

Allez chiens de damnés! je vous recommande à tous les saints du paradis! vous payerez cher....

LANTONIC.

Çà nous regarde. En attendant, c'est vous qu'allez payer (*Ils sortent*).

OLOCTAR, à Dominique.

Ton cœur, ô mon père, est aussi droit et aussi ferme que ton épée. La faiblesse n'a pas plus de prise sur ton âme, que la peur.

LAROQUETTE, accourant.

Mon capitaine, voici bien une autre farce; le bruit se répand que mes camarades les sauvages ont pincé dans une grotte le gouverneur en propre personne; il paraîtrait qu'il a tout de même un atout soigné; et ma foi, j'ai bien peur que messieurs les Indiens..... vous saisissez?

DOMINIQUE.

Courez le leur arracher, Cazanove. — Toi, Oloctar,
tu m'as répondu de tes hommes; songe que don
Pedro m'appartient.

OLOCTAR.

Malheur à celui des miens qui l'aurait touché.

LAROQUETTE.

Y retourne de la nôtre; le roi est pris; j'ai deviné
tout çà, moi! (*Il sort à la suite de Cazanove et d'O-
loctar*).

DOMINIQUE, à part.

Quel est cet officier Espagnol blessé, se traînant
avec peine, et qui sort de ce taillis épais?

DON PEDRO, arrivant les habits ensenglantés et déchirés,
dit à part.

Je reconnais celui que j'ai combattu en rase campagne; il est brave, il doit être généreux (*à Dominique*). Dites-moi, monsieur, n'êtes-vous pas l'amiral
Français?

DOMINIQUE.

Je suis capitaine.

DON PEDRO.

Est-ce vous, monsieur, qui commandez l'expédition française?

DOMINIQUE.

Oui, monsieur.

DON PEDRO.

Vous avez devant vous don Pedro Méhandèz, le
gouverneur de la Floride. Grâce à ma parfaite connaissance du pays, j'ai pu me tirer des mains des
Indiens, qui m'avaient découvert, et je suis venu
droit à vous. Je me disais : ce terrible ennemi est un

homme de cœur ; il aura pitié du soldat qui a fait son devoir ; il ne refusera pas de me recevoir à composition. Sur cet espoir, je vous ai cherché, et je vous apporte mon épée.

DOMINIQUE.

Il eût mieux valu pour vous, que vous ne m'eussiez pas trouvé. Gardez votre épée ; je ne la reçois point.

DON PEDRO.

Est-ce un affront que vous voulez me faire, monsieur le capitaine ? Est-ce ma main, qui selon vous, n'est pas loyale ? ou bien est-ce mon épée ?

DOMINIQUE.

J'aurais accepté l'épée d'un chevalier ; je repousse le fer d'un bourreau.

DON PEDRO.

Vous êtes cruel pour le vaincu, monsieur. Mais si je n'ai point de miséricorde à attendre, je saurai mourir avec courage, en noble Castillan. Je ne vous adresserai qu'une prière, et celle-ci, je l'espère, ne sera point rejetée, car elle concerne une femme (*à part*). O ma pauvre fille !

DOMINIQUE.

Hâtez-vous, pendant que nous sommes seuls. (*Lita entre, conduisant dona Mancia*).

LITA.

Tenez, madame, c'est lui, le capitaine des Français, le maître de la Floride.

DON PEDRO, à part.

Dieu ! ma fille !

DONA MANCIA, courant se jeter dans les bras de son père.

Mon père ! ô mon père ! voici votre enfant ! Gardez-moi auprès de vous. Je ne veux pas me sauver sans vous. Oh! que nous sommes malheureux!

LITA, à Dominique.

Cette dame m'a demandé en pleurant de la conduire vers toi. Elle est de la race des ennemis. Mais ses larmes m'ont émue.

DON PEDRO, à Dona Mancia.

Oh! ma fille! ma petite Mancia! ne pleure point! Voici le commandant français, qui voudra bien se charger de veiller désormais sur toi. Il faut que je te quitte, ma fille chérie, et pour longtemps. Il te fera reconduire dans notre Espagne, et Dieu le bénira! N'est-ce pas, Monsieur, que vous avez un cœur d'homme et de chrétien? Quant à moi, mon enfant, embrasse-moi; je vais te laisser.

DONA MANCIA.

Me laisser! Jamais, mon père! oh! jamais!

OLOCTAR, entrant, dit à Dominique.

Maître, il est là, le féroce gouverneur, l'implacable tyran de la Floride. Tous nos Indiens, tes soldats eux-mêmes, réclament instamment son supplice. Ton Dieu t'a confié le soin de notre vengeance. Nous savons que tu nous vengeras.

DOMINIQUE, bas, à Oloctar.

Votre attente ne sera pas trompée. Mais il faut éloigner sa fille, Va l'annoncer à tes frères. (Oloctar sort).

DONA MANCIA, à son père, désignant Oloctar.

Qu'a dit cet homme? On réclame votre supplice, mon père? on veut que vous mourriez; mais c'est impossible! mais c'est une horreur! les Français ne

le souffriront pas! vous êtes leur prisonnier; c'est
sacré, cela! Oh! père! mon père adoré! mais je ne
le veux pas, moi! Et de quel droit vous tuerait-on?

DON PEDRO.

Du droit du vainqueur, ma fille! Que Dieu te donne
du courage!

DONA MANCIA, allant se jeter aux genoux de Dominique.

Monsieur l'amiral! au nom de Dieu! au nom de la
Vierge Marie! vous ne permettrez pas qu'on me tue
mon père? S'il vous a fâché en se défendant contre
vous, voyez! il est blessé, vaincu; il est presque
mourant. Ayez pitié du père et de la fille! Que voulez-
vous que je devienne, si vous me le prenez? Je n'ai
que lui dans le monde. Sans lui, je suis seule sur la
terre. Grace! grace! oh! Monsieur! ne me fermez pas
votre cœur!

DOMINIQUE.

Si j'étais seul en cause, madame, Dieu sait que je
vous accorderais la grâce que vous demandez; mais la
voix de mon pays me crie qu'il faut un exemple, que
le sang veut du sang, et par malheur votre père a
commis une trahison envers la France.

DONA MANCIA.

Vos victoires ne l'ont-elles donc pas assez puni? qu'a-
t-on à craindre maintenant de ce pauvre vieillard à demi
brisé? vous lui avez tout repris, ses biens, ses honneurs, sa liberté, il ne lui reste que la vie; laissez-la
lui, seigneur! Moi, sa fille, je vous le demande à
genoux. Ne vous détournez pas de moi, par pitié!
rendez-le moi! donnez-le moi! je vous adorerai comme
un Dieu.

DOMINIQUE.

Cessez vos supplications, madame ; elles sont inutiles ; je vous le répète à regret ; n'attendez rien de moi.

DONA MANCIA.

Eh bien! alors, tuez-moi tout de suite. Ce sera plus charitable, et du moins ce sera fini. Car, voyez-vous, monsieur, pour croire que je vous lâcherai, oh non! non! je m'attache à vos pieds, dussiez-vous me frapper, me meurtrir de coups! non, vous ne me repousserez pas! vous plaindrez une pauvre fille qui n'a que ses larmes pour vous fléchir! vous ne lui briserez pas le cœur, en restant inexorable. Oh! monsieur, si nous sommes coupables, appaisez-vous comme Dieu! accordez-nous notre pardon! accordez-nous la vie!

DOMINIQUE. à part.

Sauver un tel homme, qui a fait expirer dans les tourments plus de trois cents Français! non!

DONA MANCIA. se levant.

Oh malheureuse! malheureuse Mancia! Dieu m'a-t-il donc abandonnée! Ne trouverai-je pas là de quoi vous attendrir? Vous avez peut-être une fille, monsieur, peut-être une mère qui vous aiment! elles doivent vous aimer. Oh! n'y a-t-il pas au monde des gens qui mourraient de votre mort! Songez à eux, songez à ceux qui vous sont chers! — Ai-je dit quelque chose qui vous ait déplu? Punissez-moi; foulez-moi sous vos pieds, si c'est votre bon plaisir! mais pardonnez à mon père, sinon, faites-moi périr avec lui; car je jure par mon salut éternel, que je ne vivrai pas sans mon père?

DON PEDRO.

Venez à moi, dona Mancia ! assez de larmes per-
dues. Vous êtes noble et Castillane ! Monsieur vous a
dit que le sang veut du sang. Dieu aura pitié de vous.

LITA , à Dominique.

Je joins ma prière à celles de l'Espagnole. Toi qui
es puissant, mon père , sois miséricordieux. Ce n'est
pas à lui que tu feras grâce , c'est à sa pauvre fille.

DONA MANCIA, baisant les mains de Lita.

Ah ! senorita ! soyez bénie !

DOMINIQUE , à dona Mancia.

Je n'ai point de fille , madame , point de mère qui
m'aiment; c'est à cause de vous , que je fais grâce à
votre père.

DONA MANCIA, lui embrassant les pieds.

Oh ! merci ! merci ! seigneur ! — Vous voyez bien ,
mon père , que les Français sont magnanimes. Laissez-
moi baiser vos mains , monsieur , vous qui avez eu
compassion de mon désespoir.

DON PEDRO.

Seigneur capitaine , vous me donnez la vie ; mais
vous me donnez aussi un sentiment que je n'avais jamais éprouvé, le remords. Votre grandeur d'âme m'ac-
cable. Je vous fais serment sur ma foi de noble Espagnol et de vieux chrétien, que jamais cette main ne
s'armera contre la France. Refuserez-vous encore de
me tendre la vôtre ?

DOMINIQUE.

Restons aux termes où nous sommes , don Pedro,
et n'exagérons rien. Vous ferez bien de ne plus porter
les armes contre mon pays , sinon vous seriez le plus

vil des hommes. A présent, par égard pour votre fille, on vous laisse la vie sauve; l'essentiel est de vous dérober aux Indiens ; quant à mes Français, je suis sûr d'eux.

LITA, à dona Mancia.

Je vous l'avais dit, madame, que les Français adorent un Dieu bon. Ce n'est pas votre faute, si le vôtre est méchant (à part). L'Espagnole n'a plus besoin de mon aide ; je me retire. Pierre me grondera, peut-être. (Elle sort).

CAZANOVE, entrant.

Mon capitaine, je vous préviens que le peuple de la Floride, accouru de toute part, hurle des menaces contre don Pedro. Ils veulent le voir mourir comme les autres prisonniers. Ils disent que vous le leur avez promis.

DONA MANCIA.

Où nous cacher, seigneur, pour échapper à ces cannibales ?

DOMINIQUE.

Rassurez-vous, madame; l'embarras est pour nous, non pour vous. — Cazanove, cette jeune dame a si bien prié, que je lui ai accordé le salut de son père. Ma parole est donnée. Guidez hors d'ici don Pedro et sa fille. Dites à mes soldats que l'honneur de leur capitaine est engagé à ce que don Pedro vive, et placez le père et la fille au milieu de ces braves compagnons. (à dona Mancia) Je réponds qu'une fois là, vous n'avez rien à craindre.

CAZANOVE.

Oh ! Dominique de Gourgues ! que les choses de ce

monde iraient mieux, si la Providence avait daigné faire
quelques hommes de votre trempe !

DOMINIQUE.

Non, monsieur. Les choses vont comme elles doivent
aller. N'imputez pas à la providence les fautes des
hommes.

DONA MANCIA, à part.

Dominique de Gourgues : c'est son nom ! Pour lui
prouver mon dévouement, mon.... adoration, s'il fallait
s'ouvrir les quatre veines, je le ferais !

CAZANOVE, à don Pedro et à sa fille.

Venez avec moi, je vous prie. — Ne viendrez-vous
pas aussi, mon capitaine ?

DOMINIOUE.

J'attends ici d'Etampes. Puis, je vous retrouverai.
(*Cazanove, don Pedro, dona Mancia sortent.*)

D'ETAMPES, entrant d'un autre côté.

Capitaine, selon votre volonté, j'ai disposé par intervalle sous les murs de l'immense forteresse, dix-huit
caques de poudre. Elles vont, dès que vous aurez dit
un mot, éventrer en crevant, ou lancer dans les airs
les derniers restes de votre conquête.

DOM NIQUE.

Que ces murailles, dressées jadis par nos frères,
souillées plus tard par des traîtres, effacent, en se bri-
sant, toute trace de notre désastre. J'élèverai de leurs
débris une colonne en mémoire du crime, et de son
châtiment. — O terre lointaine de la patrie, qui sait si
à travers l'onde, tu ne vas pas tressaillir au bruit de ta
vengeance !

SCÈNE QUATRIÈME.

Même décor qu'à la première scène du deuxième actes, c'est-à-dire, bord ombragé d'une rivière, près de son embouchure dans la mer. On voit dans l'éloignement les mats de l'escadrille Française ; sur le devant, don Pédro est adossé à un tronc d'arbre. Sa fille agenouillée, achève de lui panser une blessure au bras. Deux marins Français en sentinelle, vont et viennent au fond

DONA MANCIA.

Un peu de patience, mon père. Voilà qui va être fait. Encore quelques jours de soins, et vous serez guéri. (*elle se relève*).

DON PEDRO, d'un ton sombre.

Oui, de tous mes maux.

DONA MANCIA.

Allons ! Le revoilà tombé dans ses idées noires. Je vous dis que non, moi. O sainte Vierge ! Quel homme insuportable vous faites, avec votre tristesse obstinée ! Voyons : on raisonne un peu, avant de se laisser aller au découragement. Que pouvons-nous demander de mieux, à l'heure présente ? Vous avez votre fille, pour vous soigner et vous désennuyer. Vous ne nierez pas, que nous ne soyons tombés au pouvoir d'un ennemi généreux, loyal !

DON PEDRO.

Et c'est là ce qui fait mon tourment! C'est là ce qui me ronge plus que la douleur de ma blessure, et ce qu'il m'est impossible de subir avec résignation. Me voir aux mains d'un Français, moi, don Pedro Méhandèz, tant de fois victorieux en Europe et en Amérique ! Moi, qui commandais naguère à trois citadelles formidables !

Moi, dont les volontés étaient obéies de tout un vaste
continent! N'avoir été sauvé d'un supplice ignominieux,
que par la pitié du vainqueur ! Il y a là plus que je
n'en puis supporter. Vous seule, dona Mancia, me
rattachez à la vie. Sans vous, la mort m'affranchirait
bientôt de la honte.

DONA MANCIA.

Mais vraiment, vous m'impatientez, mon père, avec
vos sombres réflexions. Quelle honte voyez-vous à être
vaincu, après des prodiges de valeur, par un brave
capitaine, qu'à coup sûr vous n'auriez jamais supposé
aussi magnanime? à recevoir de lui des marques de
clémence et de bonté, qui lui assurent toute notre reconnaissance, tout notre respect? Jésus, mon Dieu !
que ne lui devons-nous pas? Il nous a préservés de la
fureur des sauvages. Il nous a fait conduire, sous bonne
escorte, jusqu'ici où sont ses vaisseaux. Il a daigné
me dire que j'étais une fille pieuse, et que mon amour
filial vous protégeait mieux qu'une armée. Et quand
il me parlait ainsi, je sentais, malgré son air austère,
que sa voix était émue. J'ai vu son regard s'adou-
cir. N'avez-vous pas remarqué comme moi, mon
père, qu'au milieu de son triomphe, entouré des ado-
rations de ses soldats et des Indiens, ce fier capitaine
paraît toujours grave, même triste ? Il y a là dessous
du malheur, je le devine, et cette pensée me tourmente;
que ne pouvons-nous, à lui qui nous sauve, donner en
retour quelque consolation. Il nous a comblés de tant
de bien !

DON PEDRO.

La voilà lancée. Il n'y a plus moyen de la retenir.

Oh ! quelle tête que la vôtre ! Eh ! quoi, parce que ce vainqueur de hasard, cet écumeur de mer, a daigné, pour se débarasser de vos instances, laisser vivre votre père, que dès demain peut-être, il voudra faire mourir, vous êtes là tout heureuse, le cœur débordant de reconnaissance, prête, en un mot, à déifier l'homme qui a flétri mon honneur ! Sans doute, dona Mancia, vous faites preuve ainsi d'une extrême bonté, mais non d'un extrême patriotisme. En cette circonstance, vous ne vous montrez pas ma fille, et cela me fâche beaucoup.

DONA MANCIA.

Tenez, père, brisons-là, si vous m'en croyez ; nous ne nous entendrons jamais sur ce point. Je ne disputerai pas contre vous, qui êtes malade. Mais je vous dirai que vous êtes d'une injustice.... oh ! d'une injustice... révoltante ! Croirait-on pas que je vous ai ravi l'honneur ? que j'ai fait un pacte avec les ennemis de mon pays ? Et pourquoi tout ce bruit, je vous le demande ? Parce qu'il m'est arrivé de plaindre en passant un brave gentilhomme, un noble cœur, à qui je dois le plus grand bienfait que j'aie encore reçu, la vie de mon père ! Je n'ai qu'un regret ! c'est de ne pas l'avoir remercié dignement. Mais si j'en retrouve l'occasion !...

DOO PEDRO.

Et moi, je vous le défends, entendez-vous, Mancia ! Mais conçoit-on l'entêtement de cette petite fille ! Je vous défends, senorita, d'avoir de pareils sentiments pour un Français. Songez-y.

DONA MANCIA, pleurant.

Oh ! le méchant père que j'ai ! oh ! que je suis malheureuse! moi, qui donnerais ma vie pour lui! me voir ainsi traitée, parce que j'ai raison! Allez! si notre protecteur avait une fille, elle ne serait pas tourmentée comme moi, j'en suis sûre; mais je sais qu'il n'est pas même marié, on me l'a dit.

DON PEDRO, à part.

Cet endiablé de huguenot lui a-t-il donc jeté un sort? il ne manquait plus à cet homme, pour compléter ma ruine, que de me prendre ma fille. Je ne puis néanmoins admettre qu'elle s'abaisse jusqu'à l'aimer. Oh non!

DONA MANCIA, qui s'est éloignée de son père, dit en se parlant à elle-même.

Il m'a dit : je n'ai point de fille, point de mère qui m'aiment.—Pauvre homme! c'est pour cela qu'il n'est pas heureux. S'il avait auprès de lui une femme qui eût un peu de cœur, elle chasserait de ses yeux la tristesse, et il saurait l'aimer, lui qui se fait si bien adorer de tout ce qui l'approche. Dès le premier coup d'œil qu'il a jeté sur moi, lorsque je lui embrassais les pieds, j'ai compris que je le fléchirais. D'hommes comme lui, non jamais, jamais, je n'en avais vu; mon père à beau dire; je dois de la reconnaissance pour deux : je ne veux pas être ingrate, je veux..... oh! je voudrais le servir à deux genoux. Bienheureuse Vierge, ma patronne! permettez-moi de rester encore sa prisonnière. Ne faut-il pas lui prouver que tous les Espagnols ne sont pas cruels? ne faut-il pas que je ménage à mon père ses secours? et s'il était vrai qu'il fut destiné à la damnation, comme le prétend mon père, ne faut-il pas que mes prières le sauvent?

Je ne sais, en vérité, si c'est cela qui m'inquiète ; je me sens près de pleurer, en pensant à lui (*elle pleure*).

DON PEDRO, à part.

Qu'il me tarde, bon Dieu ! qu'il me tarde de sortir de ma position humiliante ! Que résoudra de moi ce flibustier ? Tant que nous sommes dans sa serre, ma vie ne tient qu'à un fil, et ce qui est pis encore, je tremble pour l'honneur de ma fille ; l'exaltation de cette enfant m'épouvante. Je m'épuiserais en vain à lui faire entendre raison. Si je meurs, hélas, que deviendra-t-elle ?

PONS, arrivant, fait un salut militaire à dona Mancia et lui dit :

Faites pas attention, ma belle dame ; c'est pour avoir celui de vous dire.....

DON PEDRO, s'avançant.

Que voulez-vous à ma fille ?

PONS.

Tiens ! a-t-il donc peur qu'on la lui mange sa fille ? (*à part*), est-il couenne, le vieux cormoran ! j'veux pas m'interloquer avec lui ; mais, jarnidieu !.....

DONA MANCIA.

Ne vous alarmez pas pour rien, père ; vous voyez que ce brave matelot se montre fort poli.

PONS.

Merci bien, jolie dame ; y a plaisir à vous parler, à vous, quoique vous ne soyez pas de première force sur le français, soit dit sans vous vexer ; j'suis pas matelot, moi ; j'suis maître Pons, premier contre-maître sur la flotte de M. le baron de Gourgues. J'viens vous faire assavoir qu'il y a pour vous et pour votre père, une belle cabine préparée sur le vaisseau du

capitaine, et j'vous engage vivement et sans façon à
y aller faire un tour.

DON PEDRO.

Tu vois, ma fille, tu vois si j'avais raison. Voici les
vexations qui commencent; voici la captivité qui se
fait sentir; on nous relègue, on nous emprisonne sur
les vaisseaux.

PONS.

Qu'est-ce qu'y dit donc votre cher papa? On vous
engage à vous nicher à bord, parce que la bande entière de vos amis les sauvages va être ici dans la minute;
et pour peu que ça vous soye agréable, vous pouvez déjà
l'entendre beugler, ainsi que la trompette du père
Laroquette; si vous ne craignez pas de vous trouver
en présence de ces bons hommes-là, soit, demeurez.
Je ne m'y oppose pas. C'est pas moi qui serai mis
en marmelade. Moi, j'ai rempli l'ordre de mon capitaine; je vous ai prévenus; voilà.

DON PEDRO.

L'avis est bon, et je vous en sais gré (à *dona Mancia*). Ce n'est pas pour moi que je crains, ma fille :
c'est pour vous; venez vous abriter sur la flotte française. Vous souvenez-vous, dona Mancia, que lorsqu'elle parut en vue du fort Carlos, je la pris pour
une flotte espagnole? Ah! Dieu!

DONA MANCIA, à Pons.

Seigneur contre-maître, monsieur le capitaine vient-
il aussi?

PONS.

Possible, madame; comme il est possible que non;

ça vous est inférieur, je suppose? Sur ce, en avant deux, et marquez le pas.

DONA MANCIA, à part.

Je crois que du navire je pourrai l'apercevoir. (*Tous les trois sortent. Carran, Brière, Gassié et les marins français qui gardaient la flotte, viennent se ranger, l'arme au bras, sur la scène. Sariova, Pierre, Lita, entrent avec les Floridiens et Floridiennes, qui portent des fruits, des fleurs et des rameaux de lauriers*).

PIERRE, courant à Brière, Carran et Gassié.

Bonjour, messieurs les patrons! Comment vous portez-vous? Comment vont tous ces chers matelots? Donnez-moi la main, et que Dieu vous conserve.

BRIÈRE.

Et sacrédié, mon jeune monsieur, je suis enchanté de vous revoir. Vous êtes bien honnête. Nous allons tous ici à fil d'eau; seulement un peu vexés de n'avoir pas été de la danse. Je me suis laissé dire que vous, en particulier, jeune homme, vous vous en étiez donné comme un bossu.

PIERRE.

J'ai tâché de faire comme les autres. — A ce qu'il me semble, le capitaine n'est pas encore arrivé. Il a mandé aux Floridiens d'avoir à se rendre auprès de sa flotte, disant qu'il allait lui-même y venir, et qu'il désirait les trouver là.

CARRAN.

Nous l'attendons d'un moment à l'autre, à preuve que voilà nos équipages sous les armes, prêts à rece-

voir leur maître. Même que le vent nous apporte
ce côté les flon-flon du papa Laroquette.

PIERRE, à Sariova et à Lita.

Le capitaine s'avance. — Viens à sa rencontre ave
moi, Lita. Il me tarde d'entendre de nouveau sa voi
amie (*tous deux sortent*).

SARIOVA, qui s'est assis sur un tronc d'arbre.

Va, ma fille, vers notre glorieux soutien. Si me
membres n'étaient pas énervés par la fatigue, j'irai
moi-même au devant de lui (*aux Indiens groupés
ses côtés*). Mes enfants, il y a longtemps que le solei
n'avait donné à notre Floride un jour si beau. Grave:
dans votre mémoire tout ce qui va se passer, afin de le
redire à vos fils. Témoignez par votre allégresse, pa
vos présents, par votre obéissance, que nous nous
donnons tous, corps et âme, au sauveur de la Floride,
à Dominique de Gourgues ! (*On entend un bruit de
trompette. Le détachement français, soldats et matelots, avec Laroquette et Lantonic, et en tête, messieurs
de Cazanove et d'Etampes, entre sur la scène, au
pas militaire. Aussitôt les rangs se rompent ; les arri-
vants et les marins de la flotte se jettent dans les bras
les uns des autres, aux cris répétés de : Vive le capitaine, vive le roi, vive la France ! Dominique paraît,
suivi de Pierre, de Lita, d'Oloctar, et de Pons. Tous
les Français l'entourent et le pressent avec des acclamations et des transports de joie. Sariova s'est levé ;
les Indiens, criant aussi : Vive le capitaine, vive la
France, jonchent de palmes vertes le sol autour de lui,*)

et se proternent. Sariova vient s'agenouiller à ses pieds.

DOMINIQUE, à Sariova.

Je ne veux pas que tu restes ainsi devant moi. Ton titre de roi, ta vieillesse, ne permettent pas ces marques de déférence.

SARIOVA, toujours à genoux.

Tu m'écouteras, mon fils, avant que je me relève. Tu entendras ce qui sort de mon cœur, quand tu reviens vers nous. Maintenant, ô notre espérance! puisque les Espagnols sont morts sous tes coups, puisque j'ai revu dans mon pays, mes amis les Français, je mourrai sans regret et sans amertume. Tu te diras à l'heure de ma mort : La vie du vieux Sariova n'a été qu'un long jour d'orage ; mais le soir, grâce à mon amitié, en a été paisible et heureux. *(Il se relève et dit aux Indiens)* : Hommes et femmes, mes sujets, déposez à ses pieds vos présents. *(A Dominique.)* Vois! cette terre de Floride t'offre par nos mains les prémices de ses fruits, de ses fleurs, de ses animaux. Elle te les donne, comme à son souverain seigneur, à celui qui va régner sur elle, avec gloire et puissance. *(Les Indiens défilent devant Dominique, et posent autour de lui leurs dons. Quand ils ont passé, les Français, sur un signe du capitaine, enlèvent joyeusement les présents. Dominique parle bas à Cazanove et à d'Etampes qui sortent.)*

DOMINIQUE, au roi.

Non, Sariova ; je ne régnerai point sur cette contrée. Dieu m'a permis de replacer la Floride sous tes lois. Elle est affranchie de ses usurpateurs ; elle est

libre. Qu'elle se souvienne toujours du nom de l
France, sa libératrice. Moi, j'ai fait l'œuvre qu
j'avais à faire ; je pars.

SARIOVA.

Tu pars !

OLOCTAR.

Ne me trompai-je point?

LITA.

O malheur !

DOMINIQUE.

Il faut que je parte. Je dois obéissance à mon roi
et mon roi ne m'a point donné l'ordre de rester sur c
rivage. Je vais lui rendre compte de ce que j'ai en-
trepris pour son honneur, et pour la justice. J'ai auss
en France des amis à satisfaire. Je quitte avec pein
votre douce hospitalité. Mais tu le vois ; il faut que j
parte,

SARIOVA.

Rien ne peut-il ébranler ta résolution, ô mon fils

DOMINIQUE.

Rien ! je cède à la nécessité; mais, je le répète,
cette séparation m'est pénible.

SARIOVA, déchirant sa robe.

Ainsi notre pauvre Floride n'aura vu luire qu'ur
seul heureux jour ! et la nuit du malheur va de nouveau étendre son voile sur elle ! Toi parti, ce peuple
sera comme le jeune enfant, qui ne saurait marcher,
privé de la main de son père, ou comme les petits de
la colombe, qui sentent ramper au-dessous de leur
nid l'horrible serpent. Gémis, vieux Sariova ; le repos
que tu espérais pour les dernières heures de ta vie
ne te sera point accordé. Peut-être es-tu destiné à

périr sous les pieds d'un cheval espagnol, ou par les déchirures d'une pique espagnole. Pleurez, ô mes fidèles sujets ! pleurez votre bonheur évanoui comme un songe. Pleurez les amis qui nous abandonnent, et dont le départ couvre de deuil nos campagnes.

LITA.

Et moi, Pierre, que vais-je devenir ? O mon père ! O doux soleil de ma terre natale !

OLOCTAR, venant se mettre en face de Dominique.

Pourquoi mon père, veut-il délaisser sa Floride qui l'aime tant ? Crains-tu de ne pas trouver assez de maïs dans ses plaines, assez d'oiseaux dans ses forêts, assez de poissons dans ses fleuves et dans sa mer ? Demeure, ô maître vénéré, demeure avec tes enfants; et je te promets de conquérir pour toi, pour tes soldats, toutes les pierres du soleil, cachées sous les montagnes lointaines. Nous ne sommes point une race oublieuse. Tant que l'âme d'Oloctar donnera le mouvement à ses membres et la mémoire à son cœur, Oloctar aimera les Français et leur capitaine ; Oloctar te dévouera sa vie entière, à toi qui sais commander aux hommes.

DOMINIQUE.

Peut-être me sera-t-il donné de me retrouver un jour au milieu de vous. Peut-être mon roi voudra-t-il que je revienne vers ses enfants d'Amérique, et que je leur apporte les présents de la France, des hâches de fer, des couteaux pour les hommes de guerre, des anneaux, de transparents bracelets pour les jeunes filles. J'aime votre terre, mes amis. Si Dieu a décidé que nous devions nous revoir, je ramènerai avec moi

mes valeureux compagnons, que vous connaissez tous ;
je bâtirai sur votre sol une ville Française, et ma vie,
usée au service de mon Dieu et de la France, s'achè-
vera tranquille à l'ombre de vos forêts.

SARIOVA.

Que le soleil, pour te ramener plutôt parmi nous.
fasse lever un soufle rapide, qui te pousse vers ta
patrie ! que ton retour soit prompt, afin que le vieux roi
puisse te recevoir encore sur son rivage, et te dire:
je meurs content, je te revois.

PIERRE, à Dominique.

Monsieur le capitaine, y aura-t-il dans un coin de
vos vaisseaux une petite place pour votre fils Pierre?

DOMINIQUE.

Oui, à moins que Pierre ne préfère demeurer dans
sa seconde patrie.

LITA, à part.

Mon sort va se décider.

PIERRE.

Je serais heureux de sentir encore sous mes pieds le
sol de la France, de respirer l'air pur de ses rivages.
Mais ce que je souhaite avant tout, Dieu m'en est témoin, c'est de ne jamais vous quitter, vous qui m'avez
permis de vous appeler mon père. Où irais-je maintenant, s'il fallait me séparer de vous ? N'est-ce pas,
monsieur, que vous garderez toujours Pierre ?

DOMINIQUE.

Tant que tu te plairas auprès de moi, Pierre, sois
certain que nous ne nous séparerons point. Nous avons
de l'amitié l'un pour l'autre; et d'ailleurs, toi et moi
nous sommes sans famille.

PIERRE.

J'aime aussi Lita, mon père; ne m'accorderez-vous point de la prendre pour ma femme, et de l'emmener dans ma patrie? Une sainte promesse nous lie, et surtout notre amour.

DOMINIQUE.

Tu es jeune encore pour un pareil engagement. Si tu le contractes, souviens-toi, mon fils, que le jour ou tu y manquerais, tu perdrais non pas seulement mon amitié, mais aussi mon estime. Recueille-toi et prononce.

PIERRE.

Je me soumets à être chassé, à être méprisé de vous, mon père, si jamais par ma faute, Lita se repentait de m'avoir suivi.

DOMINIQUE.

Le malheur a muri ta raison avant l'âge ; mais je crois à ton cœur, plus encore qu'à ta raison. Si le vieux roi te donne sa fille, je consens à l'adopter pour mienne, et à la conduire en France. Là, elle t'appartiendra par le lien sacré du mariage.

CAZANOVE, rentrant, à Dominique.

Capitaine, le vent du nord se lève ; la mer frissonne doucement et semble dans son murmure ami, nous jeter le nom chéri de la France. Venez promener l'œil du maître sur les préparatifs du départ. Nos petits vaisseaux, pleins d'ardeur, vous appellent.

DOMINIQUE.

J'y viens (à ses soldats). Dites adieu à nos alliés et à nos hôtes. Je vous donnerai moi-même ici le signal de partir, (Il sort).

PIERRE, à Sariova.

Toi, pour qui j'ai été si longtemps un fils, toi qui m'as arraché à la mort, je vais te dire adieu pour de longs jours, peut-être pour toute la vie. Je dois suivre le capitaine qui a été un père pour moi, lui aussi, et qui est l'arbitre de mon destin ; mais si tu le voulais, ô roi, j'emporterais d'ici un gage de tendresse, un vivant souvenir de tes bienfaits et de ton amitié.

SARIOVA.

Quel gage d'amitié demandes-tu, mon fils ?

PIERRE.

Roi, c'est ta fille que je demande.

SARIOVA.

Ah ! Dieu !

PIERRE.

Elle sera ma femme ; le capitaine y a consenti. Il nous adopte, Lita et moi, pour ses enfants.

SARIOVA, après un silence.

Si ma fille ne refuse pas de t'accompagner, si elle se résout à délaisser son vieux père, ses parents, le peuple de sa race, le doux sol qui la vit naître, le brillant soleil de notre Floride, je ne tenterai pas de la retenir parmi nous. Que me servirait de garder un corps dont l'âme serait absente ? Qu'elle reste ou qu'elle parte ; sa destinée lui appartient. Les larmes de son père ne la détourneront point de sa résolution. La douleur ne montera pas de mon cœur jusqu'à mes yeux. Je suis homme, et je suis roi.

PIERRE.

Gardes-tu le silence, Lita ? ne révéleras-tu point ta pensée ?

LITA.

Si mon père m'ordonne de te suivre, j'obéirai.

SARIOVA.

Que ton sort s'accomplisse! va vivre loin de nous, par delà les noirs abîmes de l'Océan. Hélas, là-bas comme ici, le malheur ne perd pas ses droits sur l'homme, et il corrompt partout de son amertume l'air qui nous environne. O Lita que j'ai tant aimée, tu ne m'appelleras plus ton père; un autre te nommera du saint nom de fille; sois toujours pour lui une fille soumise et fidèle. Adieu! Tu ne verras pas de tes yeux la place où l'on couchera mes restes. Ta dépouille mortelle ne reposera pas auprès de celle de ta mère. Nous ne te retrouverons plus, ni dans le monde des vivants, ni dans le séjour des morts. La mer incommensurable passera tout entière entre nos tombes et la tienne.

LITA.

Adieu donc, tiède vallée de la Floride, où mes yeux se sont ouverts pour la première fois à la clarté du jour! Adieu, terre aimée du soleil, où dans les pleurs et dans la joie, s'est écoulée sans bruit mon enfance. Adieu, vertes plaines de maïs que j'ai vu semer et que je ne verrai pas jaunir. Adieu, flots caressants de ma rivière, qui ne me bercerez plus dans vos plis. Adieu mes compagnes chéries, mes sœurs. Lita ne mènera plus vos danses rieuses à travers les sentiers de la forêt. Lita ne vous dira plus les chansons de la patrie, qui charmaient vos oreilles et vous consolaient de vos peines; loin de vous je ne chanterai plus.

Adieu, mes frères, et toi généreux Oloctar; la destinée entraîne Lita sous des cieux inconnus; mais au
moment de vous fuir pour toujours, il me semble que
mon cœur va se fendre en deux. Toi, mon père, envers qui je suis ingrate! toi, dont j'abandonne la
triste vieillesse, ne prononce pas sur ta fille les paroles
sévères qu'elle mérite, afin que notre Dieu qu'elle
offense, ne la punisse pas. Pardonne-lui sa fuite, afin
que, dans le cœur de Lita, le poids du remords ne
s'ajoute pas au poids de la douleur. Adieu, cheveux
blancs de mon père! mon sort désormais est d'être
malheureuse toute la vie.

SARIOVA.

Oh! Lita, charme des yeux et du cœur, tu n'entendras sortir de la bouche du vieux chef aucun mot
de reproche. Je ne suis plus ton père; je ne suis plus
pour toi qu'un ami, moins qu'un ami, un vieillard
qui se réjouissait jadis à voir tes jours enfantins. Bientôt peut-être le souvenir de ce vieillard s'effacera par
degré de ta pensée, comme s'effaceront à tes yeux,
dans l'horizon de la mer, les plages solitaires de ton
ancienne patrie. Adieu! sois digne de ton père, le
bon capitaine! et que la France, ta mère adoptive,
n'ait pas à mépriser un jour l'humble fille de la savane.
Et toi, Pierre, toi qui m'arraches la plus chère part
de mon cœur, ton nom restera toujours dans ma mémoire, comme celui d'un ami. Toujours je me féli-
citerai d'avoir préservé ta vie, d'avoir pu te rendre
à tes frères, car toute séparation est cruelle.

PIERRE.

Nous reviendrons vers toi, mon père! Ton fils et ta

fille te reviendront; le capitaine l'a dit. Et je ne te quitterai plus ; et alors comme autrefois, tu appuyeras sur mon épaule ta main que l'âge fait trembler, et je guiderai encore ta marche sous les voûtes des forêts. Nous ne nous séparons pas de toi pour bien longtemps; j'en emporte l'espérance.

OLOCTAR.

Oui ! tendez de la Floride à la France le lien de l'espoir. Ce lien, trop tendu, va se rompre entre vos mains. Quel souffle funeste pousse la jeune Floridienne à déserter la terre qui l'a nourrie, pour aller flétrir son cœur et sa beauté dans l'air orageux de l'Europe ? C'est le souffle du malheur. Mais le malheur ne sera pas pour elle seule. Ainsi, amis ou ennemis, les enfants de l'Europe n'auront jamais apporté sur ce bord que l'infortune. *(On entend un coup de canon. Il se fait un grand silence. Dominique rentre, suivi de ses officiers, et de presque tout le reste de sa troupe, en grand uniforme).*

OLOCTAR, à Dominique.

Pourquoi un de tes tonnerres a-t-il élevé la voix, notre hôte ? que veut-il nous dire ?

DOMINIQUE.

Cela veut dire, Oloctar, que le moment est proche, où vous ne nous verrez plus. Nous voici tous réunis pour la dernière fois. Avant de sortir de cet heureux pays, aimé de la France, nous voulons le saluer par une prière à notre Dieu, à ce seul Dieu véritable, qui, je l'espère, sera un jour le vôtre, mes enfants.

SARIOVA.

Soyons attentifs à la prière de nos amis qui s'en vont.

*(D'uncôté les Français, soldats et matelots, avec Laro-
quette, Lantonic, les quatre patrons, et les deux officiers
se mettent à genoux en demi cercle, Dominique s'age-
nouille au centre. Vis-à-vis d'eux, les Indiens plient les
genoux dans le même ordre. Sariova et Oloctar sont un
peu en avant. Vers le fond, Pierre et Lita sont age-
nouillés entre les deux troupes. On voit sur les vergues
des vaisseaux, quelques matelots qui écoutent tête nue,
et sur la dunette, dona Mancia qui s'est mise à genoux).*

DOMINIQUE.

O arbitre du monde , Père tout puissant ; c'es toi
qui nous as conduits à la victoire. C'est toi qui nous as
permis de faire un exemple honorable au nom Français.
C'est toi qui as ployé les cœurs des Indiens à s'associer
à nous. C'est toi qui as aveuglé l'esprit des Espagnols,
en sorte qu'ils n'ont jamais pu ni connaître nos forces,
ni employer les leurs. Ils étaient trois contre un, derrière d'énormes remparts, tout bardés de canons et
d'armes, et recélant en abondance de quoi soutenir et
repousser un siége; nous, pour balancer tout cela qu'a-
vions-nous ? rien, si l'on compte pour rien une confiance inébranlable en notre bon droit, et surtout en
toi, grand Dieu, Dieu vengeur et rémunérateur ! et
nous les avons vaincus en bataille rangée, et nous
avons emporté leurs trois forteresses en moins de
quatre jours ! Gloire à notre Dieu ! Donnons un pieux
souvenir aux braves qui sont morts dans la victoire.
Vingt-un de nos frères ont trouvé leur couche funèbre
dans les champs déserts de la Floride, bien loin de
leur pays regretté, où des parents les attendent peut-

être. Mais toi, ô mon Dieu, tu les as reçus dans la grande patrie, où nous les rejoindrons sans doute un jour; qui sait après combien de fatigues et d'adversités ! Veuille, Seigneur, applanir pour notre retour les vagues indociles de l'Océan ! Puissions-nous tous revoir notre chère France, et la revoir plus heureuse que nous ne l'avons laissée ! puissions-nous, portant la croix en avant, gagner le royaume des cieux, comme nous avons gagné les citadelles de l'ennemi. Amen! (*On se lève*) Soldats, matelots de la France, amis, compagnons intrépides, joignez vos voix à la mienne, pour chanter au Très-Haut le cantique des louanges.

PSAUME CXLIV.

Gloire au seul maître, au Dieu du ciel !
Mon âme louons l'Éternel.
L'Eternel est mon roc et ma haute muraille ;
L'Eternel a dressé
Mes deux mains au combat, mes pieds à la bataille ;
Son souffle m'a poussé.

—

L'Eternel est mon fort , ma robuste phalange ,
Mon bouclier, mon roi ;
Et je m'abriterai vers sa droite, qui range
Tout un peuple sous moi.

—

Eternel, qu'est-ce donc que l'homme, sur la terre ,
Pour avoir ton appui ?
Qu'est-ce donc que le Fils de l'Homme, pour te faire
Tourner les yeux vers lui ?

—

Ses jours sont ici-bas une ombre qui s'efface
Sous le soleil levant ,
Et lui-même est semblable au nuage qui passe ,
A la poudre, au néant.

—

Descends, ô Éternel! sous tes pas formidables
    Tes cieux s'abaisseront.
Descends, touche du pied les roches indomptables ;
    Les roches fumeront.

———

L'éclair est ton épée, et la foudre est ta flèche ;
    Tu chassas le danger.
Ton bras tendu d'en haut, écrasait sur la brêche
    Les fils de l'étranger.

———

Toi seul tu châtias d'une fuite honteuse
    L'étranger insolent,
Dont la droite n'était qu'une droite menteuse.
    La parole du vent.

———

Mon âme à l'Éternel, du soir jusqu'à l'aurore,
    Dira des chants nouveaux ;
C'est lui qui pour ses fils va museler encore,
    Ô mer, tes grandes eaux !

DOMINIQUE, à ses deux officiers.

L'heure est venue, messieurs, d'acheminer nos hommes vers les vaisseaux. Le vent nous invite ; il faut le saisir. (*Les deux officiers font mettre les Français en rang, et ceux-ci commencent à défiler.*) D'ETAMPES, au moment de disparaître avec le premier peloton.

Adieu, la Foride! C'était pourtant un bon et joli pays, ma foi! Bah! toute terre est commode à un soldat, pour y planter sa tente.

LAROQUETTE, près de sortir avec le second peloton.

Messieurs et dames, hommes et dames de la nature, le sentiment ne se commande pas; je me sens à cette heure, le besoin de vous.....

CAZANOVE.

Le besoin de filer, et lestement, bavard éternel !

LAROQUETTE.

V'là mon éloquence qui va me rester sur l'estomaque. (*Tous les Français sont sortis, y compris les
deux officiers. On ne voit plus dona Mancia sur le
pont. Dominique est seul d'un côté du théâtre. De
l'autre côté sont les Indiens. Oloctar est le plus près
des spectateurs. À l'autre extrémité de la troupe floridienne est Sariova tenant la main de sa fille.
Pierre est auprès de Lita*).

DOMINIQUE, regardant autour de lui.

Ici le calme, le bonheur peut-être. De l'autre côté
de l'Océan, des haines implacables ; la certitude du
malheur. Si encore, ce que je viens de semer avec
mon épée, ma patrie pouvait le recueillir un jour !
Dominique, regarde bien ce qui t'environne ; après toi,
plus onques ne seront vus les Français sur ce rivage.
(*On entend un coup de canon ; Dominique dit à Pierre
et à Lita*) : Me suivez-vous, mes enfants? Voilà la
France qui fait ses derniers adieux à la Floride. (*Pierre
et Lita se jettent dans les bras de Sariova. Oloctar embrasse, en pleurant, Dominique.*)

OLOCTAR.

Capitaine, n'oublie pas les enfants, les Indiens ! Ne
tarde pas à revenir vers nous. (*Pierre et Lita viennent prendre la main de Dominique qui, avec eux,
se dirige lentement vers la chaloupe. Lita est en proie
à un morne désespoir. Pierre la porte dans l'embarcation. Le capitaine y monte le dernier, et se tient
debout à l'arrière, contemplant les Indiens.*)

OLOCTAR, voyant Lita entrer dans la chaloupe.

Mes yeux ne la verront plus. Pierre! Pierre! Etait-ce donc pour cela, que je t'ai rendu à la vie?

DOMINIQUE.

O Floride! tu es libre, maintenant; ma France ne l'est pas. (*L'embarcation s'éloigne, aborde un des vaisseaux. Ceux qu'elle contenait, y montent, et Dominique après tous. Alors on hisse au haut des mâts le grand pavillon blanc. Le canon tonne de nouveau. Les Indiens, tendant les bras vers le capitaine, crient*) : Dominique de Gourgues! Dominique de Gourgues! Dominique de Gourgues! (*Les équipages, rangés sur les ponts, répondent*) : Vive le roi! vive le capitaine! (*Les vaisseaux français disparaissent.*)

———

ACTE QUATRIÈME

SCÈNE PREMIÈRE.

Cabinet très-modeste; meubles du xvie siécle.

LITA, seule.

Oh! que le ciel de la France est rude! que l'air de ce ciel est chargé [de tristésse! Où sont les rivages tranquilles de ma Floride? Ils sont là-bas, là-bas, où se couche le soleil. Ils dorment par delà le gouffre immense de l'Océan. A cette heure, mes jeunes compagnes, assises sur la grève, parlent peut-être de celle qui les a quittées, tandis que mon père, en silence, regarde le cercle des flots à l'horizon. O mon père! le Dieu sévère des Français ne me rendra-t-il jamais à tes saintes caresses? Ne pourrai-je une fois encore t'enlacer de mes bras et te dire : Voici ta fille! Hélas, dans cette ville turbulente de La Rochelle, au milieu de ce peuple bruyant, agité, il n'y a pas de place pour Lita. Je sens de jour en jour le chagrin m'envahir et m'étreindre le cœur. Tu me l'avais prédit! En vain je me serre sous la protection paternelle du bon capitaine. J'ai perdu la joie et le sourire! Et pourtant je suis mariée à mon ami! et il m'entoure à toute heure de tendresse et de soins. Oh! si Pierre me laissait, ne fût-ce que pour un peu de temps, que deviendrais-je? O Dieu de mon mari! Dieu du capitaine! prends pitié de Lita, fais passer dans son âme la consolation et l'apaisement. (*Dona Mancia entre, vêtue de deuil*).

DONA MANCIA, serrant la main de Lita.

Bonjour, senorita. J'ai eu grand'peine à trouver votre logis. Comment vous portez-vous? Comment va monsieur de Gourgues, depuis que je ne vous ai vue? Où est-il?

LITA.

Le capitaine est toujours le même, actif, vigilant, infatigable. Voilà un mois que nous sommes de retour d'Amérique, et voilà un mois qu'il ignore ce que c'est que le repos. Nous sommes ici chez un de ses amis, qui a mis cette maison à notre disposition. Mais vous, dona Mancia, quel motif vous ramène à La Rochelle? vous vouliez, disiez-vous, retourner dans votre Espagne ; et je vous trouvais heureuse, de pouvoir ainsi à volonté revoir votre patrie. Je suis contente que vous soyez revenue, vous qui avez foulé avec moi le sol de la Floride.

DONA MANCIA.

Je ne suis point allée en Espagne. Que ferais-je dans ce pays, où il ne me reste plus aucun parent, aucune personne qui sache encore mon nom. Six jours après que nous eûmes quitté la Floride, mon père, vous le savez, mourant sur le vaisseau du baron de Gourgues, m'a recommandée à ce noble ennemi : et vous savez aussi comment M. de Gourgues a eu égard à cette prière. Durant la traversée, qui a duré près d'un mois, j'ai été l'objet des égards, du respect de tout l'équipage, chefs et matelots. Lui-même, lorsqu'il avait à m'adresser la parole, il le faisait avec une bonté qui me pénétrait l'âme. A peine avons-nous touché la côte de France, que j'ai été libre ; il m'a ouvert le chemin de l'Espagne ; il m'a facilité les moyens d'y rentrer. Mais pourquoi désobéirais-je aux derniers ordres de mon père ? Je ne veux point abandonner en ingrate celui qui m'a si longtemps protégée. Le remords m'a prise ; j'ai rebroussé chemin de Bordeaux, et me voilà ! que voulez-vous que fasse sans guide, sans soutien, une fille noble de mon âge ? Je viens demander à mon protecteur sa direction, sa volonté ; pensez-vous qu'il me refuse ? oh ! non, n'est-ce pas ? mon devoir, maintenant, n'est-il pas de me soumettre à lui, dites, senorita ?

LITA.

Il me semble que vous avez bien agi. Le capitaine

ne refuse jamais son appui à ceux qui en ont besoin,
et qui le lui demandent. Je lui dirai que vous voulez être
sa seconde fille.

DONA MANCIA.

Sa seconde fille! moi!

LITA.

Oui, puisqu'il a promis d'être mon père. Ignorez-
vous, dona Mancia, que depuis votre départ, je suis
devenue la femme de Pierre, du fils adoptif de notre
capitaine? Le capitaine nous appelle ses enfants. Il dit
que son bonheur, désormais, sera de nous voir joyeux.

DONA MANCIA.

Mariée à celui que vous aimez, senora! vous êtes
bien heureuse!

LITA.

Heureuse? oui, je le suis (*à part*). O parfums de la
savane, que vous êtes loin de moi!

DONA MANCIA.

Il me tarde de revoir M. de Gourgues. Quel accueil
va-t-il me faire? Où est-il présentement? pouvez-vous
me le dire, senora?

LITA.

Il s'occupe avec ardeur à vendre ses vaisseaux, son
artillerie, les produits de sa conquête. Il veut s'acquitter envers ses amis, récompenser ses fidèles équipages; puis, il ira se présenter à son roi, il lui dira :
Je t'ai gagné un empire à l'extrémité du monde; permets-moi d'aller y faire vénérer ton nom. — O dona
Mancia! que Dieu soit en aide au capitaine, et Lita
reverra sa pauvre patrie. Elle la reverra avec son
Pierre, avec tous ceux qu'elle aime; alors vous pourrez m'appeler heureuse.

DONA MANCIA.

Lita, vous le prierez de me ramener en Floride. La
Floride est mon pays aussi. Je l'aime ; c'est là qu'il
m'a sauvée. Le bon Dieu vous exaucera. Il nous rendra
votre patrie, senora. Là, plus de France, plus d'Espagne, le désert, la liberté, le bonheur ! Lita, je ne vous
quitte plus. Dites-moi que vous le voulez?

LITA.

Je le veux, car vous avez des yeux de feu, d'où s'é-
chappent des rayons d'amour et de franchise. Je le
veux, car il me semble qu'en vous, j'ai rencontré une
sœur, et je m'attache à tout ce qui paraît m'aimer.
Soyez fidèle dans votre amitié. Lita vous est dévouée
pour toujours.

DONA MANCIA.

Les femmes de mon pays sont fidèles dans leurs
amours, comme dans leurs haînes. Embrassez-moi,
Lita. Vous êtes la fille chérie du plus généreux des
hommes : je serai toujours votre amie. (*Elles s'embrassent*).

LITA.

J'entends venir le capitaine. Vous pourrez lui dire
pourquoi vous êtes ici.

DONA MANCIA.

Oh ! non, pas à présent, pas moi ; faites-moi sortir,
de manière à n'être pas vue. Vous lui annoncerez mon
retour, mais pas encore, plus tard. Par où puis-je me
retirer, dites ?

LITA.

Par là. (*Dona Mancia disparaît par une porte latérale à gauche*).

LITA, un instant seule.

Pour quel motif ne pas attendre le capitaine ? Dona Mancia est bien étrange.

DOMINIQUE, entrant par le fond.

Je t'apporte une bonne nouvelle, ma fille. Voici les titres du petit fonds de terre, que Mme de Bray, la mère de ton mari, lui a laissé dans l'île anglaise de Jersey. Vous pouvez en prendre possession tout de suite. Un patron normand que je connais, et qui est en partance pour Saint-Malo, se charge de vous rendre chez vous. Je vous donnerai une lettre pour le gouverneur de l'île, un de mes anciens compagnons de mer. Rien ne vous manquera, pour mener là une vie exempte de besoins et de peines. Dès que j'aurai terminé mes affaires à La Rochelle, ce qui, je l'espère, ne tardera pas, je viendrai vous voir, mes enfants. Lita, que dis-tu de ce plan? ne te sourit-il pas ?

LITA.

Tout ce que tu as résolu est bien, mon père. Tu es assuré de mon obéissance. Mais il faut renoncer encore à vivre près de toi. Ainsi se dérobent l'un après l'autre, sous mes mains, les appuis qui me soutenaient. Que sais-je si bientôt Pierre à son tour ne me laissera pas seule, seule dans cette triste Europe.

DOMINIQUE.

Lita, ne livre pas ton cœur à l'ennui. Tant que je vivrai, vous serez ma famille. Votre toit sera le mien. Je l'ai dit. Mais ne dois je pas, si la nécessité le veut, m'éloigner parfois de vous ? ne devrais-tu pas songer que tu as mon amitié, et que Dieu est bon pour ceux qui le prient ?

LITA.

Tu le vois, mon père, j'ai sans cesse besoin d'être
relevée. Ton Dieu redoutable, qui se dévoile peu à peu
à moi, me donnera peut-être ce que me donnait mon
doux soleil, la force d'âme et la gaieté. Toi, tu pardon-
neras toujours à ta fille. Elle a encore plein le cœur de
ce bon soleil d'autrefois.

PIERRE, entrant par le fond et courant embrasser Lita.

Tu me vois très-satisfait, ma Lita. Le bruit, le mouvement du port m'enchantent. Ne trouves-tu pas cela
fort amusant ?

LITA.

Oui, puisque cela t'amuse, Pierre.

PIERRE, à Dominique.

Mon père, les gens des équipages de vos deux ramberges sont dans la cour de la maison, demandan
instamment à vous parler. Ils disent que vous projetez
une nouvelle expédition, et je crois qu'ils viennent
s'offrir à vous. Si ce projet est le vôtre, j'espère que
mon capitaine n'oubliera pas son fils Pierre. J'ai promesse de vous, que vous m'emmènerez partout où
vous irez. Je suis homme : je dois passer par où passent
le hommes de cœur.

LITA.

M'emmèneras-tu aussi dans vos expéditions, Pierre,
ou bien resterai-je sur le rivage, usant les jours et les
heures à attendre ton retour ?

PIERRE.

Oh! si nous allons en Floride, tu viendras certainement. Si nous allons ailleurs, tu ne nous attendras
pas longtemps. Le capitaine est prompt dans ses cam-
gnes.

DOMINIQUE.

Pierre, tous les hommes de cœur ne sont pas ceux qui se trouvent sur les champs de bataille. Lita, je veux que tu sois heureuse; et Dieu aidant, tu le seras. Allez, mes enfants, recommencer ensemble les travaux paisibles que je vous ai prescrits. Faites prendre patience un moment à mes matelots, j'aurai bientôt à leur parler.

LITA.

C'est moi qui vous emmène, M. Pierre; le capitaine l'a dit. (*Pierre et Lita sortent par la porte latérale*).

DOMINIQUE

Mon Dieu, tu m'as confié leur sort; tu n'as jamais trompé celui qui espère en toi.

CAZANOVE, entrant par le fond.

Capitaine, plus de doute; vos renseignements sont exacts. Une flotte espagnole de dix-neuf vaisseaux de guerre, croise avec insolence dans les eaux de La Rochelle. Il n'y a pas deux mois qu'elle est partie de Saint-Domingue, pour se rendre à Cadix; mais dans la traversée, elle a rencontré le pêcheur Biscayen, que, par votre ordre, nous avons sauvé de la tempête. Ce coquin-là, comme il était facile de le prévoir, nous en a joliment récompensés. C'est lui qui a instruit l'amiral Espagnol de notre arrivée et de ce que nous avons fait en Floride. Aussitôt cet officier s'est dirigé à toutes voiles sur nos traces; et maintenant il a disposé ses forces, de manière à surveiller le moindre canot, la moindre coquille qui entre à La Rochelle ou qui en sort. Il a juré par sa moustache de ne bouger de là, qu'il n'ait coulé bas vos deux ramberges, dès qu'elles reprendront le large. Le patron gênois, qui m'a fait connaître ces détails, les tenait d'un enseigne Espagnol de cette flotte. Bien nous a pris, capitaine, de ne pas tenir la mer plus longtemps. Nous avons failli échouer au port.

DOMINIQUE.

Il n'y a donc qu'àen sortir, je pense, pour éviter ce désagrément.

CAZANOVE.

Sortir d'où ?

DOMINIQUE.

Du port. (se penchant à la fenêtre) Holà! mes patrons! à moi tous !

CAZANOVE.

Mais que voulez-vous faire?

DOMINIQUE.

Vous allez voir. (Carran, Brière, Gassié, Lantonic, Laroquette entrent par le fond).

CARRAN.

Nous voici à votre appel, mon capitaine, moi et les autres.

DOMINIQUE.

Avez-vous tous été payés exactement ?

GASSIÉ.

Jusqu'au dernier sou.

CARRAN.

Très-exactement, mon capitaine. Vous nous avez fait bonne mesure.

DOMINIQUE.

Vous avez aussi reçu votre part de prise et de butin?

CARRAN.

Comme vous dites ; nous ne nous plaignons pas. La question serait de recommencer bientôt.

BRIÈRE.

C'est ça, nom de nom!

LAROQUETTE, à part.

D'autant que ces petits écus, ça vous a pris une chienne de danse.

DOMINIQUE.

Déjà recommencer! Vous n'êtes pas dégoûtés, mes drôles.

CARRAN.

Mais pas trop, capitaine.

BRIÈRE.

Puis, écoutez donc, mon capitaine. Nous ne sommes que du pauvre monde; mais on tient à la gloire, tout de même.

DOMINIQUE.

Je ne dis pas non.

BRIÈRE.

Et quand on se souvient de notre entrée dans le port de La Rochelle, où nous avions été annoncés par un baleinier, ah! nom de nom! c'était là une journée, que je vivrais cent ans, que çà ne me sortirait pas de la boule une minute.

CARRAN.

Sacrebleu! quand nos deux pauvres ramberges, écloppées du voyage, traversaient fièrement le port, avec leur grand pavillon au bout du mât; que tous les autres vaisseaux s'étaient rangés de chaque côté sur deux lignes, leurs drapeaux au vent, leurs équipages sur les vergues, pour nous saluer par des acclamations, et par des roulements de canon.

LANTONIC.

Et nous étions là, nous, les preneurs de Foride,

tous sur le pont, ficelés dans nos plus beaux habits, et plus raides que si nous avions avalé des cannes. Oh ! c'est que le matelot gascon, voyez-vous, ça vous a une petite amour-propre....

LAROQUETTE.

Et les soldats, donc ! je me disais : Ah ! gueux de Laroquette ! toi et ton capitaine, vous avez crânement vengé votre pays. Pour lors c'est en ton honneur, que tous ces forts te crachent de la fumée, que tous ces bons enfants, sur le rivage, jettent leurs bonnets en l'air, par manière d'enthousiasme. Faut les remercier gentiment de cet aimable accueil, en leur jouant z'un petit air de trompette, et aussi en acceptant qu'on te paye à boire.

CARRAN.

Et dire que tout ça s'est fait sans ordre de l'autorité, rien que par honnêteté pour nos personnes !

DOMINIQUE.

Seulement, mes amis, nous aurions mieux joui encore du triomphe, sans la perte de notre pauvre patache, l'*Alouette*, que nous vîmes s'abîmer sous les flots, presqu'en vue des côtes de France ; et nous n'avons pu sauver un seul de ses huit matelots, ni leur chef, notre brave Pons, le vétéran de nos contre-maîtres.

CAZANOVE.

On ne fait pas d'omelette sans œufs cassés. Autant nous en pend à l'oreille.

DOMINIQUE.

A présent, dites-moi, mes bons, ce que vous êtes venus faire chez moi ?

GASSIÉ.

C'est pas malin à deviner, et je m'en vas vous inculquer la chose. Nous étions venus, histoire de vous
parler.

DOMINIQUE.

Qui vous en empêche ?

GASSIÉ.

Aussi ferai-je, parce qu'avec vous, mon capitaine,
on se ficherait de toutes les flottes espagnoles de
l'Amérique, comme de Colin-Tampon.

DOMINIQUE.

Si c'est pour me conter ces douceurs que vous avez
pris la peine de passer, en vérité vous êtes bien bons.

CARRAN.

Faut pas tant tourner autour du pot; n'y a qu'un
mot qui serve. Voulez-vous, oui ou non, de vos soi-
gnés matelots, pour la course que vous manigancez,
ce nous dit-on ?

LAROQUETTE.

Et de vos soldats, aussi ! nom d'une pipe !

DOMINIQUE.

Qui vous a dit que je manigançais quelque chose ?

BRIÈRE.

Pardine, mon capitaine, ça se dit comme ça dans
la société.

DOMINIQUE.

Et si cela était vrai, et que je voulusse vous taire
encore le but de l'entreprise, me suivriez-vous ?

CARRAN.

Tiens ! cette question ! Nous vous avons-t'y jamais
demandé ce que vous vouliez faire de nous ?

BRIÈRE.

C'est pas la mer à boire, ce qu'on vous demande. Vous n'avez qu'à nous dire : marchez — nous marchons.

LAROQUETTE.

Nous vous déclarons que vous jouissez de toute notre confiance.

DOMINIQUE.

Ta confiance m'honore, Laroquette. Je m'efforcerai d'en être digne.—Ça donc, combien êtes-vous là-bas de matelots?

CARRAN.

Soixante-deux, mon capitaine ; plus vos trois patrons ici présents.

DOMINIQUE.

Combien de soldats?

LAROQUETTE.

Mon capitaine, il y en a quatre-vingt, et des fameux. Sans compter votre petit Jeannot Laroquette, de Péri......

DOMINIQUE.

Total, cent quarante-six hommes, plus monsieur de Cazanove que voilà, monsieur d'Etampes, sur qui l'on peut compter ; enfin, moi, et mon vieux Lantonic ; ce qui fait, si je ne me trompe, cent cinquante lapins, qui nous entendrons à demi-mot.

CARRAN.

Ah! pardieu, capitaine, v'là du français que nous comprenons. Continuez, pour voir ; vous nous faites plaisir.

DOMINIQUE.

Nos deux braves petites ramberges sont très-bien

radoubées et prêtes à se remettre en danse. Je prends quatre-vingt-quatre hommes sur *la Caroline*, avec douze canons. Monsieur de Cazanove en prend soixante-quatre et huit canons, sur *la Bordelaise*.

GASSIÉ.

Crédié ! y aura de quoi se lécher les doigts de la sauce.

DOMINIQUE.

Or, voici le point. Presque en face de La Rochelle, il se trouve, en ce moment, dix-huit grosses pataches, et une belle ramberge, venues en droite ligne d'Amérique, et qui, je crois, nous font l'honneur de nous attendre. Ces dix-neuf bâtiments, portant ensemble environ quarante canons, ont appris, à ce qu'il paraît, notre arrivée de Floride, et ils se sont dérangés de leur route, tout exprès pour nous adresser, par la voix du canon, quelques mots de remerciements sur ce que nous avons machiné là-bas. Vous m'entendez, mes agneaux ?

LANTONIC.

Ah ! cadédiou ! capitaine, ce sont des Espagnols.

DOMINIQUE.

Que dit cet imbécile ? Est-ce qu'on le sait, si ce sont des Espagnols ? Quant à moi, je l'ignore, et ne veux pas le savoir. Ce que je sais, ce qui me suffit, c'est que ce sont des ennemis qui me cherchent ; et jusqu'à présent, je n'ai jamais refusé de répondre à qui a voulu me parler. J'ai compté sur vous pour çà ; et comme je désire que ma réponse les satisfasse, je double votre paie à tous. — Hem ? Qu'est-ce à dire ?

Quoi! pas le mot? Votre feu s'est donc éteint comme
une allumette ?

CAZANOVE, bas à Dominique.

Vous leur proposez là des choses, ma foi, qui mé-
ritent réflexion.

DOMINIQUE, de même.

J'en demeure d'accord. (*Les patrons, Lantonic et
Laroquette se sont consultés; après quoi Carran s'approche du capitaine, en faisant tourner entre ses mains
son chapeau de matelot, et lui dit*) :

Faut pas nous dire deux fois la chose, mon capitaine;
quant à ce qui est de la bataille, ça nous chausse!
mais..... mais..... on a parfois comme ça des idées.

DOMINIQUE.

Peut-on savoir ces idées?

CARRAN.

Y a z'un ordre du roi, qui commande, dit y, de se
chamailler avec tout le monde, excepté avec les Espagnols; et le roi ne badine pas.

BRIÈRE.

En Floride, c'était différent. Si nous avons tapé sur
l'Espagnol, c'est sans le faire exprès.

LAROQUETTE.

Tant pis pour eux; y a pas de notre faute.

DOMINIQUE.

Tu as dit le mot, toi, Brière. Si quelqu'un se met en
travers de notre chemin, et si nous tapons dessus, avant
de lui demander son nom, ce sera comme en Floride,
sans le faire exprès, surtout sans mauvaise intention ;
c'est simple comme bonjour. Je sais que M. de Montluc le gouverneur de la Guienne, est actuellement à

Paris. C'est donc à Paris que je dois aller, pour rendre compte de mon expédition ; il faut que je raconte au plutôt à Sa Majessté comment nous lui avons regagné sa Floride. Eh bien! au lieu de prendre la route de terre, je profite de mes deux vaisseaux, pour passer par le Hâvre. En chemin, je ne dis du mal à personne ; je n'attaque personne ; mais si l'on m'attaque, parbleu! je me défends. Le roi ne nous fera pas un procès pour nous être défendus, je suppose.

GASSIÉ.

Ah! ah! ah! il a toujours, toujours raison, le capitaine. Nous allons insinuer aux camarades, que la partie est manchée. Y a pas à dire, crédié! entre vous et nous, c'est à la vie, à la mort.

CARRAN, bas à Brière.

N'oublions pas, compère, que la susdite flotte arrive directement d'Amérique.

BRIÈRE, de même.

A destination de nos poches. — Assez causé.

LAROQUETTE, à Lantonic.

Te l'avais-je t'y pas dit encore, que nous en repincerions (*Carran, Brière, Gassié, Lantonic, Laroquette sortent*).

CAZANOVE.

Monsieur le capitaine, me permettrez-vous une observation?

DOMINIQUE.

Vous m'obligerez.

CAZANOVE.

Mieux qu'un autre, je connais votre valeur, votre haute habileté, soit dit sans compliment ; mais entre

17

nous, que comptez-vous faire, avec vos deux criquets
de navires contre ces dix-neuf bâtiments ?

DOMINIQUE.

Pouvez-vous le demander? Je compte les battre.

CAZANOVE.

Cet espoir n'est-il pas téméraire? Croyez-moi, monsieur, il n'est pas bon de tenter deux fois de suite la
fortune ! J'abuse sans doute de la permission accordée.
Mais à un homme comme vous, on doit dire tout ce
qu'on pense. Nous avons eu la chance heureuse, à
mon avis, en ne nous trouvant pas sur le passage d'une
flotte aussi nombreuse.

DOMINIQUE.

Vous appelez cela une heureuse chance. Nous ne
donnons pas aux choses les mêmes noms. Si nous étions
tombés au milieu de ces gens-là, leur affaire serait
fai teà cette heure. Vous, avec la *Bordelaise*, vous
auriez amusé leur grand vaisseau, tandis que j'aurais
balayé toutes leurs pataches. Ensuite, à nous deux,
nous aurions bien eu raison, ce me semble, du vaisseau
amiral. La partie, mon cher Cazanove, est donc moins
inégale que vous ne l'avez cru d'abord. Elle est de celles
qui, avec un peu d'attention, ne se manquent jamais;
j'espère que vous en conviendrez bientôt.

CAZANOVE.

Ma foi, monsieur, je conviens que j'ai grand tort
de ne pas me fier à vous aveuglément. J'aurais certes
mieux fait de me taire. Je suis là vis-à-vis de vous, à
faire l'habile homme, comme si vous aviez quelque
chose à apprendre d'un cadet tel que moi. Coupez,

taillez, brisez, et ne prenez plus la peine de me répondre. Vous userez de moi, comme d'une machine. Je tiens seulement à prouver que la machine est de bon bois.

DOMINIQUE.

La preuve est faite depuis longtemps.

CAZANOVE.

Alors, mon capitaine, je n'ai décidément rien à vous apprendre. (*Jacques entre s'appuyant péniblement sur un bâton*).

JACQUES.

Ah! le voilà, Dieu merci! — Mon cher maître, c'est votre vieux Jacques.

DOMINIQUE.

Jacques! c'est toi, mon pauvre ami! (*Ils s'embrassent avec effusion*) Ta visite me fait du bien. Assieds-toi là près de moi, mon bon Jacques. Je le veux. (*Ils s'asseyent tous deux, Cazanove sort*).

JACQUES.

J'étais bien sûr que vous m'aimiez toujours. — Oh! qu'il est maigri! oh! que le soleil de l'autre monde lui a brûlé le visage! Oh! mon bon seigneur! que n'avez-vous écouté l'humble serviteur qui voulait mourir tranquillement près de vous; nous étions si bien, hélas! dans notre château! ah! l'heureux temps que c'était alors! et il est passé, passé pour ne plus revenir. Oh! maudite Amérique!

DOMINIQUE.

Est-ce que tes affaires vont mal, mon vieux camarade? Aurais-tu été éprouvé par quelque malheur, quelque maladie? Es-tu mécontent du produit de ta ferme? Je veux que tu ne me caches rien.

JACQUES.

Plût au ciel avoir souffert mille avanies, m'être vu ravir tout ce que vous m'avez donné, et n'avoir pas à m'acquitter du triste message que je vous apporte.

DOMINIQUE.

Pourquoi te troubler ainsi ; dis-moi ton message.

JACQUES.

Ah ! monseigneur, ce que je redoutais est arrivé. Vos amis les hérétiques vous ont fait donner dans la souricière ; et maintenant, du diable s'ils vous en tireront. Ah ! malheur ! Un honnête gentilhomme comme vous, le roi des hommes ! Oh ! pour certain, ce coup me tuera ; je ne m'en releverai pas. Je m'étais trop habitué à vous aimer.

DOMINIQUE.

Cher bonhomme, dis-moi ton message.

JACQUES.

Hélas ! les mauvaises nouvelles se savent toujours trop tôt. Je ne voudrais pas vous causer un saisissement pénible. Cependant il faut bien que vous sachiez... Pardonnez-moi, monseigneur ! les pleurs me coupent la parole.

DOMINIQUE.

Je me souviens que le vin te déliait parfois la langue. Avale ceci, tiens.

JACQUES. buvant lentement et s'interrompant pour pleurer et pour parler.

Je bois à votre santé, monseigneur, et à votre conversion. C'est là le plus important. Et je vais tout vous apprendre. — Allons, faites-vous du courage. Vous en aurez bon besoin.

DOMINIQUE, à part.

Ce vieillard radote assurément.

JACQUES.

Vous saurez, monseigneur, que vendredi dernier, observez, je vous prie, que les événements fâcheux arrivent presque toujours le vendredi. — Donc, ce jour là, sur les cinq heures du matin, — non, pour dire la vérité, il pouvait bien être cinq heures et demie, près de six. — Comme je me préparais dans ma chambre, à faire mes oraisons matinales, la porte de mon logis s'ouvre si brusquement, que j'en ai tressailli. Je vois entrer votre ami d'autrefois, M. le président de Marigny, qui malgré son grand âge, — il a trois bonnes années de plus que moi, — marchait avec une rapidité incroyable. Il paraissait très-contrarié, non, plutôt très-désolé. Il se laisse tomber dans mon grand fauteuil, vous savez, celui qui était près de votre lit, au château. — Moi, je le regardais, sans rien dire. Alors, lui me dit : Jacques, je suis arrivé de Paris il y a une heure ; ton maître est à La Rochelle. Và, sans perdre une minute, prends ta meilleure monture, et apporte à mon cher Dominique, la lettre que voici. — Ce disant, vous pensez bien qu'il me tendait une lettre. Je me pris soudainement à pleurer : — Mon Dieu, monseigneur, lui dis-je, qu'est-il donc survenu à mon regretté seigneur, s'il-vous-plaît ?

DOMINIQUE.

Donne la lettre.

JACQUES, tirant avec précaution une lettre de sa poche.

J'allais vous la remettre, après vous avoir expliqué

comment elle a été déposée dans mes mains. Il est juste qu'elle vous soit rendue, puisqu'elle vous est destinée. Je vous l'apportais bien empaquetée ; car il ne faudrait pas.... et tenez—voyons—oui, c'est bien cela. (*Dominique rompt le cachet et lit ; pendant ce temps*

JACQUES *ajoute.*

Ce pauvre maître ! malgré toute sa fermeté, il va tomber dans le désespoir.

DOMINIQUE.

Jacques, voici ce que contient cette lettre. (*Il lit à haute voix*) Mon cher Dominique, je suis à bout de forces. Arrivé ce matin de la Cour, j'espérais vous voir à Bordeaux, ou à Mont-de-Marsan. La fatigue et le chagrin m'empêchent de venir vous trouver à La Rochelle, et je me décide à confier cette missive au dévouement de votre fidèle serviteur, Jacques. Elle vous apprendra le malheur qui vous frappe. — Le bruit de votre retour d'Amérique, et du succès de votre audacieuse entreprise, s'est répandu en France. La ville et la Cour en parlent. Mais dans le conseil de Sa Majesté, on est bien loin de vous donner les louanges que mérite votre héroïsme. L'influence de l'Espagne règne là sans partage, et le noble royaume de France n'est plus qu'une province du tout-puissant Philippe II. L'ambassadeur espagnol exige avec arrogance, au nom du roi son maître, que vous lui soyez livré comme traître envers l'Espagne, et comme forban. Philippe II a poussé le mépris de la France, au point de faire publier à son de trompe, dans Bordeaux et dans Paris même, un avis, — vous aurez peine à croire à tant d'insolence,

— un avis par lequel il promet une grosse somme de deniers, à qui lui livrera le capitaine de Gourgues, mort ou vivant. Notre Cour, s'humiliant sous cet affront, s'est souvenue alors que vous êtes huguenot, partisan de monsieur l'Amiral. Elle vous a désavoué ; elle condamne hautement votre victoire. Enfin l'ordre est donné de vous arrêter, et de vous juger sommairement. Rapportez-vous en à moi, Dominique. J'étais le meilleur ami de feu monsieur votre père, mon respectable collègue. Je vous regarde presque comme mon fils. Veuillez suivre mes conseils comme ceux d'un père. Il vous faut cacher ; il faut venir sur le champ me trouver, dans ma maison de campagne, que vous connaissez bien. C'est pour vous un asile sûr, où nul ne vous recherchera. Pendant que vous y serez, votre autre excellent ami, M. le receveur de Vacquieulx, joindra ses démarches aux miennes, Nous ferons agir en votre faveur des personnages influents ; et peut-être parviendrons-nous à assoupir cette fâcheuse affaire. L'essentiel est de vous dérober dès l'heure même à vos persécuteurs. Faites-le, mon fils, pour vos amis, surtout pour le plus ancien, et le plus dévoué de tous, le président de Marigny.

DOMINIQUE, après avoir lu.

Savais-tu ce que m'annonce cette lettre ?

JACQUES.

Ne vous fâchez pas, monseigneur; c'est M. de Marigny lui-même, qui a daigné m'apprendre la chose. Il sait bien que, pour ce qui vous concerne.... Ah! mon bon Dieu ! ça me fait trop de mal, quand je pense à

tout ça. Mais il ne s'agit pas de Jacques. Voici, monseigneur, ce que votre vieux domestique oserait vous
demander. Vos largesses m'ont porté bonheur. Le ciel
a béni ce que vous avez bien voulu me donner; en sorte
qu'aujourd'hui, je suis plus argenteux qu'on ne l'a
jamais été dans ma famille. J'ai pu acheter une petite
métairie, qui est comme perdue au milieu des montagnes du Béarn, mon pays natal. C'est dans ce trou
solitaire, qu'il faut vous retirer, plutôt que dans le château de M. le Président. Fiez-vous à moi, mon digne
seigneur, et que Dieu me maudisse, dans ce monde et
dans l'autre, où je suis près d'entrer, si je ne vous mets
à l'abri de tout danger. Est-il besoin de vous dire
que chez moi, vous serez toujours le maître de tout ?
et c'est justice ; tout ne me vient-il pas de vous ? Je
suis bien vieux, hélas ! je n'ai peut-être pas longtemps
à durer ici-bas, ne me refusez pas, je vous en supplie,
par votre Dieu, par ce Dieu que vous aimez tant.

DOMINIQUE, lui serrant la main.

Si j'acceptais un asile, ce serait le tien, mon fidèle
ami ; mais je ne veux compromettre aucun de ceux qui
m'ont gardé leur amitié. La France me rejette comme
un fils indigne d'elle. Dans une heure j'aurai quitté la
France.

JACQUES.

Et se dire que voilà la récompense de trente ans de
services glorieux ! N'y a-t-il pas là de quoi dégoûter
les honnêtes gens de servir le roi ? Oh ! si vous m'aviez
cru ! souvenez-vous.....

DOMINIQUE.

Tu avais peut-être raison. Mais console-toi, Jacques ;

ce serait à recommencer, que je ferais justement les mêmes choses. Reste près de moi, jusqu'au moment du départ. J'aurai besoin de ton aide, et j'en userai. C'est, je pense, la meilleure manière de te remercier.

JACQUES.

Ah! mon maître!

DOMINIQUE, appelant.

Pierre, Lita, êtes-vous là, mes enfants?

JACQUES.

Vos enfants?

DOMINIQUE.

Oui! J'en ai deux, que Dieu m'a fait trouver dans les savanes de la Floride (*Pierre et Lita accourent*).

LITA, venant baiser la main de Dominique.

Nous voici, père. Oh! vois-tu, je t'aime bien ; car je ne sais comment cela se fait ; chaque fois que tu nous as parlé, je deviens plus heureuse. Mon mari est si bon pour moi! Mais, père, il rit toujours; défends-lui de toujours rire, à ce rebelle. Je ne sais que dire, alors.

DOMINIQUE.

Mes enfants, il vous faut apprendre à vous passer de moi. Nous allons nous séparer.

PIERRE.

Quoi! nous faites-vous déjà partir pour Jersey, mon père?

DOMINIQUE.

Vous partirez bientôt, sans doute ; mais moi je partirai avant vous.

PIERRE.

Pour une course de mer, n'est-ce pas? Vous devez être content?

DOMINIQUE.

Je vais partir pour l'exil.

PIERRE ET LITA.

Pour l'exil !

DOMINIQUE.

A moins que je ne préfère être livré au tribunal espagnol de l'inquisition.

LITA.

A un tribunal espagnol ! Nous ne sommes donc pas sur les terres du roi de France ?

DOMINIQUE.

C'est le roi d'Espagne qui me réclame ; c'est le roi de France qui veut me faire arrêter.

PIERRE.

Mais pourquoi donc, mon Dieu ?

DOMINIQUE.

Parce que j'ai ruiné, moi, Français, une colonie espagnole ; parce que j'ai rendu à mon roi une province perdue ; parce que j'ai effacé l'affront imprimé sur sa couronne.

PIERRE.

Mais tout le pays se lèvera pour vous défendre. Non, non, mon père ! la France ne souffrira pas.....

DOMINIQUE.

La France ne dira rien, ne fera rien, parce qu'elle me connaît à peine. Je ne voudrais pas devoir mon salut à une révolte.

LITA.

N'est-ce pas ce vieillard qui t'a porté l'ordre du bannissement ? Qu'il soit maudit ! qu'il finisse sa vie dans l'infortune !

DOMINIQUE.

Regarde le pleurer, ma fille. Il est plus malheureux que moi.

LITA.

Nous aussi, nous pleurons. Comment vivrons-nous
sans toi, mon père?

DOMINIQUE.

Le temps me presse. Avant de vous faire mes adieux,
j'ai à vous confier divers soins. Vous êtes peut-être
les trois derniers amis que je verrai sur la terre de
France. Approchez-vous et écoutez-moi (*il va ouvrir
un bahut*). Dans ce meuble, vous trouverez, en deux
paquets, les deux sommes à rendre aux sieurs de
Marigny et de Vacquieulx. J'y ai joint les intérêts qui
sont dûs. Vous remettrez sans retard les paquets à
ces messieurs. Pierre, je te charge de la restitution.
Ensuite, le papier que voici, Jacques le fera tenir à
mon lieutenant, monsieur de Cazanove, qui voudra
bien terminer certaines affaires entamées par moi.
Jacques, prends aussi la clé de ce bahut. Toi, ma fille,
voilà un paquet qui t'est destiné, à toi et à ton mari.
Prenez-le en souvenir de moi. Vous ne l'ouvrirez
qu'après mon départ.

LITA, à genoux.

Mon père, ne repousse pas tes enfants; nous voulons
te suivre, partout, partout. (*Dominique la relève*).

PIERRE.

Vous excuserez ma hardiesse, mon père, si j'ose
à mon âge, vous suggérer un avis. Vos équipages
sont prêts: vos deux vaisseaux sont armés; montons-
y tous, et toi aussi, Lita; fuyons cette France injuste

et marâtre ; retournons dans la Floride qui nous attend, qui vous recevra comme son souverain. Là , quel roi, quel ennemi oserait nous relancer ? nous sommes les maîtres ; nous sommes heureux. Oh ! venez, venez , monsieur le capitaine ! que tardez-vous ? ne consentez-vous pas à ce que j'aille avertir les deux équipages ?

DOMINIQUE.

Non, Pierre ; le roi de France aurait le droit de nous faire poursuivre, et punir comme corsaires , déserteurs et rebelles ; et il le ferait. Il faut que je parte seul ; la fuite me sera ainsi plus facile, et je ne mettrai aucun des miens en péril ; la nuit va venir, j'en profiterai.

JACQUES.

Venez plutôt avec moi, monseigneur ; où voulez-vous aller ? par où voulez-vous passer , vous , pauvre proscrit ?

DOMINIQUE.

Sois sans crainte , mon Jacques. La terre est vaste, et j'en ai battu presque tous les chemins ; elle ne me manquera pas plus que le courage.

JACQUES.

Ainsi le baron châtelain de Gourgues, la providence du pays landais , va mener une vie errante, une vie d'aventurier ! ainsi, ô notre maître ! vous vous serez ruiné pour votre ingrat pays ; cette pensée me désespère.

DOMINIQUE.

Ruiné ! je ne le suis pas ! Un gentilhomme l'est-il, quand il lui reste une épée, et la force de s'en servir ?

LITA.

Puisque rien ne peut t'empêcher de nous abandonner, je n'ai plus d'espoir de revoir ma Floride, ni même, après ce jour-ci, de te revoir jamais. Il fallait sans doute que cela fut ainsi, et que notre vie s'achevât sous le froid et pâle soleil de la France.

DOMINIQUE.

Lita, c'est en France que le soleil de la vraie religion s'est levé sur ton âme. Laisse-toi guider à sa lumière ; il mène vers la patrie éternelle, vers la patrie de la paix, de la félicité sans fin. — Pierre, dès que tu en auras fini avec mes divers messages, tu prendras diligemment tout ce qui est à toi, et tu emmeneras ta femme à Jersey. Là, tu veilleras avec soin sur son bonheur ; tu auras égard à sa jeunesse, à ses regrets, à sa tendresse pour toi ; tu seras avec elle bon et indulgent ; tu ne te détourneras jamais d'elle, pour ne pas attirer sur ta tête la colère de Dieu. Agis désormais comme si elle n'avait que toi sur la terre, comme si tu n'avais qu'elle. Tous deux ensemble, faites valoir avec courage et patience ton héritage. Tu seras honnête homme ; sois bon laboureur. Le monde ne manquera jamais de tireurs d'arquebuse, mais bien de meneurs de charrue. Ne te livre pas à la vie d'aventures et de guerre, que mènent tant de gens dans notre époque malheureuse. Songe à la destinée que cette vie m'a faite. Surtout, mon fils, ne sers jamais contre ta religion, ni contre ton roi. Vivez en vrais chrétiens ; aimez Dieu fidèlement ; servez-le s'il le faut, jusqu'au martyre ; puisse ce grand Dieu multiplier vos jours, afin que vous vous souteniez l'un l'autre, durant une longue vie! Si vous tombez dans le malheur, souvenez-vous de votre ami le capitaine. Quelle que soit ma situation, j'espère que mon Dieu, dans sa bonté, me permettra de vous être encore utile.

PIERRE.

Notre âme a recueilli vos paroles; elles sont sacrées pour nous. Mais ne viendrez-vous jamais à Jersey pour revoir vos enfants, pour vous trouver au milieu d'eux? Ils ont tant besoin de vous, mon père!

DOMINIQUE.

Je désire vous satisfaire un jour. Mais l'avenir est dans la main de Dieu. Néanmoins, bien qu'absent, je ne vous abandonne pas. Je veillerai toujours sur vous. A présent, mes amis, le moment approche, où il faudra nous séparer. Soyez sans faiblesse, comme il sied à des gens de cœur et à des chrétiens.

JACQUES.

Monseigneur, aujourd'hui je vous dis adieu pour la dernière fois. Votre vieux Jacques ne vous reverra plus en ce monde. J'irai vous attendre là-haut.

DOMINIQUE.

Je connais que tu as l'esprit troublé, mon camarade; sans cela, me donnerais-tu rendez-vous là-haut, à moi que tu nommes hérétique?

JACQUES.

Eh, bien! que le bon Dieu m'entende! Si un homme tel que vous, hérétique ou non, allait en enfer, je vous dis que j'enverrais au diable ma part de paradis.

LITA.

Père, jusqu'au moment du départ, permets à ta fille de s'attacher à tes pas.

PIERRE.

Nous serons, du moins, les derniers qui vous embrasseront, sur le rivage de France.

DOMINIQUE.

Volontiers. Il est quelques apprêts indispensable. Je m'en remets à vous trois.

JACQUES, bas à Pierre et à Lita.

Laissons-le seul, croyez moi. Au point d'exécuter une résolution vigoureuse, il aime à se recueillir un instant. (*tous trois sortent*).

DOMINIQUE, seul.

Je veux rassasier une dernière fois mes yeux de l'aspect de mon pays. Sais-je, si, passé ce jour, il me sera donné de le contempler encore? (*Il va vers une fenêtre à droite et l'ouvre*) Ah ! ah! le vent d'ouest entre par bouffée dans la chambre. O vent de la mer! tu as beau amonceler les vagues sur la rive, je te connais ; tu ne m'effraies pas. Il y a un an, tu grondais dans le port comme aujourd'hui. Pourtant, tu ne pus arrêter celui qui allait venger ses frères. Tu n'arrêteras pas davantage l'exilé. Le ciel s'est fait menaçant et noir. Ce n'est pas la nuit encore ; c'est l'orage qui vient. Mon pays veut me faire ses adieux par la voix de l'orage. Ces maisons, ce port, cette rue agitée, ces rivages, cette campagne qui fuit là-bas, tout cela, c'est la patrie, la patrie qui me repousse, qui semble se voiler à mes regards. France, France, si ma vie est aussi inquiète que les flots de tes mers, mon âme du moins ne l'est pas !

DONA MANCIA, paraissant à la porte latérale.

Seigneur capitaine, c'est moi, dona Mancia.

DOMINIQUE.

Comment se fait-il que vous soyez-ici, senorita?

DONA MANCIA.

Quand vous m'eûtes renvoyée, jallai jusqu'à Bordeaux. Là, une invincible tristesse m'a saisie. Je me disais ; que vas-tu faire en Espagne ? Vas-tu dévorer ta jeunesse dans l'ennui de l'isolemeut, exposée aux fadeurs, aux fatuités de tous les beaux de la cour ? Ou bien, vas-tu éteindre dans les ténèbres d'un cloître, ton cœur tout plein d'espérances? Vous comprenez, seigneur : entre ces deux alternatives, il me fallait choisir ; je les ai rejetées l'une et l'autre; je suis revenue vers vous avec confiance; vous êtes mon sauveur ; vous m'avez fidèlement conseillée ; vous ne me défendrez pas de m'abriter sous votre ombre. Vous songerez que la pauvre Mancia ne connaît personne en Europe, si ce n'est vous ; qu'elle a dix-neuf ans ; qu'elle ne sait aimer que ceux qui lui font du bien, et que vous seul lui en avez fait.

DOMINIQUE.

Pour le peu que j'ai fait, votre reconnaissance est trop grande, madame; votre cœur enthousiaste s'exagère beaucoup mes services ; vous protéger était mon devoir ; quel cavalier, à ma place, n'eût fait autant? L'asile qui vous convient le mieux, c'est votre pays. Le nom de votre père et vos malheurs, vous y assureront de nombreux amis, et même la faveur du roi.

Ce que je vous ai conseillé en arrivant, je vous le conseille encore.

DONA MANCIA.

C'est apparemment que vous ne voulez pas me souffrir auprès de vous. Ce que vous permettez à Lita, la Floridienne, pourquoi le défendez-vous à dona Mancia? Est-ce parce que je suis Espagnole? mais je suis Floridienne, aussi. Vous m'avez trouvée en Floride. J'ai, par ma mère, du sang indien dans les veines, et les Indiens sont vos amis. D'ailleurs, qui est-ce qui m'a privée d'une famille? n'est-ce pas vous? n'est-il pas juste que vous me rendiez ce que vous m'avez ôté?

DOMINIQUE.

Savez-vous ce que vous implorez de moi, senorita? Savez-vous ce que j'aurais à vous offrir, s'il m'était permis de vous emmener? l'exil.

DONA MANCIA.

Je le sais, et c'est pour cela que je vous supplie d'exaucer ma prière. Quand votre patrie que vous avez glorifiée, vous abandonne, vous renie, moi l'Espagnole, moi la fille d'une race ennemie, j'ai honte de tant d'ingratitude. Je ne veux pas vous abandonner; vous partez seul, furtivement, pendant la nuit, ayant pour tout compagnon la misère, pour toute suite la trahison; et vous voudriez que dona Mancia vous laissât fuir avec ce sinistre cortége! Mais il faudrait alors qu'elle n'eut ni cœur, ni âme! il faudrait que vous lui disiez : Mancia je vous déteste, je vous méprise, je ne veux pas de vous, ni de vos soins, ni de votre reconnaissance — et vous êtes trop bon, trop juste, monseigneur, pour lui parler ainsi, à l'orpheline! Non, non, vous n'en aurez jamais le courage.

DOMINIQUE.

Dona Mancia, votre exaltation vous cache le piége où votre imprudence veut vous entraîner; mais vous sortez de noble race, et quoique élevée en Amérique, vous connaissez les mœurs, les habitudes de l'Europe. Pourquoi me demandez-vous une chose impossible? Je ne suis ni votre parent, ni même votre compatriote. Si j'acceptais votre dévouement, je ferais une action indigne d'un honnête homme. On aurait le droit de me la reprocher; on dirait que je profite de votre inexpérience, que j'abuse de votre amitié, que je vous détourne d'aller dans votre pays, comme c'est votre devoir. Ce serait une tache à mon honneur; dites-moi si j'y dois consentir. Songez enfin que vous êtes bonne catholique, et que je suis un ferme protestant, c'est-à-dire un de ceux que vous regardez comme impurs et maudits. Si j'étais assez fou pour vous retenir, votre piété se révolterait bientôt; vous commenceriez par me plaindre; vous finiriez peut-être par me haïr.

DONA MANCIA.

Moi, vous haïr! que m'importe votre religion? vous en ai-je parlé? m'avez-vous demandé quelle était la mienne, quand vous m'avez donné la vie, à moi et à mon père? du reste, je comprends que vous avez raison. Ainsi que vous l'avez dit, ma jeunesse ne m'a pas rendue étrangère aux habitudes européennes. Je vous remercie de votre franchise, et je n'insiste plus. Le capitaine Dominique de Gourgues ne peut emmener dans

sa fuite la senorita dona Mancia Méhandèz. Voici ce
que la senorita Méhandèz propose à Dominique de
Gourgues. Je ne puis être votre compagne d'exil, qu'à
la condition d'être..... votre femme. Refuserez-vous
d'accepter la main que je vous offre? vous savez si
elle est loyale. A présent me voilà; que voulez-vous? je
suis ainsi faite; lorsque mon cœur se donne, il ne se
donne pas à demi.

DOMINIQUE.

Ma fille, j'ai près de cinquante ans, et vous en avez
dix-neuf. Je suis peut-être plus âgé que ne l'était votre
père. Votre âme aimante ne voit en Dominique de
Gourgues, qu'un protecteur à consoler, un exilé à
secourir. Dans peu de temps, vous verriez en lui
le vieillard, le compagnon mal assorti, rivé pour longtemps peut-être à votre jeunesse. Vous seriez toujours
envers lui douce et bonne, je le sais; mais je sais
aussi que vous seriez malheureuse. C'est à moi d'avoir
de la prévoyance pour deux. Mon parti est pris; je
vais m'exiler seul. J'ignore encore où je m'arrêterai;
j'ignore même si je m'arrêterai en un lieu plutôt qu'en
un autre. Mais je ne veux donner mon fardeau à traî-
ner, ni à Lita, ni à personne. Je crois être assez fort
pour le porter moi-même, comme j'ai toujours fait.
Bien moins encore attacherai-je une femme à ma destinée incertaine. Vous, Senorita, sachez accepter avec
courage votre lot. Vous êtes franche et fière; écoutez
votre raison, plutôt que votre cœur. Un jour vous
reconnaîtrez que le vieux capitaine a sagement fait,
et qu'il vous a parlé comme un père.

DONA MANCIA.

Merci de vos conseils, monsieur. Je..... j'aviserai ;
je verrai ce que j'ai à faire de mon sort : cela ne regarde, n'intéresse âme qui vive au monde. Vous m'ex-
hortez à être ferme ; j'espère vous prouver que je le
suis. (*Elle sort.*)

DOMINIQUE, seul.

Malheureux enfant ! que deviendra-t-elle, perdue
au milieu du monde ! Je crains pour elle sa sincérité,
sa candeur. Mais le branle du destin m'emporte ; il
ne me permet pas même de me pencher, pour relever
sur ma route une pauvre âme affaissée. Fuyons ! qui
m'eût dit, il y a deux mois, que je sortirais de France
par la porte de l'exil !

ACTE CINQUIÈME

SCÈNE PREMIÈRE.

L'appartement de Dominique à Londres. Lantonic seul est occupé à
cadenasser une malle ; divers ballots, les uns fermés, les autres entr'ouverts, sont épars dans la chambre.

LANTONIC, chantant.

Ce chien d' métier, de marinier z'en course,
Il a mon corps, mais il n'a pas mon cœur !
Sur terr' du moins, j'ai z'en ouvrant ma bourse,
D' l'amour au choix, et d'la soigné liqueur. (*bis*).

(*Se relevant.*) Et j' peux dire qu'en voilà z'une de

ficelée, de malle! Ohé donc! qu'est-ce qui me goudron-
nera la carcasse, à l'heure d'à présent. Ah ben! si le
capitaine n'est pas content!

GASSIÉ, entre, tenant sur l'épaule un paquet attaché au bout
d'un bâton ; il a ouvert brusquement la porte, puis, il cogne
plusieurs fois du poing sur le panneau, en disant :

Qui vive! ami! Bonjour, la maison!

LANTONIC, se retournant.

Eh! dites donc! qu'est-ce que c'est que ces ma-
nières-là? Tiens, c'est y réellement vous, père Gassié?

GASSIÉ.

Présent! que même, je vous reconnais tout de
même. Tu es Lantonic.

LANTONIC.

Le domestique au capitaine, toujour'au poste. Pourquoi que tu viens gratter flatteusement notre porte?

GASSIÉ.

Dis-moi, matelot : où est-ce qu'il est le capitaine?

LANTONIC.

Qu'est-ce que tu en veux faire, du capitaine?

GASSIÉ.

J'y veux parler.

LANTONIC.

Viens-tu de loin, pour y parler?

GASSIÉ.

Oh! d'ici à côté; seulement de Bayonne; excusez!

LANTONIC.

Parle-moi z'a moi-même, en attendant. C'est tout
comme.

GASSIÉ.

Sais-tu si le capitaine remettra bientôt z'à la voile?

LANTONIC.

Est-ce que cela te regarde, l'ami?

GASSIÉ.

Dis toujours.

LANTONIC.

Quand tu m'auras dit pour quoi t'est-ce.

GASSIÉ.

C'est pas malin. V'là six ans bien comptés, depuis notre retour de Floride, que je n'ai pas navigué z'avec le capitaine. V'là six ans que ça m'embête. Alors, pas pu fier que ça ; j'ai z'appris d'un marinier anglais, que mon capitaine était z'à Londres, ousque, parfois, il faisait des petites promenades z'en mer, soit dans les Indes, soit au Brésil ou autres. Et pour lors, j'ai dit : Z'y ne refusera pas de s'promener z'en compagnie du père Gassié, vu qu'il connaît mon numéro, et qu'il sait de quoi y retourne. Et j'ai pris mes jambes à mon cou, et je mé suis piloté dans c'te grand'diable de ville de Londres, et me v'là.

LANTONIC.

Et y a-t'y longtemps, comme ça, que t'es venu à Londres ?

GASSIÉ.

Pas plus tard que de ce matin.

LANTONIC.

Bon ! t'en sera plus frais, pour t'en revenir ce soir.

GASSIÉ.

Pourquoi çà ?

LANTONIC.

Le capitaine a fini ses promenades.

GASSIÉ.

Bah ! t'es un farceur.

LANTONIC.

C'est comme j'ai celui de te le dire, vieux. Tu vois ces malles ?

GASSIÉ.

Qu'est-ce qu'elles chantent, tes malles ?

LANTONIC.

Elles chantent tout doucement l'air du retour z'au pays. Hein ?

GASSIÉ.

Au pays de quoi ?

LANTONIC.

Est-ce que t'en as deux, de pays, toi ? quant à moi, z'et au capitaine, nous ne nous payons pas de ces luxes là ; nous n'en avons qu'un !

GASSIÉ.

Tu dis donc que le capitaine s'en reviendrait z'en France ?

LNTONIC.

Un peu.

GASSIÉ.

Gare la pince ! Si le roi vient à savoir....

LANTONIC.

Pas si bête ! nous nous en retournons, parce que çà nous plaît z'à présent. Et nous nous ferons voir à qui nous voudrons, et personne n'aura le plus petit mot z'à nous dire, pas plus le roi qu'un autre. Et v'là comment nous faisons les choses.

GASSIÉ.

Tiens ! le capitaine a donc fait la paix z'avec le roi de France ?

LANTONIC.

Fallait que ça soye tôt ou tard. Le défunt roi Charles IX — que le diable ait son âme ! — avait trop long-temps boudé contre son ventre. Y paraît que le nouveau roi, son frère, sa majesté z'Henri III, a tant soit

peu plus de caboche ; et aussi, qu'il entend beaucoup
mieux l'air de la chanson des écus. Je me suis laissé
dire, moi, que le pardon du capitaine avait coûté des
sommes folles à ses amis ; ceci entre nous, au moins !
car si le capitaine le savait, Dieu préserve ! Enfin finale,
le roi a fait dire à madame Lita de Bray, tu sais ?...

GASSIÉ.

Oui, la sauvagesse ; la fille adoptive au capitaine.

LANTONIC.

C'est ça même, celle qui a du beau bien z'au soleil,
dans l'île de Jersey. Tant y a que le roi Henri III, lui
a mandé z'en propres termes : Madame, vous pouvez
dire au capitaine, que s'il veut venir en France, et ne
pas faire plus de bruit qu'une mouche, je ne m'a-
percevrai pas de lui.

GASSIÉ.

Ah ! diable !

LANTONIC.

Parbleu ! Et un de ces quatre matins, nous avons vu
arriver, toujours fraîche et gentille, notre petite madame, qui est venue faire la commission du roi z'auprès du capitaine. Y a plaisir à la voir , c'te fine créature. Ça vous a des mots, ça vous a des manières, qu'on
la regarderait aller trois jours de suite, sans boire ni
manger. Par ainsi, je te déclare que je ne plains
nullement son mari. Fallait la voir amarrer ses deux
bras autour du cou de mon capitaine, et puis elle
pleurait, et puis elle riait, et puis elle lui disait ; mon
cher papa, je veux que vous rentriez en France, et
vous y rentrerez, et ci et ça, et le reste, et moi tout de
même, avec mon mari, et aussi mon petit Dominique.

— Car faut te dire qu'il y a poussé comme ça un bambin, que c'est mon capitaine, qu'en a été le parrain; et ma foi, le capitaine, bon enfant, a dit z'à la petite mère : tu veux que nous revenions en France, ça me chausse. — Et v'lan, c'est maître Lantonic qu'a fait les malles que tu vois ; et c'est demain que nous nous embarquons pour la France.

GASSIÉ.

V'là qu'est dit. Le père Gassié s'embarque avec vous. Une fois en France, je me coudrai z'au haut de chausse du capitaine. A sa première expédition, le capitaine y dira ; faut pas laisser un vieux requin se moisir sur la grève. — Il m'emmènera, et alors ! mes amis !....

LANTONIC.

Si le vieux requin attend que mon capitaine le remette à flot, il peut faire son compte de sécher sur terre comme un hareng.

GASSIÉ.

Est-ce que tu voudrais dire, par hasard, que le père Gassié ne vaut pas son pareil sur les planches d'un vaisseau ?

LANTONIC.

Tu t'es levé trop tard, vieux, pour moissonner après nous. Depuis que le roi d'avant celui-ci, nous fit déguerpir de France, il y a six ans, nous avons trafiqué sur mer, aux quatre points cardinaux, et le capitaine ne s'est pas embêté dans les feux de file. La consigne, présentement, c'est d'acheter une bonne terre en Gascogne, et d'y faire venir des choux, z'en société de madame Lita et de mossieu Pierre et de leur nichée venue et à venir.—Je leur z'ai dit ; si vous le voulez, moi, itou. Lantonic n'est pas plus méchant que son capitaine. On flanquera encore en l'air, sa gaffe de matelot, et on se remettra à la manœuvre des bœufs au labour.

GASSIÉ.

Ça va-t-il au capitaine, cet arrangement-là ?

LANTONIC.

Qui peut savoir ? Le capitaine est toujours le même, ni gai, ni triste. On lui couperait la tête, pour la lui planter sans devant-derrière, qu'y ne clignerait seulement pas de l'œil. Faut dire pourtant que, lorsqu'on lui a fait assavoir la mort du père Jacques, son vieil intendant, ça l'a vexé, tout de même.

GASSIÉ.

Tu peux dire que, pour la minute, c'est le père Gassié qu'est vexé. Ma foi, j'en veux pas démordre ; je viens en France avec vous ; c'est toujours ça.

LANTONIC.

Ton chagrin m'a donné la soif. Viens-t'en nous rincer la bouche avec la satanée bière de ce pays de brouillards. Bientôt nous serons à la source du bon vin, z'et du bon cognac. Le capitaine ne va pas tarder à rentrer au logis. Tu y parleras. — Ah! dieu de dieu! les belles vignes de ma Gascogne ! Quand donc les reverrons-nous ? (Ils sortent).—Dominique, Lita.

LITA.

Venez-ici, père ; je veux vous entretenir d'un sujet très-important.

DOMINIQUE.

Voyons cela.

LITA, lui avançant un siége.

Asseyez-vous d'abord, là, près de votre vieille Lita. (*Elle s'assied à côté de lui*).

DOMINIQUE.

Te trouves-tu déjà vieille?

LITA.

Oh ! certainement, mon père. Le climat d'Europe fait si vite vieillir ; mais cela nous importe peu. Si je suis vieille, mon mari est toujours jeune, n'est-ce pas ; presque autant que son fils, mon beau petit Dominique, que vous m'avez promis d'élever.

DOMINIQUE.

Nous allons avoir du loisir, pour son éducation.

LITA.

Ah! selon! Voici mon propos. Vous m'avez fait connaître qu'il vous peine de rentrer en France clandestinement, comme un coupable à qui l'on accorde sa grâce.

DOMINIQUE.

J'ai consenti ; n'en parlons plus.

LITA.

C'est qu'il s'agit maintenant d'une toute autre affaire. Vous souriez ? Eh bien! oui; dussiez-vous me trouver aussi inconstante que le vent, aussi mobile que les vagues ; je change d'idée, et si je puis vous persuader de me croire, ce ne sera pas vers la France que nous dirigerons nos yeux et nos pas.

DOMINIQUE.

Les évolutions de ta pensée, ma fille, n'ont rien des lenteurs de la vieillesse: Te voilà presqu'aussi vive qu'une jeune Française.

LITA.

N'êtes-vous pas là, Père, pour me ramener à la raison? Vous allez juger de ce qu'on nous offre. Une des plus nobles dames d'Angleterre, lady Graêves, la femme d'un lord de l'amirauté, est entrée aujourd'hui chez votre fille, oui, chez Lita la Floridienne, et m'a embrassée tout d'abord. Elle venait vers moi, par l'ordre de sa grande reine, Elisabeth, qui désire garder dans ses armées le baron Dominique de Gourgues. On sait vos bontés pour Lita, et on se flatte que je vous prierai d'accepter. On a raison. Il me semble, vraiment, qu'il n'y a pas à balancer, et qu'on vous ouvre ici la porte qui mène au bonheur.

DOMINIQUE.

Je suis curieux de connaître cette porte-là.

LITA.

Attendez ; je vais vous rapporter fidèlement ce qu'on m'a dit : La reine d'Angleterre veut vous confier, avec le titre de commodore, le commandement d'une de ses flottes. A la tête de cette flotte, vous irez établir en Floride une colonie anglaise, dont vous resterez le gouverneur. La connaissance que vous avez acquise des rivages de la lointaine Amérique, votre renom de courage et d'habileté parlent bien haut en votre faveur dans l'esprit d'Elisabeth. Elle vous propose, tant est grande son estime pour vous, de fixer vous-même les conditions de votre consentement. Ai-je tort, mon père, de vous dire que le chemin qui se présente à vous, est peut-être celui du bonheur.

DOMINIQUE.

A présent tu dis *peut-être*; tu ne le disais pas tantôt. Du reste ce chemin a tant de fois paru se montrer et se cacher à mes yeux, que je n'y prends plus garde. Cette proposition te séduit, ma fille, parce qu'elle te fait voir en perspective ton pays, ta chère Floride, qui est toujours le but de tes pensées.

LITA.

Moins que vous ne le croyez; l'éclatant soleil de ma terre maternelle est presque effacé de mon souvenir. Mon esprit s'est voilé peu à peu des teintes rembrunies de votre ciel. Qu'irais-je faire au bord des grands fleuves d'Amérique, près desquels mon père, le vieux chef Sariova, est mort dans la douleur? L'aspect seul de ce pays, autrefois si heureux, m'attristerait l'âme pour toujours. L'Europe a vu naître mon mari, mon second père, mon fils. Mes regards sont maintenant habitués à ses ternes horizons. Mais, mon père, s'il vous plaisait jamais d'aller vous reposer dans nos fertiles vallons, et d'y conduire d'autres enfants de l'Europe, qui vivraient là sous votre sage autorité, Lita reprendrait sans peine avec vous, je vous l'assure, une route non encore oubliée.

DOMINIQUE.

Dieu, ma fille, t'a libéralement douée de bonté, aussi bien que de sagesse. Voici ce que tu répondras en mon nom à lady Graêves, et ma réponse n'étonnera pas la reine; car une autrefois déjà, elle a daigné m'honorer de ses offres. Or, je ne peux pas dire *non* et *oui*, pour le même objet. Tout en prisant haut l'honneur qu'on veut me faire, je refuse. Il ne m'est pas permis de favoriser l'établissement en Amérique, d'un peuple rival de la France. Un homme se doit tout entier à sa patrie, quelque soit le destin qu'elle lui réserve. Il n'a pas le droit d'en choisir, ni d'en servir une autre.

LITA.

Mon père, le sol de votre patrie est plus perfide que le cratère de nos volcans. Aujourd'hui ferme et stable, il peut demain se dérober sous vos pas, et vous précipiter dans un abîme. Avez-vous oublié comment s'amusait, il y a deux ans, un roi de France, pendant une nuit d'été? Le râle de tout un peuple qu'on égorgeait, fut entendu d'un bout de l'Europe à l'autre : le Dieu que vous m'avez enseigné, le Dieu très-saint et très-bon, ne bénira jamais une terre, sans cesse altérée du sang de ses fils.

DOMINIQUE.

Là, où abondent nos fautes, la clémence de Dieu surabonde. — La journée s'avance; allons voir si ton mari presse activement nos hommes pour le départ. Allons trouver notre petit Dominique, mon filleul chéri; demain, s'il plaît à Dieu, nous cinglerons tous ensemble vers cette France mal menée, qui fait peur, et qu'on aime pourtant toujours.

LITA.

Mon père se repentira peut-être bientôt de ses refus d'aujourd'hui.

DOMINIQUE.

On ne se repent jamais d'avoir fait son devoir.

(*A part*). Quoiqu'il advienne, Lita et sa famille vivront tranquilles à Jersey. Les désordres et les maux qui troublent incessamment mon pays, ne pourront les y atteindre. (*Il sort avec Lita*).

SCÈNE DEUXIÈME.

L'intérieur d'une cellule de nonne. Doña Mancia est seule, en habit de religieuse.

I

Ce calme monotone autour de ma retraite,
C'est celui du désert, c'est celui de la mort.
Ici, rien de vivant, tout bruit humain s'arrête.
Rien, pas même une plainte, un soupir, un accord.

Point d'oiseau dans le ciel, de grillon sur la terre ;
Point de murmure d'eau, sous le sombre bosquet ;
Point de vent qui gémisse au préau solitaire ;
L'air qu'on respire est triste, immobile et muet.

De ces cloîtres en deuil, dont la voûte m'enserre,
Un silence de mort s'exhale incessamment :
L'âme ici se condense et se transforme en pierre
Plus froide que les murs du morne monument.

La vie, en pénétrant dans l'abbaye ombreuse,
Est pareille au flambeau qu'une rapide main
Plonge tout allumé dans une eau ténébreuse,
Et dont le jet de flamme en frémissant s'éteint.

Lorsque d'un cœur vivant la flamme s'est éteinte,
L'être animé n'est plus qu'un fantôme sans cœur.
Qu'est-il besoin de vie au fond de cette enceinte ?
Murée en un cercueil la vie est toute horreur.

C'est ici le cercueil, c'est le noir vestibule
Des prisons, où la mort nous entasse à l'étroit.
L'heure vient ; lève-toi dans l'étroite cellule,
Le long des corridors, marche, fantôme froid.

Traîne-là ton linceul ; passe sous cette porte ;
Couche-toi sur ce marbre usé par les douleurs :
Que ta lèvre murmure une prière morte,
Dans ces nefs qui n'ont point d'oreille pour tes pleurs.

II

Quel chant, du sein de l'ombre, avec lenteur s'éveille ?
Il roule, il se lamente, il semble en ce lointain,
L'écho mystérieux d'angoisses sans pareille,
Que ne saurait traduire aucun langage humain.

Il emporte là haut, dans des flots d'harmonie,
L'âme du monastère, enclose loin du jour :
L'orgue a donné l'essor à sa plainte infinie ;
L'orgue seul est vivant dans cet obscur séjour.

Mon cœur gémit aussi ! Pourquoi, pourquoi te plaindre ?
N'ai-je pas, ô mon cœur, souffert assez encor ?
Ne saurais-tu mourir ? ne saurais-tu t'éteindre ?
Ne veux-tu pas enfin t'appaiser dans la mort ?

Ne pourrai-je, une fois, tandis que je respire,
Etouffer à deux mains, sous ce long voile brun,
Ton cri qui vibre encor, ton cri qui me déchire,
Et de tes battements le murmure importun ?

Non, je ne serai pas comme ces pâles ombres
Qui se courbent ici, sous le doigt du destin.
Non, tout captif qu'il est, dans ces demeures sombres,
Pour plier sous le sort, mon cœur est trop hautain.

Non, ce joug de malheur qui pèse sur ma tête,
Ce triple mur qui cache à mes yeux l'univers,
Ces adieux éternels à tout ce qu'on regrette,
Et l'ennui solitaire, et ses rêves amers,

C'est moi qui les voulus, qui m'y suis condamnée.
Meurent les longs regrets ! je ne veux plus gémir.
Si ma vie est toujours à ma croix enchaînée,
Mon âme est libre, et rien ne la peut asservir.

Elle s'enfuit au loin, comme un oiseau sauvage ;
Elle touche de l'aile un souvenir qui dort,
Et me montre là-bas, à travers un orage,
Un passé qui me brûle, et me fait vivre encor.

Fleuve de la Savane, aux ondes bondissantes,
Large fleuve épandu dans tes riants déserts,
Qui te berces au bruit des forêts frémissantes,
Oh ! que j'aimais le frais de tes bords toujours verts !

Que je te voyais beau, quand je marchais captive,
Le long de tes palmiers, et quand de fiers soldats,
Faisant luire leurs fers sur l'émail de ta rive,
Suivaient tes flots grondants qui cadençaient leurs pas.

Et quand, au milieu d'eux, un homme aux yeux austères,
Un homme, au cœur plus fort que les canons d'airain,
Maîtrisait d'un regard les groupes militaires,
Et gouvernait ton onde, en étendant la main.

A quoi bon ressaisir le fil de ma pensée ;
Raviver du vautour les sinistres clameurs :
Qui donc m'aime, ou s'enquiert si je suis délaissée,
Et, dans ce grand tombeau, si je vis ou je meurs ?

Et moi je n'aime rien, plus rien ; mon âme est morte !
Tout me blesse, et la vie, et mes liens de chair.
Le passé ! je le hais ! l'avenir, que m'importe !
Le présent seul vaut mieux, il fuit comme un éclair.

19

L'existence pour moi n'était qu'un triste rêve.
Ma jeunesse, en un cloître, a soupiré longtemps.
C'est dans un cloître encor que mon destin s'achève ;
Et telle fut ma vie, et je n'ai pas trente ans !

Et je songe, en mourant, dans ma prison profonde,
Que rien ne méritait un regard, ici-bas,
Si ce n'est lui, mon Dieu ! qui seul valait au monde,
Et cet homme a passé ! car il ne m'aimait pas.

O Dieu, toi qui créas la douleur et la joie,
Toi, qui de ma tristesse allonges les moments,
Fais-moi grâce, ô mon Dieu ! que ta pitié m'envoie,
De l'ombre et de l'oubli les doux appaisements !

Dieu des cœurs purs, envoie aussi la délivrance
Au vaillant homme, au sage, au grand cœur malheureux,
Et reprends dans ton sein les âmes en souffrance,
Pour qui tu n'as frayé qu'un chemin douloureux !

Un voile, plus pesant que celui des ténèbres,
Frissonne par moment sur les murs d'alentour.
O ! rêves de la mort ! que vos ailes funèbres,
Sont lentes à s'ouvrir, pour me cacher le jour !

SCÈNE TROISIÈME.

Un champ bordé d'arbres. Colline au fond. Par de-là, dans le lointain, les créneaux et les tours du château de Gourgues. Une charrue dételée est sur un des côtés du théâtre. Le jeune Dominique, dit Domi, âgé de treize ans, l'arquebuse en bandoulière, mis avec simplicité, mais en jeune gentilhomme, arrive étourdiment sur la scène. Il jette son arquebuse, et se laisse tomber au pied d'un arbre.

Boum ! par terre ! reposons nous ici. Je sue sang et eau. Ah ! ah ! ah ! mon cheval vient de prendre une leçon de géographie soignée. Je lui fais voir du

pays, à ce paresseux. Ah! que la Gascogne est un
agréable séjour, et comme on s'y amuse! Je l'aime
mieux que l'île de Jersey, moi. On y chippe toute la
journée des fruits, que ça finit par vous ennuyer. On
n'a pas toujours derrière soi, monsieur son père,
pour l'entendre vous répéter : Domi, c'est l'heure de
votre leçon d'histoire sainte, ou bien d'arithmétique,
ou bien de géographie ; car il y en a pour tous les goûts,
de ces chiennes de leçons. Par malheur, aucune n'est
du mien. Dans le pays de ma mère, en Floride, on se
passe fort bien de tout ce fatras de livres, et je ne crois
pas qu'on se pende pour cela. Oh ! si elle pouvait être
bientôt ici, cette mère si bonne, rien ne manquerait
à mon bonheur. — Mais où diable est mon parrain? ne
viendra-t-il pas s'asseoir, enfin ? Ah ! bien oui, s'asseoir! Cet homme-là est le plus malheureux homme
du monde, quand il est forcé de se reposer un instant.
— Tiens ! l'ai-je pas dit ? le voilà de ce côté, qui coupe
du bois avec le père Lantonie. Voyez donc ! Je parie
qu'il fait, à lui seul, deux fois plus de besogne que le
vieux. Quelle rage a-t-il de toujours travailler à la
terre, lui, le baron de Gourgues, qui sait manier l'é-
pée mieux que pas un autre gentilhomme! Et en avant!
du matin au soir, il est là qui sue, qui pioche, qui bêche,
qui bûche, tout comme pourrait faire un manant. Et
tout cela, s'il vous plaît, sans dire deux mots; car
on ne vous connaît que ces deux défauts, mon cher
parrain ; trop travailler et trop peu parler! Moi,
parler et me battre à ma fantaisie, voilà tout ce que
je demande au bon Dieu, pour tout le temps que

durera ma vie. Ah! j'oubliais l'essentiel : je veux, quand je serai grand, aller tuer le propriétaire de ce polisson de château, là-bas. Ce manoir était autrefois celui de mon parrain; je me charge de le lui rendre. En attendant, je n'aime pas à le regarder. Il semble toujours qu'il vous fait la nique. O! mon cher parrain! n'ayez souci! je ferai, quelque jour, de vous, le seigneur le plus riche et le plus puissant de la chrétienté. Allons boire à la ferme; j'ai soif. (*Don Antonio, vêtu de noir, et deux officiers de sa suite, entrent.*

DON ANTONIO, à ses officiers.

Nous sommes parvenus, il me semble, près du but de mon voyage. Voici quelqu'un qui va me renseigner; laissez-moi ici, messieurs, et allez attendre mes ordres au cabaret du village voisin. (*Les deux officiers s'inclinent et sortent*).

DON ANTONIO, à Domi, qui était resté sur le coteau du fond, et qui de là l'examinait.

Eh! petit! —mon jeune ami! — monsieur le chevalier! (*Domi s'élance d'un bond de la colline; puis essoufflé, il descend lentement sur la scène*).

DON ANTONIO.

Approchez! N'est-ce pas là le château de Gourgues? (*Domi fait de la tête un signe affirmatif*).

DON ANTONIO.

Vous allez m'y conduire, garçon, moyennant salaire, cela va sans dire.

DOMI.

Je ne conduis pas les gens pour de l'argent, moi?

DON ANTONIO.

Voilà un petit gars, bien fier, et bien peu poli.

DOMI.

C'est comme çà!

DON ANTONIO.

Consentirez-vous du moins, à m'indiquer le chemin ?

DOMI.

Passe pour çà; comme je vais du même côté.....

DON ANTONIO.

C'est heureux; la réponse que j'attends encore de vous, ne vous fatiguera pas. Je désire savoir si le maître du château, M. le baron de Gourgues, est présentement chez lui.

DOMI.

Tiens ! mais d'où venez-vous donc, vous ?

DON ANTONIO.

Vous êtes un enfant bien curieux. Qu'est-ce que cela vous fait, d'où que je vienne? et quel rapport cela a-t-il avec ma demande ?

DOMI.

Oh! c'est que vous avez l'air de ne pas savoir le premier mot des choses qui vous intéressent, absolument comme moi de ma géographie. C'est drôle, n'est-il pas vrai ?

DON ANTONIO.

Je vous prie de me dire ce premier mot que j'ignore. Je viens en effet d'un peu loin, de sorte que j'ai besoin d'être instruit. Chargez-vous, s'il vous plaît, de ce soin.

DOMI.

Très-volontiers. Apprenez donc que ce château, depuis longtemps, longtemps, n'appartient plus à M. le baron de Gourgues.

DON ANTONIO.

Quoi donc? en aurait-il été dépossédé? M. de Gourgues a-t-il de nouveau quitté la Guyenne.

DOMI.

Vous n'y êtes pas du tout. On ne l'a pas dépossédé,
parce que personne n'est assez fort, pour prendre par
force quelque chose à mon parrain ; oui, monsieur,
M. de Gourgues est mon propre parrain. — Et il n'a
pas quitté le pays, parce que cela ne lui plaît pas.

DON ANTONIO.

Alors, comment se fait-il que le manoir de sa famille, la maison qui porte son nom, ne soit plus à lui.

DOMI.

Est-ce que vous ne m'avez pas compris? tout le
monde sait qu'il l'a vendu, pour payer son expédition
en Floride ; la Floride, c'est le pays de ma mère. Elle
est belle, ma mère, bien belle, et bien bonne, et mon
parrain l'aime beaucoup.

DON ANTONIO.

Fort bien. Où pourrai-je maintenant le trouver, votre
brave parrain? J'ai fait assez de chemin pour çà.

DOMI.

Vous le connaissez donc? Qu'est-ce que vous lui
voulez?

DON ANTONIO.

C'est ce que je lui dirai à lui-même.

DOMI.

Vous ne savez pas? Il vit dans une métairie, qu'il
acheta près de son ancienne terre, il y a huit ans, lorsque nous revînmes de Londres ; c'est son goût, à lui,
de vivre là. Personne n'a rien à y voir. Oh! si vous sa-

viez comme on l'a mal récompensé de ses grands services ! Pourtant, il ne se plaint jamais. Ah ! ce n'est pas
moi qui ferais comme lui, je vous en réponds ! Mais
n'allez pas croire, au moins, qu'il soit là sans serviteurs. Deux de ses vieux matelots n'ont pas voulu le
quitter. Mon père et ma mère sont, en ce moment, à
notre ferme de l'île de Jersey. Voilà !

DON ANTONIO.

Oui, me voilà parfaitement au courant des affaires
de toute la famille, et je vous en remercie. Mettez le
comble à vos bonnes grâces, en me menant vers votre
parrain. Je l'estime et lui veux du bien.

DOMI.

Alors, tant mieux; venez avec moi. Et tenez, tenez,
le voyez-vous ; le voici qui vient. C'est lui-même.

DON ANTONIO.

Qui ça ? je ne vois pas.

DOMI.

Vous êtes donc aveugle ? Je vous dis que c'est lui,
là bas, le long du ruisseau.

DON ANTONIO.

Serait-ce par hasard ce paysan aux cheveux blancs ?
je n'aperçois que lui.

DOMI.

Qu'appelez-vous paysan ? Je vous trouve un peu
drôle, vous, monsieur l'étranger. Paysan ! paysan !
mon parrain s'habille comme ça l'arrange, et il est
aussi bon gentilhomme que le roi, et plus noble que
vous, et je le prouverai à quiconque en doutera. Apprenez que je ne suis plus un enfant; j'ai treize ans
passés.

DON ANTONIO.

Appaisez-vous, mon jeune monsieur, je n'ai voulu fâcher, ni vous, ni votre parrain. Peste! quelle pétulance !

DOMI, à part.

L'air sournois de cet homme ne me convient pas du tout ; il ressemble à notre bœuf noir.

DOMINIQUE, hors de la scène.

Domi! où donc as-tu fait courir mon pauvre cheval? Es-tu là, Domi? (*Il se montre vêtu en paysan, la tête toute blanche ; Domi court lui sauter au cou*).

DOMI.

Ah! mon bon parrain! n'en veuillez pas à votre petit Domi. Nous avons fini par nous brouiller, moi et monsieur le cheval ; c'est un mal appris ; mais je lui ai fait un peu de morale, et il est parti tout de suite.

DOMINIQUE, à Domi

Que veut cet étranger ?

DOMI.

Il n'a pas daigné me le dire, à moi, votre filleul. C'est mal, n'est-ce pas? Il dit qu'il vous veut du bien ; mais je ne m'y fierais pas, au moins.

DON ANTONIO, s'avançant, et saluant Dominique, qui lui rend le salut.

Est-ce bien monsieur le capitaine Dominique, baron de Gourgues, à qui j'ai l'honneur de m'adresser?

DOMINIQUE.

Oui, monsieur.

DON ANTONIO.

Je souhaite vous parler seul à seul.

DOMIMIQUE, à Domi.

Va, petit, chercher Lantonic; à vous deux, rembûchez le cheval dans l'écurie.

DOMI.

Il s'agit de le trouver. En vérité, c'est une vilaine bête (*Il sort*).

DOMINIQUE.

Voulez-vous me faire l'honneur de vous reposer chez moi?

DON ANTONIO.

Restons ici, je vous prie. J'ai hâte de vous exposer ce qui m'amène. Voici une lettre de votre ami, M. de Vacquieulx. Elle vous apprendra qui je suis.

DOMINIQUE, se découvrant, après avoir lu.

Vous êtes don Antonio, roi de Portugal. Que votre Majesté m'excuse, si je ne lui ai pas rendu tout d'abord, les respects qui lui sont dus. Daignez entrer dans ma maison; elle est indigne de votre rang, sans doute; mais elle s'honorera de recevoir le proscrit de Philippe II, et plus encore, l'illustre soldat d'Alcaçar.

DON ANTONIO.

Ecoutez-moi d'abord. Philippe II, vous le savez peut-être, m'a déloyalement ravi mon royaume de Portugal, auquel me donnaient droit et ma naissance, et le vœu de toute la nation. Mon droit, il le nie; il veut me flétrir du nom de bâtard; il a osé mettre à prix ma tête. Quatre vingt mille ducats sont promis au traître qui me livrera. Son féroce lieutenant, le duc d'Albe, à la tête de soixante mille hommes, a eu raison de ma petite armée. J'ai disputé pied à pied mon pays. Chassé enfin du Portugal envahi, j'ai juré une guerre éternelle à Philippe II, et je viens à vous, parce que comme moi, vous êtes l'objet de la haine des Espagnols ; l'on sait ce que pèse votre épée. Mettons en commun nos ressentiments ; je me fie à vous. Formez, commandez mon armée ; sous vos ordres, elle se sentira invincible. Je ne réclame pour moi d'autre grade, que celui de votre premier soldat. Venez faire trembler l'orgueilleuse Espagne, jusque dans sa capitale.

DOMINIQUE.

Don Antonio, merci de votre confiance ; mais je ne puis accepter vos offres. Le feu de mes années d'autrefois est tombé ; ma tête a blanchi. J'ai soixante-deux ans ; ceux qui m'avaient offensé, je les ai punis. Maintenant, je suis au bout de ma carrière ; et plût au ciel l'avoir parcourue sur l'humble champ que je cultive.

DON ANTONIO.

Capitaine, votre roi vous a banni jadis, pour avoir glorieusement vengé sa querelle. Moi, si vous prenez en main ma cause, je vous ferai amiralissime, duc de Terceire, vice-roi des Algarves, seigneur de cinquante lieues de terrain au Brésil. Vous serez le maître d'équiper ma flotte, de composer mon armée comme il vous plaira. Je promets que vous ne manquerez de rien, pas plus d'hommes que d'argent. Le secours de la puissante reine d'Angleterre m'est assuré. Ce qui me manque, à moi, c'est un chef habile et redouté ; c'est un homme dont le nom seul répande la terreur chez mes ennemis. La voix publique m'a désigné cet homme dans le capitaine de Gourgues. Les titres de soutien d'un roi malheureux, de libérateur d'un peuple opprimé, n'ont-ils donc rien qui vous tente ?

DOMINIQUE.

La politique ni la guerre ne me tentent plus. J'ai refusé, il y a deux ans, de suivre les drapeaux de deux princes Français, de sang royal, Henri de Béarn et le jeune Condé.

DON ANTONIO.

Je le sais ; vous avez refusé de mettre votre épée au service d'une guerre civile ; de vous ranger sous la bannière de deux jeunes fous, armés contre leur roi. Mais moi, je combats contre la fraude et l'injustice ; et de plus, j'ai obtenu pour vous le consentement d'Henri III ; je vous l'apporte. Le roi de France, qui favorise hautement mes projets, vous permet de me prêter l'appui de votre bras.

DOMINIQUE.

Ma résolution reste la même. J'ai éprouvé ce qu'on doit attendre des rois et de leurs ministres.

DON ANTONIO.

Capitaine, vous me refusez donc ?

DOMINIQUE.

Avec regret ; mais je refuse. Vous trouverez facilement des chefs qui vaudront plus que moi.

DON ANTONIO.

Je ne m'attendais pas, je l'avoue, à trouver dans le vainqueur de Méhandès, dans le conquérant de la Floride, tant d'indifférence pour les affronts faits à son pays. Car vous n'ignorez sans doute pas que ma querelle est maintenant celle de la France. Il paraît qu'aujourd'hui le sang de vos compatriotes est à vos yeux moins précieux que jadis.

DOMINIQUE.

Expliquez-moi cela, de grâce.

DON ANTONIO.

N'avez-vous point entendu parler de ce qui s'est passé à la bataille de San Miguel?

DOMINIQUE.

Je sais qu'il y a trois mois, près des îles Açores, une flotille de petits vaisseaux français, envoyés à votre secours, sous les ordres de Philippe Strozzi, et du comte de Brissac, engagea imprudemment le combat contre les gros vaisseaux espagnols, commandés par le marquis de Santa Crux; l'issue de l'affaire ne pouvait être douteuse. L'escadre française, malgré toute sa bravoure, fut dispersée; mais non sans avoir réduit à l'impuissance ses ennemis; car elle a pu se rallier en bon ordre, et revenir dans nos ports. Le maréchal Strozzi est mort avec gloire, victime de son excès de courage.

DON ANTONIO.

Je vais vous apprendre les détails de cette mort, qui vous sont probablement inconnus. Le maréchal Strozzi, blessé, fut à demi égorgé après le combat, sous les yeux, et par l'ordre de l'amiral Santa-Crux, et jeté, vivant encore, dans la mer. Six jours après la bataille, Santa-Crux, dès son entrée dans l'île de San-Miguel, fit trancher la tête à soixante gentilhommes français, et pendre cent soldats ou matelots, tous prisonniers de guerre. Voilà ce dont vous pouvez vous assurer auprès de vos amiraux, et ce que je vous atteste sur ma parole royale. Ces faits, j'ai dû vous les dire ; et à présent, je vous laisse dans votre repos, monsieur le capitaine, me félicitant d'avoir, du moins, vu de près, un homme de si grand renom.

DOMINIQUE, à part.

Dieu n'a pas voulu, je le vois bien, que je finisse ma vie dans la retraite. Voilà deux fois depuis quinze ans, qu'un courant irrésistible m'emporte au milieu des orages (*Haut*). Sire, tendez-moi votre main royale ; ne craignez pas de toucher la main d'un pauvre officier, qui mourra peut-être pour vous servir, et pour rendre plus respectable encore le nom de sa patrie.

DON ANTONIO, lui serrant la main.

Eh quoi ! monsieur le baron ! je serais assez heureux pour ?... Vous voulez bien consentir ! Gardez, je vous prie, de me laisser concevoir un espoir décevant !

DOMINIQUE.

Sire, je vous ai serré la main.

DON ANTONIO.

Ah ! pardon, pardon, capitaine ! c'est que, voyez-vous, je suis si content ! Ah ! maintenant qu'il y vienne, le roi Catholique, avec son vieux duc d'Albe, avec tous ses généraux !—Relevez la tête, ô mes chers Portugais ! Bon courage ! vos maux vont finir. J'ai hâte d'annoncer l'heureuse nouvelle à mes fidèles officiers ; puis, je viendrai m'asseoir dans la maison de mon général, de mon ami; et de là, nous irons ensemble nous préparer, loin d'ici, pour une lutte à mort. — Embrassez-moi, monsieur! vous êtes dès ce moment, après moi, le premier de mon royaume (*Le roi et Dominique s'embrassent, le roi sort.*)

DOMINIQUE, seul.

A quoi bon réfléchir! le plus simple est d'aller droit devant soi; c'est le moyen d'atteindre plutôt le but, quel qu'il puisse être. O mon épée! ma première, ma seule compagne! notre union est indissoluble. Toi et moi, nous ne nous reposerons que dans le cercueil.

DOMI, accourant.

Il est enfin parti, l'homme vert; et le coquin de cheval est rattrappé. — Qu'avez-vous, mon parrain? Vous a-t-on dit quelque chose qui vous ait déplu? Ah! c'est que, s'il en était ainsi, je....

DOMINIQUE, lui posant la main sur l'épaule.

Mon fils, je vais te reconduire chez tes parents, à Jersey.

DOMI.

Ah! mon Dieu! que me dites-vous là? Votre petit Domi est si bien avec vous. Est-ce que vous trouvez que je ne suis pas assez sage. Allez! mon bon parrain! quant au cheval... je promets... (*Il pleure*).

DOMINIQUE.

Je n'ai pas à me plaindre de toi, mon enfant. Seulement, comme je vais commencer bientôt un long voyage....

DOMI.

Pour aller où? dites-moi!

DOMINIQUE.

Je ne sais pas encore.

DOMI, se mettant à genoux.

Oh ! monsieur le baron ! au nom de Dieu ! au nom de ma mère que vous aimez tant ! si vous partez pour la guerre, emmenez votre filleul, je vous en supplie à genoux. Vous verrez ! vous verrez comme je me battrai bien ! Je jure que Domi, tout jeune qu'il est, ne vous fera pas déshonneur. Vous m'achèterez une bonne épée ; avec çà, et mon arquebuse...

DOMINIQUE, l'embrassant en souriant.

Nous verrons cela dans quelques années, si alors je suis encore de ce monde.

DOMI, frappant du pied.

Ah ! maudit homme vert ! si j'avais su ! ah ! comme je vous l'aurais envoyé au diable ! Mon parrain, prenez avec vous votre Domi ; croyez-moi ; ça vous portera bonheur.

DOMINIQUE.

Quand le malheur doit venir, rien ne l'arrête en chemin. Je regrette beaucoup de te quitter, cher enfant ; mais la chose est résolue (à part) ; et ce n'est pas là le moindre de mes ennuis.

DOMI, à part.

Je prierai tant le bon Dieu, qu'il ne me séparera pas d'avec mon parrain.

SCÈNE QUATRIÈME.

Une petite chambre avec un lit et une fenêtre au fond; un bureau d'un coté, une cheminée de l'autre; quelques chaises de paille; le feu est allumé. Dominique assis au bureau, est accoudé devant deux lettres fermées; d'Etampes entre dans la chambre.

D'ETAMPES.

Eh! bonjour, monsieur mon cher capitaine; ce n'est pas sans peine que je vous ai atteint. J'arrive à Tours au triple galop depuis Paris; mais embrassons-nous donc! (*Dominique s'est retourné, d'Etampes vient l'embrasser sur son siége*).

DOMINIQUE.

Bonjour, d'Etampes. Je..... je ne suis pas fâché de vous avoir revu.

D'ETAMPES.

Et moi donc! c'est un vrai bonheur pour moi! Mon vœu constant, était de servir encore sous vos ordres. Votre lettre m'est parvenue au Hàvre; aussitôt, crac, j'enfourche ma bête, et je vous cours après sans débrider. Il est très-heureux que vous vous soyez arrêté quelques jours ici, à Tours.

DOMINIQUE.

Heureux en effet!

D'ETAMPES.

Ah! çà! mais..... qu'avez-vous donc, monsieur? Je vous trouve tout je ne sais comment; seriez-vous malade? Serait-ce là le motif de votre séjour à Tours? Voyons, mon capitaine; ne m'en faites pas un mystère! Je suis votre lieutenant et votre ami; que diable!

cela peut arriver à tout le monde, une maladie. On a beau être de fer!

DOMINIQUE.

Ce n'est pas grand'chose. Un peu de fatigue, voilà tout.

D'ETAMPES.

Passe pour çà! je me réjouis qu'il n'y ait rien de plus. Vous avez dû tant et tant vous agiter à Paris, avec don Antonio de Portugal, que l'état où vous êtes, n'a rien d'étonnant. Que voulez-vous? on n'a plus vingt ans. Je ne dis pas cela pour vous fâcher, mais....

DOMINIQUE.

Vous avez raison.

D'ETAMPES.

Pour quitter ce propos peu agréable, me direz-vous où vous en êtes de vos préparatifs? puisque vous me faites l'honneur de m'admettre dans l'entreprise?.....

DOMINIQUE.

Tout va bien! Don Antonio peut compter sur autant d'hommes qu'il en voudra; car, soyez en sûr, l'argent ne lui fera pas défaut.

D'ETAMPES.

On me l'a dit à Paris. On avancera l'argent nécessaire, parce que tout le monde a confiance en vous. Mais si vous n'étiez pas là, bonsoir! don Antonio aurait beau jouer de la flûte, il ne pêcherait pas un denier.

DOMINIQUE, regardant la fenêtre.

D'où vient que le jour s'assombrit? il n'est pas tard, cependant?

D'ETAMPES.

Vous plaisantez ! il fait un soleil magnifique. Ah ! je vois ce que c'est ; ce rideau vous cachait le ciel, (*il soulève le rideau*) n'est-ce pas ?

DOMINIQUE.

Merçi !

D'ETAMPES.

Et nous allons sans doute partir à franc-étrier pour La Rochelle, afin d'y organiser une maîtresse flotte, qui, j'en suis certain, étrillera d'importance le grand vainqueur Santa-Cruz. Les apprêts dureront bien jusqu'au printemps prochain ; mais alors, je ne donnerai pas un fétu de la puissance navale de Philippe II.

DOMINIQUE.

Si Dieu me permettait d'exécuter mon projet, une flotte respectable serait prête avant la fin de l'année, et je n'attendrais pas le printemps pour frapper l'Espagne au cœur. Ce serait dès le mois de janvier, en plein hiver, que je ferais voile pour Lisbonne. En passant, je brûlerais la flotte espagnole dans le port de la Corogne..... (*à part*) Oh ! si Dieu me donnait deux mois encore, deux mois de vie !

D'ETAMPES.

Quel homme ! Je l'ai toujours dit. Il n'y en a pas un autre comme vous ! Mais aussi, quelle gloire après le triomphe ! quelle renommée ! quelle noble fin pour une vie aussi éprouvée que la vôtre ! Ah ! quand je songe que tant de talents, tant de courage, vont se dépenser au service d'un roitelet de Portugal ! Quand je songe que pas un de nos rois n'a voulu les utiliser ; bien plus, qu'on vous a indignement persécuté ; en vérité, je me prends à regretter parfois d'être né sous le ciel de ma belle patrie.

DOMINIQUE.

Pourquoi regretter ce qui ne dépendait pas de vous ? Savons-nous si la mort ne viendra pas bientôt tout réparer ? (*Il se lève, fait un pas et chancelle*).

D'ETAMPES, *s'empressant de le soutenir.*

Eh bien ! eh bien ! Ne voilà-t'il pas que vous chancellez, à présent ? Mais, qu'est-ce donc que ceci, capitaine ? Je ne vous ai jamais vu comme ça ! Vous m'effrayez, parole d'honneur.

DOMINIQUE.

Moins que rien. J'ai fait un faux pas. — Que me disiez-vous ?.... Parlez-moi donc !

D'ETAMPES.

Je disais.... je disais..... Ma foi, je ne le sais plus, ce que je disais. Ça me trouble la cervelle, voyez-vous! Mais monsieur, êtes-vous seul à Tours ? Où est don Antonio ? Vous aurait-il planté là ?

DOMINIQUE.

Don Antonio est allé à Londres pour s'entendre avec la reine, au sujet de..... Il doit venir trouver ses amis à La Rochelle.

D'ETAMPES.

Franchement, monsieur le baron, pourquoi séjournez-vous depuis une semaine dans cette ville de Tours? Dites-le moi ? J'ai quelques droits à votre confiance ; j'ose le dire !

DOMINIQUE.

Vous savez tout ; la fatigue me retient. Mais je crois que ça va finir.

D'ETAMPES.

Tant mieux ! Madame de Bray, votre fille d'adoption, n'est-elle pas ici avec vous ?

DOMINIQUE.

Non ! elle est à Jersey avec son mari. Je leur ai conduit leur fils, il n'y a pas longtemps, en allant à Paris.

D'ETAMPES.

Et M. de Bray sera-t-il des nôtres ? Je me souviens qu'il avait du montant sous les armes.

DOMINIQUE.

Il n'en sera pas. — D'Etampes, regardez-moi ! suis-je bien changé ?

D'ETAMPES.

Mais pas trop, un peu pâle. Pourquoi cette question ?

DOMINIQUE.

Voulez-vous me laisser seul un moment ?

D'ETAMPES.

C'est que..... dans l'état où vous paraissez être.....

DOMINIQUE.

Laissez-moi seul ! — Adieu, mon brave d'Etampes.

D'ETAMPES.

C'est pour bientôt, n'est-ce pas ?

DOMINIQUE.

Pour bientôt.

D'ETAMPES.

A revoir donc, mon capitaine !

DOMINIQUE.

A revoir ! (*d'Etampes sorti , Dominique va pousser le verrou ; puis il vient péniblement s'adosser à la cheminée*).

A revoir ! à bientôt ! c'est facile à dire, d'Etampes. Mais quant à se revoir sur la terre, n'y comptez pas ; on se reverra plus tard, je ne sais où ? Dieu le sait ; et ce ne sera peut-être pas long. Les heures, les jours, les ans, filent si vite ! — Mon pauvre Dominique, ta course est finie ; elle n'a pas été des plus gaies. Dieu ne t'accorde pas les deux mois de sursis que tu lui demandais. Ah ! on ne commande pas à la vie, comme à un vaisseau de ligne. — Ne dirait-on pas que trente piques Espagnoles écrivent mon nom dans ma poitrine ?

Qu'est-ce donc que ce mal de feu, qui couche par terre en quelques jours, un homme solidement chevillé ? Mon âne de médecin s'épouvante ; il parle de pleurésie aigüe ; je comprends, moi, que c'est la fin ! Bonsoir, l'espérance ! Réjouis-toi, Philippe d'Espagne ! brûle un cierge en l'honneur du diable qui te protége. Est-ce ta main, ou celle du diable, qui m'a jeté au sein tant de cuisantes langues de serpents ?

Un bon ouvrier, le soir venu, doit récapituler ce qu'il a fait dans sa journée. Dominique de Gourgues a-t-il bien ou mal travaillé ? N'a-t-il pas dans son cœur, mis, trop souvent, Dieu après le monde ? voilà la pensée qui me point, qui me tourmente, presque autant que les nœuds formés dans mes entrailles par la douleur.

Si Dieu m'eût laissé faire, je crois que j'allais tenir dans mes mains le sort de la monarchie Espagnole! Est-il donc si difficile d'arracher son armure vieillie, à ce fantôme qui chancelle? N'ai-je pas là quelque chose qui me promettait la victoire, quelque chose qui ne m'a jamais trompé? Et la France a chassé son pauvre soldat comme un fils bâtard! Et maintenant encore, ce n'est pas en son nom que j'allais combattre; ce n'est pas son drapeau qui va pendre sur mon lit funèbre! que voulez-vous? tel est mon sort!

Et toi, ma fidèle épée, l'heure vient où je ne pourrai plus te soulever! Nous n'avons pas à nous plaindre l'un de l'autre. Avec l'aide de Dieu, tu m'as bravement secouru dans les occasions périlleuses. Moi, je ne t'ai jamais employée que pour un service honorable. Oh! que c'eût été beau, si nous étions tombés tous les deux en un jour de victoire, au milieu d'une flotte Espagnole brisée! Tu te coucheras à côté de moi, dans ma tombe! je me présenterai à mon maître, avec l'outil qu'il m'avait confié. — La douleur de tes blessures n'est rien; mais je hais cette mort lente, qui me déchire avec des ongles de tigre.

Pierre, Lita, Domi, où êtes-vous, mes enfants? oh! que vous pleureriez, si vous saviez que je vais mourir! J'ai voulu me faire une famille; Dieu me l'avait choisie de sa main, et je meurs seul; et leurs mains filiales ne seront pas là pour recevoir ma dernière étreinte! Tel est mon sort! Pierre, Lita, mon petit Dominique, seuls peut-être, vous vous souviendrez du vieux capitaine qui vous aimait. Sa perte sera long-temps une ombre sur votre bonheur.

Ma poitrine se serre; ah! que ces ténèbres sont froides! C'est peu de chose que la mort! et la vie! Mon Dieu, mon seigneur, tu es le vainqueur suprême; recois mon épée qui m'échappe; fais-moi grâce! Oh! dans l'ombre cette croix de feu! la grande croix de mon Sauveur!.....

SCÈNE CINQUIÈME.

Dans la même chambre, le lit est fermé de rideaux noirs: tout auprès, sur une table, brûle une lampe funéraire. A côté de la table, Lantonic assis, se tient la tête des deux mains; vis-à-vis de lui, Cazanove et d'Etampes debout, causent à voix basse.

CAZANOVE.

Je viens de faire partir ma lettre à Pierre de Bray. Je ne remettrai qu'à lui-même, le paquet laissé pour lui, par M. de Gourgues. Il les aimait comme un père; je les plains.

D'ETAMPES.

Moi, j'ai commandé le cercueil de plomb, dans lequel nous emporterons ses restes à sa terre. Mon pauvre capitaine!

LANTONIC.

Ah! quel digne maître! ah! messieurs! ils nous l'ont empoisonné, les monstres!

D'ETAMPES.

Faut-il vous le dire, Cazanove; je crois plutôt à çà, qu'à une pleurésie, moi. Un homme comme Domini-que! Je vous dis que quatre pleurésies n'en seraient pas venues à bout.

CAZANOVE.

Hélas! la mort ne nous dira pas son secret.

D'ETAMPES.

Oh! si on était sûr!... (*La porte s'ouvre, don Antonio entre rapidement*).

DON ANTONIO.

Où est-il, mon ami? où est-il, mon amiral? Je veux le voir! (*Cazanove le mène vers le lit et ouvre les rideaux; on voit sous un linceul, le corps étendu du capitaine; l'épée est sur le linceul*).

CAZANOVE.

Sire, le voilà, votre amiral, notre ami, votre espoir! Voilà cette épée qui devait vous rendre une couronne. Voilà l'homme de bien que nous regrettons.

DON ANTONIO.

La nouvelle n'était que trop vraie! (*S'approchant du lit*) Puisque Dieu vous a rappelé vers lui, ô grand capitaine! ô Dominique de Gourgues! c'est à ce coup que j'ai perdu à tout jamais mon royaume! L'espérance me fuit; je suis découragé. Où trouver, à présent, un autre appui, un autre conseil? A quel vent de l'horizon demander un nom de héros et d'honnête homme, un nom qui ranime à lui seul le courage de mes soldats?

Non ; je n'entreprendrai pas de recommencer la lutte sans vous. Quand la mort a glacé votre cœur, elle a marqué le terme de ma destinée royale. Dormez en paix du dernier sommeil, vous que votre pays a méconnu, vous dont il apprendra la perte avec indifférence, vous qui auriez fait de la France la reine des mers , si elle l'eût voulu. Moi, proscrit , sans patrie, comme vous l'avez été ; moi, dont la tête est mise à prix , comme l'a été la vôtre, j'ai le droit, quoique étranger, d'adresser à votre grande âme, un sympathique adieu.
— Adieu donc, amiral , défenseur des rois outragés ! vous fûtes malheureux ; mais au moment de la mort, qui de nous , songeant à son passé, pourra se retracer une vie aussi pure que la vôtre? (*allant vers les deux officiers français*). Messieurs, j'ai à vous demander une grâce ; permettez que le drapeau du Portugal, couvre de son ombre cette noble dépouille. L'âme de votre chef ne s'indignera pas de ce rapprochement. Son épée , vous le savez, allait sortir du fourreau, pour délivrer le peuple Portugais.

CAZANOVE.

Il sera fait selon votre demande, sire. Que le drapeau de la France, et le drapeau Portugais confondent leurs plis sur cette couche funéraire ! L'un et l'autre, ils ont droit à cet honneur. (*On apporte deux drapeaux, l'un de France, l'autre du Portugal ; on les dispose aux deux côtés du lit*).

LANTONIC.

A celui qui m'eût dit, il y a huit jours, que je verrais tout cela, je lui aurais cassé la gueule. Oh ! mossieu le baron ! que va faire votre vieux Lantonic, quand il n'aura plus à vous servir ?

D'ETAMPES.

Pleure, pleure, pauvre matelot ! Parmi ceux qui l'ont connu, pas un cœur ne pouvait l'aimer à-demi. (*La porte se r'ouvre, Lita paraît*)

CAZANOVE.

Dieu ! sa fille ! madame de Bray ! (*Don Antonio sort, ainsi que Lantonic*).

LITA.

Est-il mort, mon Dieu ! est-il mort ? M'a-t-il abandonnée sur cette dure terre d'Europe ? (*allant s'agenouiller devant le lit*) Père ! es-tu donc parti sans moi ? Père ! as-tu laissé ta fille ? Pourquoi m'as-tu quittée ? Père, attends-moi ! emmène Lita ! Plus de père ! l'un, le vieux chef, s'est éteint de regret au désert ; l'autre est couché là pour ne plus se relever ! Oh ! mon père, que deviendrai-je quand tu ne seras plus là pour me soutenir ? Tu le savais, qu'en toi seul était mon courage, mon espérance : que toi seul tu m'avais appris la résignation ; et tu t'en vas de ce monde sans me faire entendre tes adieux, tes suprêmes volontés ! Et ton dernier regard n'a pas été pour moi ! ni ta dernière parole pour moi ? Non, l'amour de mon mari, la tendresse de mon fils ne combleront pas le vide qui se fait dans mon âme. Oh ! que ne me laissais-tu mourir de douleur dans ma Floride ? Ici la fille de la Savane, sans ton appui, traînera sur le

sol comme la liane brisée. Elle se courbera sous la
loi du Dieu invisible, qui châtie surtout ceux qu'il aime.
O toi, mon protecteur, toi que je vénérais comme
l'image de ce Dieu que tu m'as révélé; viens à mon
aide! fortifie-moi! écoute ma plainte! Que ton âme
ait pitié de nous, surtout de mon enfant, de celui que
tu devais élever, de celui que tu nommais ton fils!
Oh malheur! malheur à nous!

CAZANOVE, allant la relever.

Madame, dans ce paquet, adressé à vous et à votre
mari, monsieur de Gourgues vous fait connaître ses
dernières pensées. Sachez, qu'en vous léguant ses
biens, il a voulu transmettre à votre jeune Dominique,
à ce filleul chéri, son nom et ses armes.

LITA, prenant le paquet.

Je serai digne de mon père adoptif. Mon devoir est
d'élever l'enfant, qui doit porter le nom de Dominique
de Gourgues. Pierre et moi, nous n'avons que lui au
monde; mais que Dieu nous l'enlève s'il devait un jour
contrister l'âme de notre ami. (*se tournant vers le lit*)
Père, pardonne à ta fille sa faiblesse; inspire-nous ce
qu'il faudra dire à notre fils, pour graver dans sa mémoire, le souvenir de ta noble vie. — Ils viennent!
voici Pierre; voici Domi; — Fais-toi violence, ma
douleur! n'épouvante pas mon enfant!

FIN.

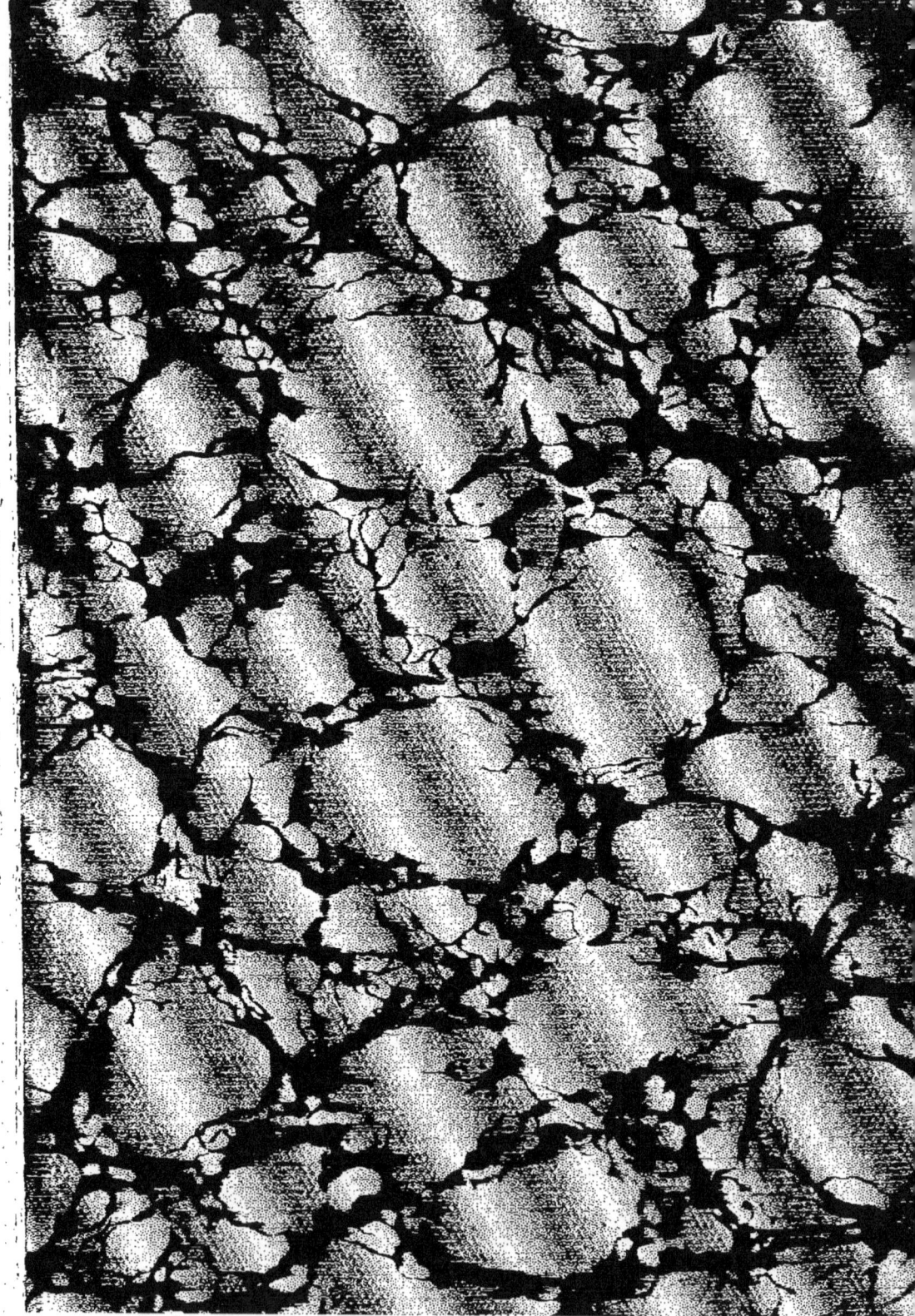

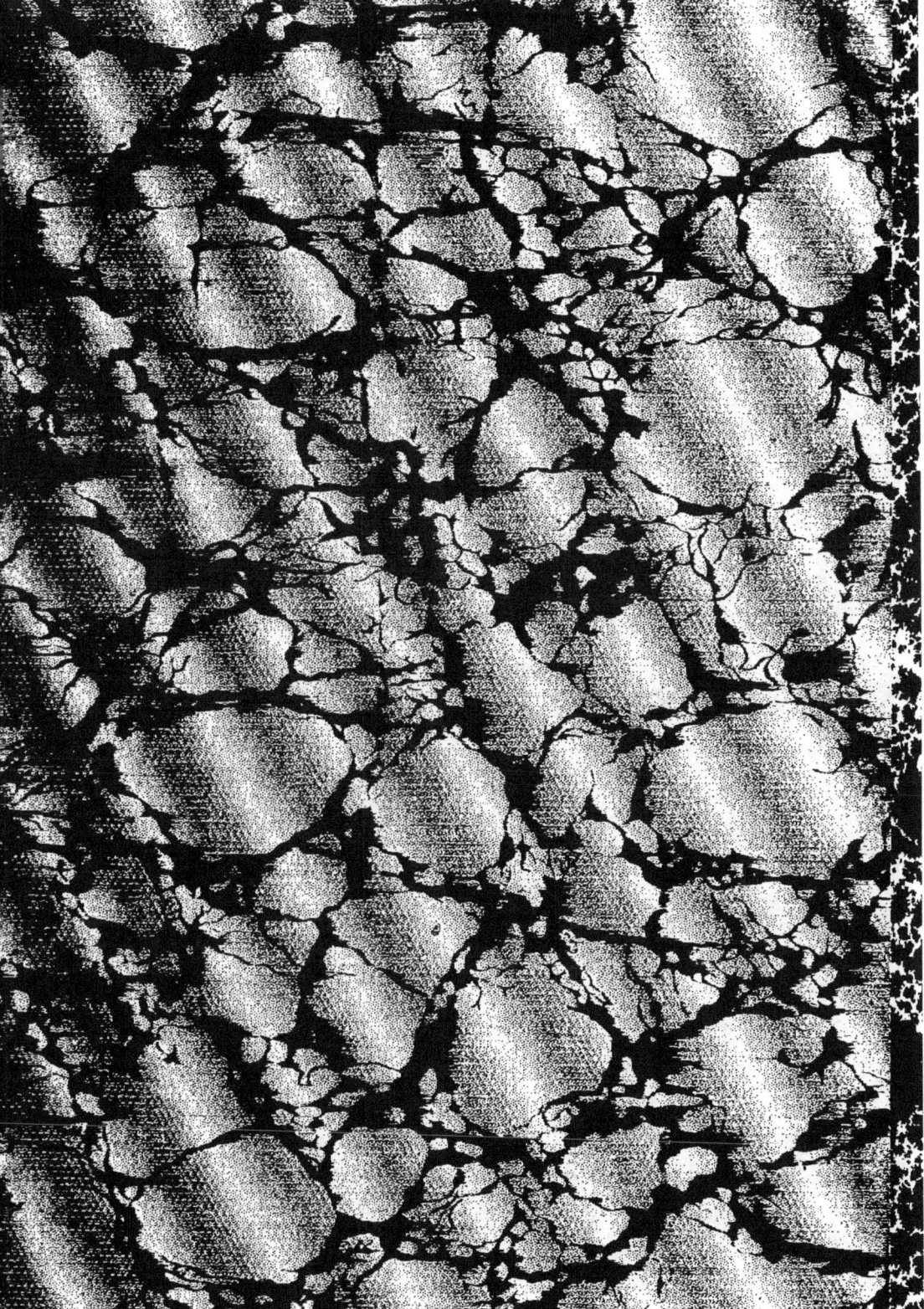

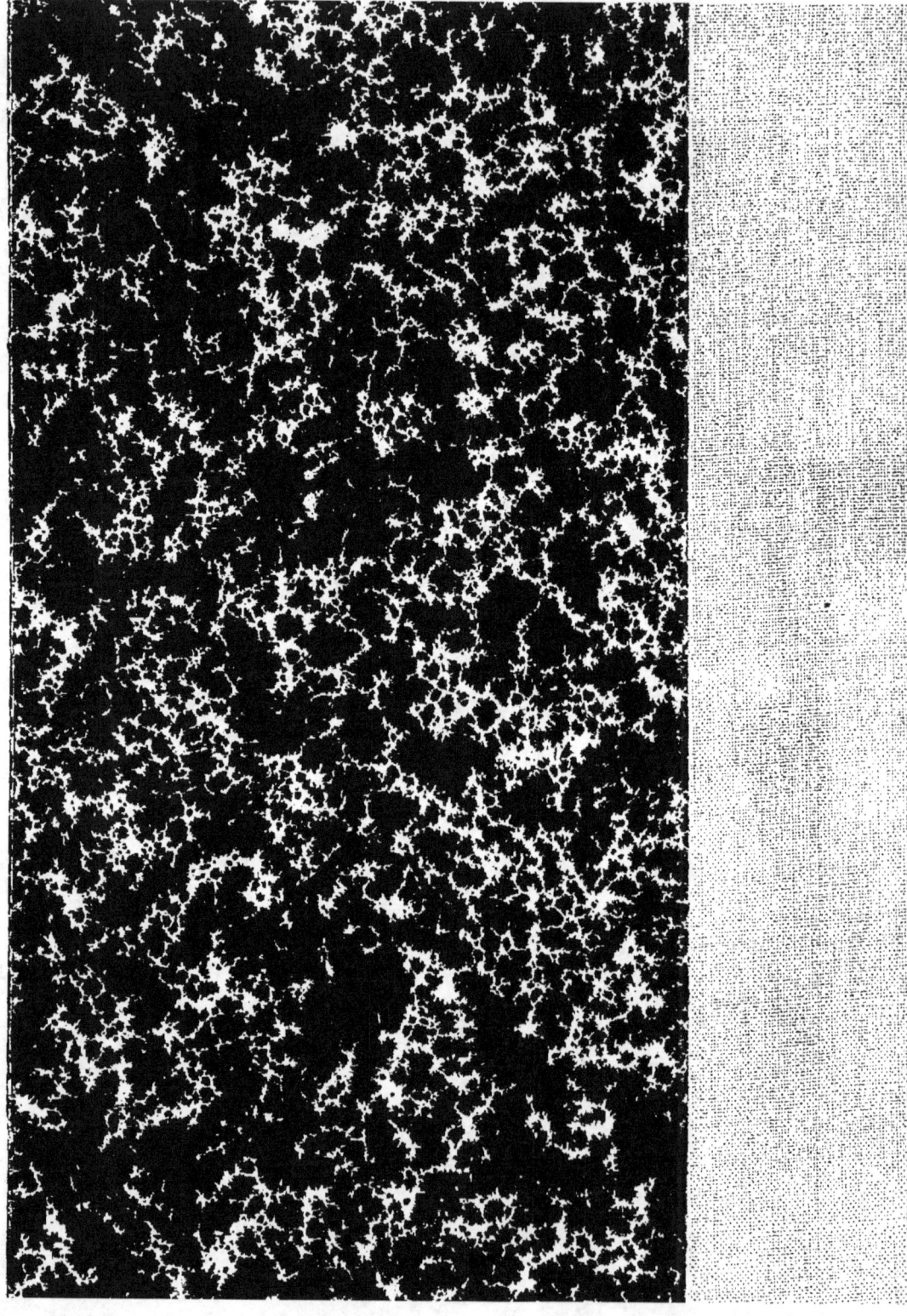